獣人殿下にお嫁入り

愛され王子の憂鬱な新婚生活

清白 妙
Tae Suzushiro

イラスト　笠井あゆみ

獣人殿下にお嫁入り　愛され王子の憂鬱な新婚生活

結婚前

政略結婚。

堅物と名高いジークフリートも、さすがにその言葉の意味は知っていた。

王家に生まれた彼は、いつか国のために己を捧げるのだと決心していたのだ。政略の駒《こま》になることも素直に受け入れよう。結婚の一つや二つ、なんてことはない――たしかにそう思っていた。

国王の、こんな言葉を聞くまでは。


「ジークフリートよ。北の大国グレハロクワトラス・シエカフスキー帝国の、セルゲイ皇太子に嫁いでくれ」

「…………………はっ？」

返事をするまでに、たっぷり二十秒。

普段の彼ならば、こんな失態はあり得ない。王の発した言葉は、それほどの衝撃を齎《もたら》したということだろう。

「嫁ぐ……ですか」

顔の色をなくしたジークフリートは、それでもなんとか言葉を発した。できれば先ほどの言葉は、自分の聞き違いであることを祈りながら。

「さよう。そなたは彼《か》の国の皇太子妃となるのだ」

「恐れながら……私《わたくし》は男にございますれば」

「それは存じておる」

王は無慈悲に、うんうんと深く頷《うなず》いた。

「本来なら姫を嫁がせたいところだが、さすがにもう適齢期の姫がおらん。しかし、彼の国との繋《つな》がりはどうしても作っておきたいところでな」

「ゆえに私を、と」

「そのとおり」

王が帝国との繋がりを熱望したのには理由があった。

長らく鎖国をしてきたロンデスバッハ王国が、周辺諸国の勧めもあって開国したのは、今からちょうど二年前のこと。

時の流れは残酷で、いざ開国してみるとロンデスバッハはほかのどの国より文化も遅れ、発展を遂げていないことが発覚したのである。

よく言えば古式ゆかしき、有り体に言えば時代遅れの小国と成り下がっていたのだ。

数百年の遅れを取り戻そうと決意した王は、幾多の改革を断行。その中で特に重要だったのが、世界中で今やこの国にしか存在しない〝唯一の至宝〟を各国に送り出すことだった。

ロンデスバッハの宝――それは『純粋な人族の血』である。

この世界には人間だけでなく、獣人や亜人といったさまざまな種族が存在し、種族ごとにそれぞれ国《なわばり》を作って生活をしている。

太古の昔は同種族間でしか婚姻できないと言われていたようだが、数百年前に一組の異種夫婦が誕生したのを皮切りに次々と血が混じり合い、今や混血は当たり前のこととなった。

そのためどの国でも、王族ですら純血の種族は存在しない。

唯一、ロンデスバッハを除いては。

異種間夫婦が徐々に増え始めた頃《ころ》、当時のロンデスバッハ国王が自国の民に別種族の血が混じることを酷《ひど》く厭《いと》い、鎖国を強行。大陸から少し離れた島国であったことも幸いしたのだろう。以降現在に至るまでどの種族とも交わることなく、純粋な人族だけが暮らす世にも珍しい国となったのである。

そのため純血種だけが暮らすロンデスバッハは、開国当初から好奇の眼差《まなざ》しを向けられていたのだが、やがてその血を持つ者を手に入れたいと切望する国が続出。王家の人間と婚姻を結びたいという他国からの親書が、毎日のように届くようになったのだ。

これに目を付けたのが現ロンデスバッハ国王である。

王は希少価値が高い血を輸出することで、他国の技術や知識を容易に手に入れ、国を発展させようと考えた。

つまり国を挙げての一大婚活事業が、幕を切って落とされた——というわけである。

幸い好色で子だくさんが自慢の王には、ジークフリートを含めて二十七人の子がいるため、商品には事欠かない。

どんどんばんばん、驚異的な勢いで他国との縁談が纏《まと》まっていく。

十五人いた姫のうち、既婚者と十歳以下を除いた八人が、あっという間に嫁に出された。また残った幼い姫たちにもそれぞれ婚約者があてがわれ、数年後には嫁ぐことが決まっている。

しかしまだ足りないと、今度は王太子とジークフリートを除いた王子全員が、外国の姫を娶《めと》らされることになった。

王子や姫の結婚に、国の至る所で祝賀会や成婚パレードが行われ、国民はこのお祭り騒ぎを大いに楽しんだ。

その一方で王宮内にお祝いムードは一切なく、むしろ悲壮感漂う状況ですらあった。

泣きながら旅立って行った姫や、決死の覚悟で嫁を迎える王子。その姿にほかの兄弟姉妹は同情し、明日は我が身と嘆き悲しんだのだった。

言葉や文化の違いはもちろん、宗教や思想、常識だって異なる相手と突然娶《めあわ》され、夫婦になれと命じられるのだ。その絶望は、筆舌に尽くしがたい。

考えてもみてほしい。

これまで書物の中にしか存在しなかった、獣人や亜人という未知の存在。それを伴侶にしなければならないというだけでも心的負担は大きいのに、種族によっては羽や鱗《うろこ》の生えた異形《いぎょう》の者もいるというのだ。

中には人の背丈ほどもある巨大なトカゲの姿をした新郎を見て、ショックのあまり気絶した姫もいるらしいと聞けば、怖《お》じ気《け》づくのも無理ない話。

ほかにも互いの常識が違いすぎて心を通わせるのが難しかったり、文化の違いに戸惑うあまり引きこもりになったなど、耳に入ってくる話はどれも悲惨なものばかり。

王家に生まれたばかりに、自分の望まない相手との結婚を強いられる……これを悲劇と言わずして、なんと呼ぼうか。

しかしそのような鬼の所業の甲斐《かい》あって、ロンデスバッハが飛躍的な発展を遂げたのもまた事実。新しい時代の到来に民衆は沸き立ち、国中が活気に満ち溢《あふ》れた。

海外に向けて名産の酒や織物、木工細工などの輸出が開始され、職人は物作りに追われた。そして商人は新たな商機を逃すまいと、躍起になった。

諸外国から新しい資材や商品が輸入され始めると、これを好機と捉えて新規事業を始める者まで現れたのだ。

結果として雇用と生産と消費が格段に増え、恐ろしいほどの勢いで経済が回っていく。

驚異的な速さで豊かになりゆく祖国の現状を、重臣たちはもちろん国民の誰もが歓迎し、国王を褒《ほ》め称《たた》えた。

そんな状況を目《ま》の当たりにしてしまえば、当事者たる姫や王子たちは誰一人異を唱えることができなかったのである。

気付けば残っているのはジークフリートただ一人。

平民出身の寵姫《ちょうき》である母から生まれ、なんの後ろ盾もない第六王子の彼は、王位継承権を放棄して軍属となっていたため、これまで運良く蚊帳《かや》の外にいられた。それでもいつかは自分も政略結婚の駒になるだろうと、覚悟はしていたのだ。

異形の者であろうが、意思の疎通が難しかろうが、最低最悪な性格だろうが、相性が絶望的に悪かろうが、それがこの国のためになるのならどんな相手とでも添い遂げるつもりでいた。

しかし、王に告げられた結婚相手は、まさかの同性。

これにはさすがのジークフリートも、返す言葉がない。

室内に重苦しい沈黙が流れる。

しかし、いつまでも黙っているわけにはいかない。ジークフリートは絞り出すような声で、まずは疑問を口にした。

「なぜ、私なのでしょう。皇太子妃ならば、女性の方が相応《ふさわ》しいのでは？　王家に縁のある上流貴族の令嬢を嫁がせる、という手もあるのではないでしょうか」

特に王家に近しい血を持つ公爵家の娘であれば、同性のジークフリートが嫁ぐよりよほどましなはず。

――あそこの長女はたしか十三歳。すぐに結婚できなくても、将来のために今から婚約しておけば問題はない。

なのになぜ私なのだ……ジークフリートの疑問は尽きない。

果ては、実は婚姻と見せかけた人質なのか？　なんのために？　断ればわが国に侵攻するとでも言われたのか？　などと、頭の中で物騒な単語が飛び交う始末。

しかし王はごくごく軽い口調で疑問に答えた。

「儂《わし》の実子であれば、性別は問わないと言われてな。今すぐ結婚できるのはそなただけ。ゆえに今、こうして話をしておるのだ」

「性別不問。それは一体、どういう……？」

「これを見るがよい」

そう言って手渡されたのは『せかいの獣人』と書かれた本。中には世界各国の獣人・亜人に関する情報が細かく記載されている。

「その本に記されているとおり、グレハロクワトラス・シエカフスキー帝国はアムール虎人族が治める大国だ」

　虎獣人の中でも特に体軀《たいく》と戦闘能力に優れたアムール族は、男性はもちろん女性でもかなり大柄な者が多い。その巨軀に相応しく、勇猛で強大な力を持っているため、戦の際には圧倒的な強さを発揮。また他国軍の動向や兵の動きを素早く察知する能力にも長《た》けており、かつて小国がひしめき合っていた北の大地を武力により統合、そして現在に至る。

　そんな圧倒的な強さを誇る彼らにも、長年頭を抱えている問題があった。

　少子化による人口の減少だ。

　獣人、亜人の中には元来、繁殖能力が低い種族がいる。中でもアムール族は群を抜いているのだ。人口の減少は留《とど》まるところを知らず、国が成り立たなくなる寸前にまでなっていた。

「そこで開発されたのが、男でも妊娠できるという薬だそうでな」

「なんですか、その珍妙な薬は」

「儂も詳しい話はわからん。しかしそれを服用して性交すれば、男同士でも妊娠が可能になるのだそうだ。彼の国では百年以上前からその方法で、男夫夫《ふうふ》が子作りを行っているらしい」

　なんとも摩訶不思議な話すぎて、咄嗟《とっさ》には信用できない。

「しかしそれなら、同族の男性同士で婚姻すればよろしいでしょうに」

「その薬を持ってしても、アムール族が子宝に恵まれるのは難しいらしい。現に彼の国では、皇帝夫妻の御子は皇太子ただ一人。それに引き換え儂には二十七人の子がおる。儂の実子ならばきっと、子宝に恵まれるのではないかと期待されてな」

たしかに王はこの国一番の子だくさん。けれど王家の長い歴史の中でも、これだけの子に恵まれたのは現国王ただ一人だけ。その子どもにまで尋常ならざる子宝力を期待されても困る！　と、ジークフリートは頭を抱えたい衝動に駆られた。

事実、確実に何人も産むだなんて保証は、どこにもないのだから。

「まあとにかく、そういうことであるからして、性別は不問。人族の中で最も尊い血を持つ王族の者であれば、男だろうが女だろうがどちらでも構わぬゆえ、安心して嫁いで欲しいと申しておるのだ」

「ですが私の体格では、花嫁というにはちょっと……」

王位継承権を放棄して、十五で軍に入隊したジークフリート。長年にわたり体を酷使してきたおかげで、全身はしなやかな筋肉で覆われ、体つきもロンデスバッハの中では大柄な方だと自負している。

自分は決して花嫁に相応しくない……そう断ろうとして口を開いたとき。

「夫となるセルゲイ皇太子だが」

ジークフリートの言葉を遮るように、王が言葉を発した。

「現在二十八歳。そなたとは歳《とし》も近いし、彼は軍の総大将を務めておられるそうだ。軍人同士、話も合うだろう。似合いの相手ではないか。そして、ここからが重要な話なのだが」

潜められた声に、ジークフリートは思わずゴクリと息を飲んだ。

「グレハロクワトラス・シエカフスキー帝国は資源豊かな国でな。特に石炭の埋蔵量は世界最大」

石炭は古くからロンデスバッハを支えていた資源の一つで、家庭用燃料としてはもちろん、鉄を作るときにも重要不可欠。しかしここ十数年で発掘量は激減しており、枯渇するのも時間の問題ではないかと囁《ささや》かれるほど。

国のためを思えば、是が非でも欲しい資源である。

あるのだが。

「つまりこの婚姻は、石炭が目的……と」

「有り体に言えば、そうなるな。石炭が欲しい我が国と、子宝に恵まれたい帝国で、利害が一致したというわけだ。儂とてそなたには酷なことを強いていると承知しておる。しかしこのままでは国民の生活が成り立たんのもわかるだろう？　……して、いかがする？」

それはもはや問いかけではなく、質問を装った決定事項の通達だった。

「……陛下のお心のままに」

「よし、では決まりだな」

この一言でジークフリートは、皇太子の妻として嫁ぐことが決定したのである。

ガックリと項垂《うなだ》れるジークフリートとは対照的に、王はホクホクと満面の笑みを浮かべている。よほど石炭が手に入ることが嬉《うれ》しいのだろう。

「これで子どもたち全員の嫁ぎ先が全て決まって、肩の荷が下りた気分だ。そうそう、お前ならば必ずや受け入れると思って、先方には前もって諾の返答をしておいたのでな」

「はぁっ!?」

「出立は半年後。それまでに輿入《こしい》れの準備をしておくように」

怒濤《どとう》の展開に、ジークフリートは王の御前であることも忘れて、頭を抱えて蹲《うずくま》ったのだった。

未だ混乱する頭で王の執務室を出るとすぐ、従者のエルマーが心配そうな顔でジークフリートに駆け寄ってきた。

「ジークさま、陛下からはどのようなお話が？」

時期的に婚姻の話であることは、エルマーにも察しが付いているのだろう。心なしか硬い表情をしていた。

「お前が今、考えているとおりだ」

「やはりそうでしたか……では早急に準備に取りかからなければいけませんね」

フンスと鼻息荒く、気合い充分のエルマー。仕える主人《あるじ》の婚姻だ。自然と力も入るのだろう。

「それでお妃《きさき》さまはどちらのお国の方ですか？　できれば人族とよく似た容姿の方がよろしいですね」

「お相手は、グレハロクワトラス・シエカフスキー帝国の方だそうだ」

先ほど王より渡された『せかいの獣人』を捲《めく》り、彼の国の情報が記載されているページをエルマーに見せる。

「容姿は人族とさほど変わらないようですね」

たしかに獣の耳と尻尾が付いているだけで、ほかは人族と変わらないように見える。これならば巨大トカゲよりは、よっぽどマシと言えるかもしれない。

しかし彼の場合、問題はそこではない。

エルマーになんと伝えたらいいのかわからず、ジークフリートはしばし逡巡《しゅんじゅん》した。

「ご婚儀はいつですか？　婚姻と同時に王子の宮から出る習わしですから、引っ越しの準備も行わなくてはなりませんね。新しいお住まいはどちらになるのでしょう」

「……グレハロクワトラス・シエカフスキー帝国だ」

「はっ？」

「私が、あちらに参る」

「婿入り、ということですか？」

「いや…………私が妃として、嫁ぐこととなった」

「………………え？」

エルマーは顔面を蒼白《そうはく》にして、面白《おもしろ》いくらいに狼狽《うろた》えた。

「す……みま、せん。僕ちょっと、耳の調子が悪くなっちゃったみたいで。もう一度、お伺いしてもよろしいでしょうか」

「妃は、私だ」

ゆっくり、丁寧で、力強いジークフリートの声に、エルマーはその場でビシリと固まった。

二人の間に、長い沈黙が降りる。

「く、詳しいお話を、伺っても？」

ジークフリートも、もちろんそのつもりだ。しかしこんな廊下で話せるような内容ではない。男同士で結婚するなんて話を、誰かに聞かれたら一大事。

仕方なく、未だ動けずにいるエルマーを小脇に抱えたジークフリートは、急ぎ足で自室に向かった。そこならば、他者に話を聞かれる心配もない。

一人掛けのソファにエルマーを座らせると、コップに水を汲《く》んで手渡した。エルマーはそれを一息に飲み干すと
「なんで男のジークさまがお妃さまなんですかっ!?」

と、詰め寄った。

「そんな顔をするな。まるで悪鬼のようではないか。主人に向けてはいけない類《たぐ》いの表情だぞ」

「僕の顔なんて、この際横に置いておいてください！　それより一体どういうことなんですか!?」

「それがだな」

ジークフリートは先ほど王から聞いた内容を、エルマーに詳《つまび》らかに説明した。

「というわけで、半年後にはグレハロクワトラス・シエカフスキー国に嫁がねばならん」

エルマーは呆然《ぼうぜん》としながら、「皇太子妃……」「怪しい薬……」などと呟《つぶや》き続けている。想像以上の内容に、思考が追いつかないのだろう。

――わかる、わかるぞエルマー。正直私だって、動揺は治まらないのだから。

一応冷静を装ってはいるものの、ジークフリートとてあまりの展開に頭の中は真っ白なのだ。

「ジークさまは、それで本当によろしいのですか？　だってそれじゃ、石炭目当ての身売りじゃないですか」

「ざっくばらんに言えば、そういうことで間違いはないな」

「でもだからって、ジークさまが花嫁になるなんて……第一国は今、石炭に代わる次世代燃料の開発を進めているはずです。それを理由に断ることはできないのですか？」

男の嫁になる……本音を言えばジークフリートも断固拒否したいところ。

しかし。

「その次世代燃料は、いつ完成するかわからん。もしも完成する前に、石炭が枯渇する方が早かったら？」

「薪《まき》を使えばいいでしょう」

「一時しのぎにはなるだろうが、国民全《すべ》てに充分な量を行き渡らせようとすると数年が限度だ」

「それはたしかにそうでしょうけど……でしたら別の手立てを考えてみるとか」

「エルマー」

なおも言い募ろうとするエルマーの言葉を遮り、ジークフリートはできるだけ穏やかな声で語りかけた。

「私が嫁ぐことで、我が国にとって重要な資源が手に入るのだ。国民のためを思えば、このくらいどうってことはない」

それに身売りしたのは彼だけではない。

ほかの兄弟、姉妹もまた、さまざまな資源や新しい文化、教育のために涙を飲んで婚姻を受け入れたのだ。

「これが王の子に課せられた使命であるならば、私もまた甘んじて受けようではないか」

「ですが……伴侶が同性だなんて、そんな……」

エルマーの声が次第に小さく震え出した。まさかという思いが強いのだろう。その気持ちはジークフリートにも、痛いほどよくわかる。

何しろロンデスバッハでは昔から、同性愛は禁忌とされているからだ。

この国には過去、同性愛を激しく忌み嫌う王が存在した。彼は在位中、数十年にわたって国内の同性愛者たちに苛烈な迫害と弾圧を行った。その頃の教えは国民の心に深く刻みつけられたようで、ロンデスバッハでは現在も同性愛は忌避されているのだ。

そんな環境で育ってきたジークフリートであるから、正直に言えば男と同衾《どうきん》することを考えただけで鳥肌が立つ思いがするほど。

しかも彼の場合、ただの同衾だけでは済まない。妃として皇太子に抱かれ、さらには子を儲《もう》けねばならないのだ。

——というか、そもそも男同士で目合《まぐわ》えるものなのか？

ジークフリートは現在二十五歳。これまで幾人かの女性と体を重ね、ほどほどの経験はある。

しかしそれは、あくまで男女の交わり。

男に抱かれた経験は当然一度もないのだから、一体何をどうすればいいのか、ちっともさっぱりわからない。

それはエルマーも同様だった。

「あの、ジークさま。男同士の場合、ナニはどこに入れるんでしょう？　そもそも入れる穴なんて、存在しませんよね？」

エルマーが心配するとおり、男には子宮もなければ膣《ちつ》もない。だが件《くだん》の怪しい薬を飲めば、男の腹にも子宮が生成されるらしいが、入れる穴がなければ受精はしないはず。

まさか怪しい薬には、子宮だけではなく穴をも勝手に生成するという効果でもあるのだろうか。自分の体に膣口ができる姿を想像したジークフリートは、思わずゾッとした。

——その場合、ペニスはどうなるのだ。まさか、消えてなくなったりはしないだろうな？

考えれば考えるほど、疑問は増すばかり。

エルマーと二人、深いため息をつくしかない。

明確な答えが知りたくて、何度もなんども『せかいの獣人』に目を通してみるも、答えはどこにも書かれていない。

「全くわからん」

「そうですね」

「くそっ、肝心なところで全く役に立たんとは！」

「アムール族は、人族とは違う方法で繁殖を行っていたら、どうします？　例えば鼻の穴に挿入、尿道から出産とか……」

「怖いことを言うなっ!!」

けれどエルマーの言うとおり、そもそも人族とは繁殖方法が違うという考えも排除できない。

主従が揃《そろ》って首を捻《ひね》りながら、うぅむとため息をついたそのとき、にわかに外が騒がしくなった。

バタバタと走る足音と、何にやら叫ぶ人の声。

「何事だ？」

「僕、ちょっと見てきましょうか？」

エルマーがそう提案した瞬間、部屋の扉が大きな音を立てて勢いよく開いた。飛び込んできたのは、目にも鮮やかな桃色のドレスを纏った一人の女性。

「やっほー、ジーク！」

「は、母上っ!?」

「イザベラさま!!」

普段は後宮の奥に籠《こ》もり、滅多に顔を合わせることのない母が、そこにいた。

「どうして……というか、なぜこんな所まで？」

ロンデスバッハでは通常、王のお手付きとなった女性は皆、後宮に入る。そして唯一の例外である王妃を除き、許可なく後宮の外に出ることは禁止されているのだ。

子が生まれると、男子であれば十歳まで母と共に後宮で過ごし、その後は王宮の中にある王子たちだけが住む宮に移ることとなっており、以降は母子といえど気軽に会うことはできなくなる。

ジークフリートが、母と最後に面会したのは七年前。それがなんの先触れもなく突然やって来たのだから、驚くのも無理はないだろう。

「あらぁ。久しぶりに会った母に対して、随分な言いようじゃない？　ジークが男に嫁ぐっていうから、心配して見に来てあげたのにぃ。プンプン！」

腰に手を当てプリプリと怒った様子の母。

——この方はたしか今年で四十三歳ではなかったか？　それにしては言動が幼すぎる……。

相変わらず軽い調子の母に、ジークフリートはこめかみを押さえて呻《うめ》いた。

彼の母であるイザベラはもともと自由気ままな踊り子だったというせいもあってか、いつも突拍子もない言動をする。ほかの側妃《そくひ》や寵姫《ちょうき》は絶対にしないであろうことも、平気でやってのけるのだ。

そのたびに侍女や従者は母に『寵姫の心得』とやらを口を酸っぱくして説き、息子であるジークフリートも「母君のようになってはいけません！」と何度も言い聞かせられてきた。

「ジークさまが生真面目で堅物な性格になったのは、お母上のイザベラさまが及ぼした影響も大きいですよね」とは、以前エルマーが発した言葉だが、彼も全く同意見である。

「ともかく王の寵姫たるお方が、気軽に後宮を出てはいけません。そう侍女に言われませんでしたか？」

「言われたけどぉ。でもジークが嫁ぐなんて聞いたら、いても立ってもいられなくなって」

小首を傾《かし》げてペロリと舌を出す。

「そんな顔しても、私は絆《ほだ》されませんよ」

「んもう、ジークってば相変わらず頭が固いんだからぁ。それよりもね、これから人の妻になるジークに、いいものを持ってきてあげたの」

「えっ!?」

はい、と手渡されたのは白木でできた箱。蓋がしてあるため、中に何が入っているかはわからないが、嫌な予感しかしない。

「あのね、男同士って、男女のセックスとはわけが違うでしょう？　きっと準備ややり方がわからなくて、悩んでるんじゃないかなぁって思って」

イザベラの言葉に、ジークフリートとエルマーは思わず顔を見合わせた。

たしかに悩んでいるが、それは今のところ二人だけの秘密。そもそもジークフリートが男に嫁ぐことは、ごく一部の限られた人間しか知らない、超極秘事項と王は言っていたのだが。

「母上、なぜ私が嫁ぐことをご存じで？　もしかして父上からお言葉がございましたか？」

「ううん。王《だーりん》は何も教えてくれないよ。でもねぇ、人の口に戸は立てられないってね……うふふ」

「イザベラさま、また盗み聞きしたんですか？」

「またって何よぉ！　エルマーってば、ほんと生意気なんだから」

エルマーに対してプリプリ怒る母を見て、ジークフリートは軽い目眩《めまい》を覚えた。

「母上、父上の居室に忍び込んではいけないと、あれほど」

「忍び込んでなんかいないわよぉ。ただちょっと、お付きの人を誑《たぶら》かしたくらいで」

「そういうこともしてはいけないと申し上げたではないですか！」

「もうっ、ジークもうるさい！　でもそのおかげで、ジークのピンチを救うことができたんだから、感謝して欲しいくらいなのにぃ！」

「私のピンチ……？」

「そうよぉ。なんの知識もなしに、男同士でセックスするって大変なのよぉ。あのね、箱の中に必要なもの一式入れておいたから。嫁ぐまでにいっぱい勉強して、ついでに慣らしておきなさいね」

「……慣らす？」

はて、それは一体？　言葉の意味がわからず、ジークフリートは首を傾げた。

「だってさ、下準備なしで切れたり裂けたりしたら大変じゃない？」

「え、裂ける？」

「一応いろいろ入れてきたから。足りなくなったらいつでも言ってね。じゃ、あたしはそろそろ行くから！」

「この後ご予定でも？」

「そう。実はねぇ、だーりんの閨《ねや》にお呼ばれされたのぉ」

「はっ？　ですがお褥《しとね》すべりの年齢はとうに過ぎて」

「そうなのよぉ。でも今回の婚活騒動で、未婚の子がドチャッと減っちゃったじゃない？　だからその分、新しく子どもを作ることにしたらしくって、とりあえず生理がある側妃やら寵姫はみんな、もう一回セックスできることになったのぉ」

予想だにしなかった事態に、ジークフリートはその場に蹲って頭を抱えた。

これ以上、不幸な王女王子を増やして、一体どこまで国を発展させる気なのだと、王を怒鳴りつけたい気持ちが湧き上がってしょうがない。

「だからね、うまくいったらジークに妹か弟ができるんだよ。ジークは昔から弟妹が欲しいって言ってたから、楽しみでしょー」

「一体何年前の話をしているのですか……」

「あっ、いっけなーい！　あたしもう行かなくちゃ。これから肌に磨きをかけて、だーりんをメロメロにしちゃうんだからぁ。じゃーね、バッハハーイ！」

イザベラは来たとき同様、嵐のように去って行った。

部屋に沈黙が訪れる。

残されたジークフリートとエルマーは、その後ろ姿を呆然と見送ったあと、手にした箱に目を移した。

「必要なもの一式」

「イザベラさまはたしかにそう、おっしゃってましたね」

「とりあえず確認するか」

箱を開けると、中からは美しい瓶に入った液体が二種類と、大きさが違う謎の棒数本。

そして。

「なんだ、この本は」

「うわぁ……」

裸の男二人が抱き合う絵が描かれている、怪しげな本がそこにあった。

とりあえず表紙を捲ると、どうやら男同士の愛について書かれているらしい。

「指南書か？」

「みたいですね」

「これを読めばわかるということなのか？」

「とりあえず、目を通してみてはいかがです？」

たしかに知識は必要である。ソファに座ったジークフリートは、エルマーと共に教本をじっくり丁寧に読み込んでいく。

「……」

「……」

ページを捲るごとに、お互い血の気が失《う》せていくのがわかる。

「…………」

「…………」

そしてついに、その手が止まった。

「……………」

「………………」

その内容は、二人の想像を遥《はる》かに超えるものだった。

「ちょっと待て。では何か、男同士での性交は、肛門《こうもん》を使うということか？」

「そのようですね。そのためには相当の下準備が必要となる……と」

つまりあの二種類の液体は、下剤とローション。そして謎の棒は、男根を受け入れやすくするための、尻穴拡張器であることが発覚した。

しっかりと下準備をしなければ、肛門が裂けて大変なことになる、と指南書は説いている。

ひとまず道具の謎は解けたのだが。

激しい目眩が再びジークフリートを襲う。

そして、同時に胸に過《よぎ》った思い。

それは。

「男に嫁ぐなんて、言わなきゃよかった――――っ!!」

ジークフリートの絶叫が、室内に響き渡る。

しかし後悔先に立たず。

もう今さらあとには引けない。

「えっと、ファイトですよ、ジークさま」

「下手な慰めはやめてくれ！」

己《おの》が運命を激しく呪うしかない。

「そういえばイザベラさまはなぜ、男同士の目合《まぐわ》いについてご存じなのでしょう？」

「さぁな」

「あとこの本。どうやって入手したんでしょうね。我が国にこの手の本は流通していないはずなのに」

「私のほうが聞きたいくらいだ」

鬱屈《うっくつ》晴れない様子で答えるジークフリート。短時間で起こった翻天覆地《ほんてんふくち》の出来事に、すっかり疲れ切ってしまった。

「とりあえず……お茶でも飲んで落ち着きましょうか？」

「そうだな。淹《い》れてもらおう」

エルマーは教本や瓶を手早く箱にしまい入れると、茶の準備に取りかかった。ほどなくして部屋中に広がる、馥郁《ふくいく》たる香り。春の若草を連想させる、青く鮮烈な匂いに、ささくれ立った心が少しだけ癒やされる気がした。

「どうぞ」

カップの中に漂うのは、黄金色をした美しい水色《すいしょく》の茶。フゥッと湯気を吹き、淹れたての茶を一口含む。飲んだ瞬間は仄《ほの》かな甘みを感じるものの、その後上品な渋みがジワジワと広がっていく。疲れた頭がシャキッとするのを、ジークフリートは感じた。

「カレダガ産か」

「その中でも最高級を誇る、シーボットティーを用意しました」

これもまた、開国したことで齎《もたら》された恩恵の一つ。爽やかな香りとスッキリとした味わいがウケにウケ、王宮内で爆発的な人気を呼んだのだ。

しかしシーボットと呼ばれる品種の茶は、カレダガ国でも生産量が少なく、ゆえになかなか流通しないことでも知られている。

王族とはいえ、その末端にしがみついているようなジークフリートが、滅多に口にできるような茶ではない。実際これまでに飲んだのは、たった一度きりだったのだ。

「先日、第十王子付きの従者から少し分けていただいたんです」

かわいらしい顔立ちと持ち前の愛嬌《あいきょう》、驚くほどの積極性を持つエルマーは、対人関係能力に長けていて、誰とでもすぐに仲良くなれるという特技を持つ。今回も独自の人脈を使い、この高級茶葉を手に入れたようだ。

「第十王子といえば、母君の生家は侯爵家であったな」

「はい。第十王子のご結婚に際して、高価なカレダガ産のお茶を入手したのだと従者が自慢していたので、少し分けてもらいました！」

ジークさまがお好きだとおっしゃってましたから……と、頬《ほほ》を染めてはにかむエルマー。男にしておくのが勿体《もったい》ないほどの、かわいらしさである。

ゆっくりと茶を堪能したジークフリートはエルマーに向き直り、口を開いた。

「半年後、グレハロクワトラス・シエカフスキー帝国に向け旅立つ。それまでに準備を調《ととの》えておいてくれ」

貴重な茶を堪能したおかげだろうか。ジークフリートの心は不思議と凪《な》いでいた。

「よろしいのですか？」

「今さら拒否ができる話ではない。皇太子妃がなんだ。伴侶が男で何が悪い。それが私の運命なら、潔く受け入れようではないか！」

胸を張って答えるジークフリート。半ばヤケクソ感は否めないが、いくら考えてももうどうにもならない。ならば腹をくくって、少しでも前向きに考えようではないか、という結論に至ったのだ。

「私はロンデスバッハと帝国を繋ぐ架け橋となるべく、立派な皇太子妃になるぞ！」

「閨に関しては、いかがなさるおつもりですか？」

「それは……なんとかなるだろう！」

「本当ですかぁ？」

「そのときになれば、恐らくどうとでもなるはずだ。多分！　きっと!!」

「ところで僕も、一緒に連れて行ってもらえるんですよね？」

不安げな表情でジークフリートを見つめるエルマー。

婚姻に際して従者や侍女を伴うこともできるが、ほかの王子王女らの供《とも》は下級とはいえ立派な貴族。片やエルマーは平民、しかも元孤児だ。もしも連れて行ってもらえなかったら……と不安が募ってしょうがないのだ。

深刻な顔をするエルマーの髪を、ジークフリートはクシャリと撫《な》でた。

「当然だ。お前は私の大切な従者だからな。無理を押し通してでも、必ず連れて行くぞ」

「よかった！　ジークさまの御為《おんため》なら、僕はどこまででもお供しますからね！」

「しかし、本当によいのか？　あちらへ行ったらもう二度と、ロンデスバッハには戻れないのだぞ」

「僕には親兄弟もいませんし、こんな国に未練も愛着もありません。ジークさまに初めてお会いしたあの日、誓ったんです。この方に生涯仕えるんだ、って。だから帰国できなくても一向に構いません！」

晴れ晴れとした笑顔で答えるエルマー。相変わらず度胸の据わった奴《やつ》だと、ジークフリートは内心で独りごちる。

出会ったばかりの頃のエルマーは、掃除夫の仕事をする小さな子どもだった。孤児院育ちということもあり、当時は掃除夫仲間からよく虐《いじ》められていた。ある日、大勢に囲まれて殴る蹴るの暴行を受けていたエルマーを目撃したジークフリートは、彼をすかさず保護したのだ。

元踊り子の母から生まれた彼は、異母兄弟から「庶民めが」と侮蔑され、毎日のように嫌がらせを受けていた。だからこそ暴行を受けていたエルマーを他人事に思えず、助けの手を差し伸べてしまったのだ。

「あの頃は嫌な仕事を押しつけられたり、食事を取られたり、本当に散々でした。あの日もよってたかって酷い暴行を受けて、本当に死ぬかと思いましたよ」

「実際、肋骨《ろっこつ》が折れていたしな。本当に危ないところだった」

掃除夫仲間の元へ戻れば、また怪我《けが》をさせられるかもしれない。ならばいっそ、自分の側《そば》にいさせた方がいいだろうと判断したジークフリートは、無理を通してエルマーを従者として召し上げたのだ。

「掃除夫から王子殿下の従者なんて、普通ならばあり得ないほどの大出世ですよ！」

屈託なく笑うエルマー。幼い頃は何かあるとすぐに泣いていたのに、すっかり逞《たくま》しくなったものだ、とジークフリートの胸が熱くなる。さながら、我が子の成長を喜ぶ母の気分だ。

「今の僕があるのは、全てジークさまのおかげなんです。ですから当然、お輿入れ先にだってお供させていただきますからね！」

エルマーは拳《こぶし》を握って力説するが、ジークフリートもまた彼のおかげで何度心を救われたかわからない。

周囲に蔑まれ、虐げられながら生きてきた彼らは、辛《つら》いときには互いに支え、励まし合いながら生きてきた。今さらエルマーと離れて別の道を一人歩むことなど、ジークフリートとて到底考えられないのだ。

「お前と一緒なら、あちらでも楽しくやっていけるだろうな」

「そうですとも！　たとえ死んだってジークさまのお側を離れませんからね！」

「頼もしいな。わかった、では共に参ろうぞ」

「はい！」

エルマーがいてくれれば、この先どんな困難が待ち受けていようと耐えられるだろう。

ジークフリートは心底からそう思い、彼の言葉に深く感謝した。

＊＊＊＊＊＊＊＊

ロンデスバッハの主従がそんな話をしていた頃。

遠く離れたグレハロクワトラス・シエカフスキー帝国では、セルゲイ皇太子が頭を抱えていた。

「お相手はロンデスバッハ王国の、ジークフリート王子ですか……」

セルゲイの護衛であり、腹心の部下でもあるヴァルラムが、呻くように呟いた。

「ほぼほぼ決まったらしい」

セルゲイは大きなため息をついて、ガックリと肩を落とした。

遠い遠い異国から、花嫁がやって来る。

人族だけが住む国の、子だくさんの王から生まれた王子は彼と結婚しなければならないのだ。

急遽《きゅうきょ》決められた縁談をやむなく受け入れはしたものの、内心は後悔でいっぱいだった。

「セルゲイさま……」

「何も言うな、ヴァルラム。国内の混乱を治めるためには、もうこれしか手がないのだからな」

グレハロクワトラス・シエカフスキー帝国には、男でも子を成せる秘薬が存在するため、同性同士で番《つが》うことが可能だ。

皇族の中にも過去、男の伴侶を持った者が存在している。

しかしセルゲイはというと、これまでの恋愛対象は決まって女性だった。男を愛したことなど一度もないし、これからだって愛せるとは思えない。

それなのに、伴侶が男とは……。

この縁談を強引に推し進めた皇帝《ちち》への怒りが再燃する。

「遠路はるばる嫁いでもらうわけだが、俺たちの間に愛情が芽生えることはない」

いくら秘薬があったところで、子ができる可能性は限りなく低い。というよりゼロに等しい。何しろセルゲイ自身が、ジークフリートと契るつもりがないからだ。

「だからといって、蔑《ないがし》ろにするわけにもいかないからな」

これは政略結婚。自分だけでなく、王子だって被害者なのだ……と、セルゲイは幾度めともつかぬ大きなため息を吐き出した。

「せめて王子が何不自由なく過ごせるよう、心を尽くそうではないか。愛情以外の部分でな」

そんな会話が交わされているだなんて、予想だにしないジークフリートは、結婚を告げられてからちょうど半年後、大勢の人に見送られながら、遥か彼方《かなた》のグレハロクワトラス・シエカフスキー帝国へ向け、旅立ったのである。

結婚前日

海を渡ること一週間、陸を進むことおおよそ一ヶ月。

長旅の末、北の大国グレハロクワトラス・シエカフスキー帝国に到着したジークフリートは、セルゲイ皇太子と華燭《かしょく》の典を挙げた。

それから約一年。

皇太子妃となったジークフリートは、静穏そのものの生活を送っていた。


ジークフリートは今、セルゲイが彼のために用意した離宮で暮らしている。

アムール虎人族は獣人の中でも特に生殖能力が低いので、皇帝は必ず側妃や寵姫を持つ習わしとなっている。皇太子であるセルゲイもまた、例に漏れず……のはずが「妃はジーク一人で充分」と言い張ったため、この離宮には正妃であるジークフリートただ一人が、生活しているというわけだ。

宮殿から最も奥まった場所にあるためか、来客はおろか近くを通りかかる者も滅多にいない。

静寂のなか耳にするのは、鳥や虫たちのかわいらしい声。祖国にいた頃は毎日のように聞いていた、荒々しい怒号や剣戟《けんげき》の音を耳にしたことはない。

土埃《つちぼこり》や硝煙の代わりに漂う、甘やかな花の芳香。

今までとはまるで正反対の、静かで穏やかな日常がそこにあった。

皇族の一員となった彼を待っていたのは、大量の公務と分刻みのスケジュール……ではなく、読書三昧という優雅な日々。

唯一与えられた公務は、ひと月かふた月おきに行われる王宮のパーティーに、セルゲイのパートナーとして出席することだ。

この日もジークフリートは、セルゲイが贈ってくれた真新しいタキシードに身を包み、パーティーに参加していた。

最上級の絹で仕立てられた純白のシャツは、艶々と輝いて恐ろしいほど手触りがいい。軽くて柔らかい布が、ジークフリートの素肌を優しく包み込む。

袖口を留めるカフリンクスは金でできており、国章である剣と玉《ぎょく》を手にした虎の図柄が刻印されている。

一見すると白銀色に見えるジャケットとスラックスは、実は白地に銀糸の美しい刺繍《ししゅう》が満遍《まんべん》なく施されている逸品だ。その清楚《せいそ》な美しさを引き立てるように、襟元と袖口には鮮やかな緋《ひ》色と金の糸で華麗な花が描かれ、所々にダイヤモンドが縫い付けられている。

ロンデスバッハにいた頃とは比べものにならないほど、高価で立派な装いであるのは間違いない。

――この姿をエルマーが見たら、どう思うことか。

ふと、いつも隣にいてくれた従者の面影が、脳裏に蘇る。

『とっても素敵です！　ジークさま‼』

そんなことを言って、褒めてくれるだろうか。

「エルマー……」

今は傍らにいないエルマーを思い出すだけで、胸がジクリと痛む。

――なぜ、こんなことに……。

ソッと嘆息したとき、華やかなドレスに身を包んだ貴婦人が、ジークフリートに声をかけた。

「ご機嫌麗しゅうございます、皇太子妃殿下」

振り返った先に、ジークフリートよりも若干背が高く、なかなかに逞しい体つきをした淑女の姿。外務大臣の第一夫人だった。

内心の憂鬱さに蓋《ふた》をしたジークフリートは、貴婦人に向かってアルカイックスマイルを向ける。人前では余裕ある笑みを作ることも、王族として大切な作法なのだ。

「やあ、夫人。あなたも息災で何よりだ」

女性の夫である外務大臣はセルゲイに心酔しており、そのためもあってか夫婦揃って外《と》つ国から嫁いできたジークフリートを、何かと気遣ってくれる。

例えばこんなパーティーでは必ず、いの一番に話しかけてくれたり、有益な情報を齎してくれるのだ。

アムール族らしい立派な体格の持ち主ではあるが、その心根は優しく、優雅で気品溢れた淑女である。

「本日のお召し物も、大変素晴らしゅうございますわね。まるで無垢《むく》な花嫁を思わせるような真っ白いタキシードが似合う殿方は、帝国広しといえど妃殿下以外おられませんでしょうね」

無垢な花嫁……そう言われたジークフリートの体が、ピクリと微《かす》かに反応した。しかしそれを相手に悟られぬよう、余裕の笑みを返した。

「ありがとう。そう言ってもらえて嬉しいよ」

「小耳に挟んだところによりますと、刺繍に使われている銀糸はコーザン国から取り寄せた一級品だとか？」

コーザン国は銀の一大産地で、産出量もさることながら、質の良さにも定評のある国だ。当然値段も桁《けた》違い。どんな金持ちであろうと、簡単に手に入れることはできないことで有名なのだ。

「それを妃殿下のために用意させるなんて、さすがは皇太子殿下でいらっしゃいますわね。ご寵愛のほどが伝わって、本当に羨《うらや》ましい限りですわ」

そう言って夫人は、うっとりとした表情を浮かべた。ジークフリートはそれを、静かな笑みで受け流す。

「ところで」

話を逸《そ》らそうとして口を開いたとき、ふと隣に誰かが立つ気配を感じた。

チラリと目線を移すと、そこには伴侶であるセルゲイの姿があった。長い尻尾をピンと立ち上げ、満面の笑みでジークフリートを見つめている。

「待たせたな、ジーク。何か考えごとか？」

燃えるように赤い髪のてっぺんに付いた、大きな耳がフルリと動く。今でこそだいぶ獣耳に慣れてきたジークフリートだが、帝国に来たばかりの頃はちょっとしたヘアアクセサリーを付けているようにしか見えなくて、違和感が半端なかったことをふと思い出した。

伴侶が愛《いと》おしくて仕方ないといったようなセルゲイの笑顔に、ジークフリートの胸がチクリと疼《うず》く。

ざわめく感情を悟られぬよう、心の中で「平常心」と数回唱えながら、優雅な笑みを作る。

「ワインをもう一杯いただこうかと、思案していたところにございます」

その言葉にセルゲイはすぐさま給仕を呼び、ジークフリートと夫人に白ワインを振る舞った。

フルーティーな香りが際立ち、砂糖のようなトロリとした甘さが引き立つワイン。これは……と、ジークフリートが目を瞠《みは》る。

「まぁ、リフトス・ドナ産のワインでございましょうか」

夫人が感嘆の声を上げた。

リフトス・ドナ産のワインはコーザン国の銀糸と同じく非常に価値の高いもので、王族であっても入手困難な逸品なのだ。

開国したばかりのロンデスバッハにいた頃は、飲んだことはおろか、目にしたこともなかった。もっとも見かけたところで、なんの後ろ盾もない弱小王子が飲めるはずもないのだが。

それがこうして、貴重なワインを飲める身分になるとは……人生とは、全くもって不思議なものだと、ジークフリートは小さな息を吐いた。

「七十二年の白が見つかってな」

「大当たりと言われる年でございますわね」

「ジークがドナ産のワインを好むから、すぐに手に入れたのだよ」

「入手困難と言われる逸品を手に入れられるとは……さすがは皇太子殿下ですわ」

「伴侶が気に入ったものは、全て手に入れてやりたいからな」

スラックスの尻から伸びた長い尻尾が、ジークフリートの腰にしっかりと絡みつく。それを見た夫人らから、興奮と羨望の声が漏れる。居たたまれなくなったジークフリートは、ソッと目を伏せて俯《うつむ》くしかない。

「照れておいでですか？　本当に妃殿下は、おかわいらしくていらしゃいますこと」

「おぉ、かわいらしかろう。だがな、ジークは俺のものだ。何人《なんぴと》たりとも、手を出してはならぬぞ」

喉をグウゥと鳴らして、威嚇するセルゲイ。皇太子の本気の威嚇に周囲がたじろぐ中、夫人だけは苦笑しながら

「そのようなこと、この国も誰しもが存じておりますわ。妃殿下に触れようなどと目論《もくろ》む輩《やから》はおりませんので、どうぞご安心くださいませ」

と取りなすと、周囲の者もそれに同調した。

「相変わらずのご寵愛ぶり。本当に羨ましい限りにございます。どんなにお忙しくても、毎日のようにお手紙や贈り物を届けられていると、聞き及んでおりましてよ」

「本当は毎日顔を見に行きたいんだがな。そういった時間を作れないのが、残念で仕方ない」

そう言うとセルゲイはジークフリートを引き寄せて、オリーブ色の艶めいた髪にキスを落とした。それを見た若い令嬢らから一斉に黄色い悲鳴が上がり、ジークフリートの眉が一瞬ピクリと形を変えた。

不快感が滲《にじ》み出た表情は、幸い誰にも気付かれることはなかった。

隣に立って、彼の腰に尻尾を巻き付けたセルゲイすらも、ジークフリートのさざめく感情には一切気付いていていない。

「間もなくご結婚から一年が経《た》ちますが、変わらぬご寵愛ぶりですこと」

「もちろんだ。俺はジーク一筋だからな」

腰に絡みついた尻尾が、さらに力を増す。

それは離したくないという心の表れか。はたまた、余計なことは言うなという牽制《けんせい》なのか。

もっともジークフリート自身、反論する気は全くない。口をキュッと引き結び、あたかもセルゲイの言葉が本当であるかのごとき、穏やかな笑みを浮かべるに留めた。

「ではそろそろお世継ぎさまも……」

「そうだな。ジークがこの国に来てもうじき一年になることだし、皆に嬉しい知らせができる日も近いだろう」

その一言で周囲がドッと沸き上がり、あちらこちらで祝福の声が上がる。

手を振り笑顔で答えるセルゲイ。

「おしどり夫婦でいらっしゃる」「皇太子妃殿下は愛されておいでだ」などといった羨望の声が、あちこちで上がる。

いつしか会場中が、熱気と興奮に包まれていた。

しかし当のジークフリートはその光景を、氷のように冷め切った目で見つめるばかり。

――政略結婚で結ばれた王族ならば、仲睦《むつ》まじい様子を見せることも重要。こういったパフォーマンスは必要不可欠だ。

ゆえに二人は、人前では愛し合っているように振る舞っている。

そう、お互いがどんなに嫌い合っていても……だ。

――今この場で、私たち夫夫《ふうふ》の間に愛情なんてどこにも存在しないのだと大声で真実を告白すれば、皆は一体どんな顔をすることだろう。

ジークフリートは腹の中で冷笑した。

きっと蜂の巣をつついたような騒ぎになるだろう。とはいえそんなことをすれば、国同士の関係にひびが入りかねない。だから絶対に、口にすることはないけれど。

シャンデリアの光が手にしたワイングラスに反射して、ジークフリートは目を眇《すが》めた。

キラキラ眩しい、光の輝き。恐らくは自分の人生も、他人からすればこのように見えるのだろうと、自嘲《じちょう》の笑みが零《こぼ》れそうになるのを必死で堪《こら》える。

真実は、先の見えない闇が広がるばかりなのに。

——あぁ……本当に、なぜこんなことになってしまったのだ……。

皆に手を振るセルゲイを眺めながら、ジークフリートはこの国に来て幾度めともつかぬ嘆息を吐いたのだった。

＊＊＊＊＊＊＊＊

パーティーは何事もなく無事終わり、ジークフリートは離宮に戻った。セルゲイはいつものように宮殿に留まったため、彼はたった一人で夜を過ごす。

豪華なジャケットを脱ぐと、ソファに叩《たた》きつけるように投げ捨てる。身に付けているものを全てぞんざいに放り、一人で寝るには広すぎるベッドに倒れ込んだ。

オリーブ色の髪がシーツの上にファサリと広がる。

ジークフリートのほかには、年老いた従者と侍女の二人だけしかいない、静かな離宮。物音一つしない宮に、虫の音だけがやけに大きく響いていた。

「……虚《むな》しい」

大きなため息と共に、苦しい胸の内を吐き出す。

政略結婚の意味を知らなかったわけではない。しかし、まさかこのような仕打ちを受けるなんて、故国にいた頃は思いもしなかった。

グレハロクワトラス・シエカフスキー国に嫁いでもうすぐ一年。

彼は言いようもないほどの孤独に苛《さいな》まれていた。

伴侶であるセルゲイは結婚後すぐにこの離宮を建設し、約半年後には彼をここに閉じ込めた。

宮殿の敷地内で一番奥まったところにある、うら寂れた場所。馬車で一時間も移動しないと辿《たど》り着けないことと、外を夥《おびただ》しい数の兵が警護しているため、訪ねてくる者はおろか近寄る者も皆無である。

従者と侍女は必要最低限の会話しか交わさないため、ジークフリートは一日のほとんどを無言のまま過ごしていた。

「エルマーがいた頃はまだ、こんな思いを抱えることもなかったのに……」

祖国にいた頃、一生側を離れないと誓ってくれたエルマーも、今はいない。セルゲイが、ロンデスバッハから付き従った者を全て帰国させたためだ。

なぜ自分がこんな目に遭っているのか。

考えられる理由は一つ。

――殿下は私を憎んでいる。

ジークフリートはそう確信していた。

セルゲイは最初から、この結婚に反対していたと聞き及んでいる。けれど皇帝陛下に命じられて仕方なく、ジークフリートを娶ったのである。

それはこの国の貴族であれば、誰もが知っていること。

だが結婚前の抵抗が嘘《うそ》のように、今では妃であるジークフリートを寵愛している、というのが世の評判なのだが、実際のところは……。

「恋愛は無理でも、せめて心の通じ合う夫夫《ふうふ》になりたいと思っていたが、とんだお笑いぐさだな」

自嘲気味に笑い、枕に顔を埋《うず》めて目を瞑《つむ》る。

故国にいた頃、セルゲイとの結婚に仄かな夢を抱いていた頃のことを思い出し、ジークフリートの胸が軋《きし》む。

「本当に、こんなはずではなかったのに……」

盛大なため息をつきながら、ジークフリートはこれまでのことを思い出していた。

＊＊＊＊＊

ジークフリートらが、ロンデスバッハ王国から遠く離れたグレハロクワトラス・シエカフスキー帝国に入ったのは、婚姻式前日のこと。

予定では五日前に着いているはずだったのだが、途中で海が荒れるなどのトラブルが発生し、到着が遅れたのだ。

「あの丘を越えれば、帝国に入るそうですよ」

宿の窓から外を眺めながら、ウキウキとした様子でエルマーが言う。

「ようやく、か」

読んでいた本から目を離し、ジークフリートもまたエルマーの隣に立って景色を眺める。

この宿に入ったのはその日の深夜。辺りは暗闇に閉ざされていて、周囲の様子は全くわからなかった。しかし夜が明けるとグレハロクワトラス・シエカフスキーとの国境である丘がハッキリと見える。思った以上の近さに、ジークフリートは身の引き締まる思いがした。

「ようやくここまで辿り着いたな」

「さすがに遠かったですね。僕はもう、体のあちこちが痛くて堪《たま》りませんよ。ジークさまは大丈夫ですか？」

「無論、大丈夫だ。お前とは鍛え方が違う」

「暇を見つけては、鍛錬に励んでいらっしゃいましたもんね」

エルマーは半ば呆《あき》れたような目で見るが、鍛錬ほど大事なものはないとジークフリートは信じている。

母に似て華奢《きゃしゃ》で小柄だった彼は幼い頃、異母兄弟たちからよく虐められていた。エルマーとは違って、殴る蹴るの暴行は少なかったものの、後ろ盾がないことと体が小さかったことから、余計に見下されていたのだろう。

それが軍に入り、体つきが変わった途端に、手出しする者はいなくなったのだ。

「筋骨隆々となった私を、恐れたのだろうな」

「軍人相手に暴行を働いて、怪我をするのはあちらでしょうしね。ジークさまは筋肉量が少ないとはいえ、戦闘のプロになったわけですから」

「おいちょっと待て。筋肉量が少ないとは何事だ。見ろ、この体を。胸板なんて、バインバインじゃないか」

「そりゃ僕よりは逞しいですよ。鋼のようにしなやかで、美しい肉体をしてると思います。でも将軍なんかに比べたら、雲泥の差じゃないですか」

「そうか。お前、自分に筋肉がないから、私をやっかんでいるのだな？　軍では皆が私をガチムチと褒め称えてくれたぞ！　将軍だって『あと十年もすれば逞しい肉体に成長するでしょう』と言ってくれたしな」

「ジークさまは腐っても王族ですからね。何か言われたら『はい』と答えるしかないでしょうに」

「お前っ……！」

「僕は皆が言いにくい真実を、敢《あ》えて教えて差し上げているんです。ジークさま付きの従者として、当然の振る舞いかと」

口論に熱中していると、出立の準備が整ったことを知らせる声がかかった。エルマーと二人、急いで身支度《みじたく》を調えると、部屋を後にする。

「あ、ジークさま。この本も荷物の中に入れますか？」

エルマーが手にしたのは『せかいの獣人』。先ほどまでジークフリートが読んでいた本だ。

「それは馬車の中で読むから、お前が持っていてくれ。一応念のため、もう一度復習《さら》っておきたいからな」

ほかにもグレハロクワトラス・シエカフスキー語の辞書なども用意するよう、エルマーに指示を出す。

「これはどうしましょう？」

「なんだ？」

エルマーの手の中にある本を見て、ジークフリートは顔を歪《ゆが》ませた。それは祖国の母から贈られた、男同士で目合《まぐわ》うための指南書だったからだ。

「それは……不要だ」

「え、でも一応これも復習《さら》っておいた方がいいのでは？」

「その必要はない」

復習などせずとも済むほど、頭に叩き込んでおいたから大丈夫……とはなんとなく言い出しにくく、不服そうな表情を浮かべるエルマーから、ソッと目を逸らした。

指南書以外の参考書をエルマーに持たせ、ジークフリートは馬車へと乗り込んだ。

麗《うら》らかな日差しの下、馬車はゆっくりと進んでいく。丘は間近に迫っている。国境を越えて一日移動すれば、皇帝の居城であるオルノーヴァ宮殿に到着するはずだ。

ついに伴侶となる皇太子と相対する……そう考えただけで、ジークフリートの心にピリリと緊張が走る。

――皇太子殿下は一体どのような方だろう。

国王から渡された肖像画を見た限りでは、燃えるような赤い髪に琥珀《こはく》色の目をした、かなりの美丈夫だった。男らしい太い眉。ひと睨《にら》みしただけで、全ての敵を倒せそうなほど鋭い眼光。若干上がった口角は不遜にも思えるが、彼の場合は却《かえ》ってそれが威厳となって現れているように感じた。そして特筆すべきは、羨ましくなるほどの厳《いか》めしい体格。

惚《ほ》れ惚《ぼ》れする外見をしているのに、頭の上にちょこんと乗った獣の耳が、その男ぶりをだいぶ下げているような気がしてならない。

「皇太子さまは、お優しい方だとよろしいですね」

エルマーがポツリと呟く。その声は不安で微かに揺れていた。

十年以上付き従った主人《あるじ》が、祖国では禁忌とされている同性婚をするのだ。従者として不安になるのは当然と言えよう。

「そうだな……見ず知らずの私を快く受け入れてくださるのだ。きっとお優しい方に違いない」

「皇太子さまがジークさまの〝半身〟だったら素敵ですよね！」

それは肉体や感情ではなく、魂そのものが惹《ひ》かれ合って結びついた、唯一無二の伴侶を指すと『せかいの獣人』に記されていた。別名、〝魂の番《つがい》〟とも言うらしい。

理屈ではなく本能が相手を求めるため、一度番《つが》ったが最後、二度と離れることはできない。世界で初めて異種間結婚した夫婦も、この〝半身〟だったのではないかと考えられている。

獣人であれば誰もが己の半身を見つけられた時代もあったが、現在それを見つけられる者は皆無。混血が進んで血が雑多になるにつれて、主となる獣の本能がどんどん薄らいでいき、己の唯一を察知できる能力が失われたのではないか……と『せかいの獣人』の作者は述べている。

「半身はただの伝説、おとぎ話のようなものだと思うぞ」

「ジークさまは相変わらず現実的ですよね。もっとこう、夢を持った方が人生楽しいですよ？」

「そう言われてもなぁ」

何せ石炭の代わりとして決まった結婚だと、国王からハッキリ言われてしまったのだ。夢もくそもあった話ではない。

「それに馬鹿《ばか》なことを考えている方が、いろいろと気が紛れるかもしれませんし」

眉尻を少し下げ、困ったように微笑《ほほえ》むエルマー。

男同士で結婚するジークフリートを、励まそうとしたのだろう。その気持ちがありがたくて、ジークフリートはエルマーの柔らかいブラウンの髪をグシャグシャと撫で回した。

「お前の気持ち、嬉しく思うぞ。だがな、私は半身でなくても、皇太子殿下に誠心誠意お仕えするつもりだ。少なくとも、祖国に仕送りするための石炭分は、充分に！」

「ジークさま……その心意気です！　僕もジークさまのお力になれるよう、精一杯頑張《がんば》りますね!!」

固く手を握り改めて誓い合ったそのとき、急に馬車がガクンと急停車した。

「何事だ」

まさかここに来て、何かのトラブルか？

嫌な予感を覚えて、随行の騎士に尋ねると、まさかの返答が戻ってきた。

「恐れながら、正体不明の一団が待ち構えております！」

「何っ!?」

慌てて馬車から窓の外を確認すると、武装する兵士の一団が見えた。剣と玉《ぎょく》を手にした虎の紋章が描かれた旗が、風に靡《なび》いてはためいている。

虎の図柄ということは、グレハロクワトラス・シエカフスキー国の兵で間違いないだろう。

――あの徽章《きしょう》どこかで見た覚えが……。

しかしどこで見たか、咄嗟には思い出せない。

だがゆっくり思案している余裕など、今はなかった。馬車を止めるよう伝えると、騎士団長と副団長を呼んだ。

「たしか出迎えは国境沿いではなく、そこから少し行ったところにある村で行われると聞いていたが」

「はっ。ゆえにあの一団は恐らく……」

騎士団長はその先を語らなかったが、思っていることは皆同じのようだ。あれはジークフリートが皇太子妃として嫁ぐことを、快く思わない集団であろう……と。

祖国にいた頃、密偵から『彼の国では、皇太子妃問題で一悶着《ひともんちゃく》あったらしい』との報告があった。大帝国の皇太子妃の座を巡って、以前からたくさんの貴族を巻き込んでの内紛が繰り広げられていたようで、最終的にアムール族となんの関わりもない、人族であるジークフリートが内定してしまったことで、激しい反発や論議が巻き起こったらしい。

『いくら貴重な血を持つとは言え、しょせんは小国のいち王子。将来帝国を統べる者となる皇太子殿下のご正妃に、相応しいとは思えません』

そのような意見が数多く出たものの、皇帝は全て黙殺。この縁談を強引に推し進めたのだとか。

納得せぬ者も多い中での婚姻。

ゆえに出発前は、この道中で刺客に襲われることも懸念していたほどだ。

ここまで何事もなく辿り着けたので安心していたが、まさかこんな国境沿いで待ち構えられようとは……。

「ここで斃《たお》れるわけにはいかないな」

何せこの婚姻には、ロンデスバッハ国民の生活がかかっている。

もしも皇太子と婚姻する前にジークフリートの命が尽きれば、その後石炭を融通してもらえない可能性が高い。

燃料が枯渇したあとの国民の生活を思うと、ジークフリートは絶対に死ぬことはできなかった。

「切り抜けられるか？」

「数の上では互角のようですが、彼の国の者は人族とは身体能力が格段に違うとか。この人数でどこまでやれるか……」

かつて北の大地を武力で制圧したほど、強大な力を持つアムール虎人族。人族など、赤子の手を捻《ひね》るようなものかもしれない。

「それでも……やらねばならない」

祖国のために彼は生き延びて、皇太子妃にならねばならないのだから。

「一部護衛の兵を殿下のお側に置き、それ以外は敵を迎え撃ちます。戦闘に入り次第、殿下は脇道に入って宮殿を目指してください」

「わかった……死ぬなよ」

「御意」

エルマーに用意させた革鎧《よろい》を身に着け、剣を佩《は》く。こんなことなら、甲冑《かっちゅう》一式を用意して来るべきだったと後悔するが、今さら遅い。

「ぼ、僕もジークさまをお守りします！」

短剣を握りしめ、上擦った声でエルマーが叫ぶ。小さな体がカタカタと震えているのは、緊張のためか恐怖のためか。恐らくその両方だろう。

「お前が戦わずに済むよう、私がなんとかするから安心しろ」

不安を取り除こうと、ジークフリートが頭をポンポン撫でてやると、エルマーは涙で濡れた目をグイッと擦《こす》って、気丈にも反論した。

「馬鹿にしないでください！　僕はこれでもジークさまの腹心ですよ。騎士さまたちに比べたら弱いかもしれませんけど、僕だってジークさまをお守りしたいんです！」

「……わかった。頼りにしているぞ」

「はいっ！」

話し合いがあらかた纏まり、脱出の準備が整った頃。

鋭い声が辺りに響いた。

「敵襲――――っ！」

眼前に、グレハロクワトラス・シエカフスキー国の国旗をはためかせながら、猛スピードで迫ってくる敵兵の姿が。

「殿下、すぐにお逃げください‼」

「あとは頼んだ！」

エルマーと共に馬車を降り、数名の護衛兵に囲まれるようにして脇道を目指そうとしたそのとき。

「剣を収められよ！　セルゲイ皇太子殿下のお成りである‼」

地を這《は》うような低い声が轟《とどろ》いた。その名を聞き、その場にいたロンデスバッハ人たちの動きが止まる。

――セルゲイ皇太子殿下？

目を凝らすと集団の一番後ろに、燃えるような色の髪が見えた。

肖像画と同じ、艶《あで》やかな赤。

――まさか、本当に……？

立派な体躯に、威風堂々とした姿。

琥珀色に輝く瞳が、ジークフリートを捕らえる。

「……ジークフリート王子か」

「あっ」

名を呼ばれた瞬間、今まで経験したことのないような激しい衝動を、ジークフリートはたしかに感じたのだった。

目の前の人物から、不思議と目が離せない。

頭が真っ白になり、なんと返答したらいいかさえわからないまま、ただただセルゲイだけを見つめ続ける。彼もまた、何も言わずにジークフリートを注視していた。

絡み合う視線。熱の籠もった眼差しに、思考がグズグズと蕩《とろ》かされるような感覚がして、ジークフリートは激しく戸惑った。

鼓動は次第に速度を増していき、頬が熱くなっていく。

――なんなんだ、この胸の高鳴りは……。

嬉しいような、切ないような、泣き出したくなるような感情。

まるでこれは――。

「ジークさま……」

エルマーの声にハッとする。

返事もできずに沈黙したのは、祖国の父から結婚を話を聞かされたとき以来の失態で、ジークフリートは内心で舌打ちをした。

軽く咳払《せきばら》いをした後
「お初にお目にかかります。ロンデスバッハ国第六王子、ジークフリート・クラウス・ヴァン・ロンデスバッハにございます」

深々と腰を折って辞儀をする。

しかし、いくら待ってもセルゲイは口を開く気配がない。

――私の言葉が通じないのだろうか。

結婚が決まってからの半年、ジークフリートはグレハロクワトラス・シエカフスキー国の言葉やマナー、風習を学びに学んだ。寝る間も惜しんで取り組んだおかげで、語学の講師からは「完璧な発音だ」と太鼓判を押されていたのだが。

何も返答がないことに、不安が募っていく。

「あの……」

押し黙ったままのセルゲイに問いかけたそのとき。

小山のような巨漢がビクリと震えたかと思うと、驚くべきスピードで目の前に迫ってきた。

「えっ」

何か無礼を働いたのだろうかと焦るジークフリートの肩を、セルゲイがガッと摑《つか》んだ。万力《バイス》のような力で締め上げられて、肩がミシリと悲鳴を上げる。

「痛っ!?」

驚愕《きょうがく》の声を上げたジークフリートとは対照的に、セルゲイはなおも無言を貫いている。鋭い眼光を受けたジークフリートは、まるで蛇に睨み付けられた蛙《かえる》のように、生きた心地がしない。

「あの……」

それでもなんとか声を振り絞って話しかける。とにかく手を離してほしい。その一心だ。

セルゲイはハッとした表情を浮かべると、ジークフリートの肩に置いた手を離した。

よかった……と安堵《あんど》したのもつかの間。

離れた手がジークフリートの腰を摑み上げ、そのまま軽々と持ち上げたのだ。

「なっ!?」

その声は、ジークフリート一人のものではなかった。背後から戸惑いと驚愕の声が次々と上がる。

それらを無視したセルゲイは、ジークフリートを縦抱きにした状態で颯爽と馬に跨《また》がると、一同をその場に残したまま馬を駆った。

「ジークさまぁぁぁぁっ!!」

エルマーの叫び声は、あっという間に小さくなって聞こえなくなった。

「何をなさるのですかっ!?」

ジークフリートは抱えられたまま抗議の声を上げたが、セルゲイが口を開くことはなかった。

――このままどこぞへ投げ捨てられたりしないだろうな。

そんな不安さえ募る。

馬は疾風のごとき速さで街道を駆け抜けていく。そして一度も休むことなく、三十分ほどで小さな集落の入り口に到着した。

セルゲイは教会らしき建物の前に馬を止めると、ジークフリートを下ろすことなく、無言のまま中に入っていく。

「誰かいないか！」

セルゲイが大声で吠えると、奥から修道服を着た若い男が小走りで現れた。この教会の司祭である。

「何かご用で……って、皇太子殿下⁉」

司祭は腰を抜かさんばかりに驚いた。無理もない。片田舎に暮らすいち司祭にとっては、自国の皇太子など雲の上の人物。それが突然目の前に現れたのだ。驚かない方がおかしいというもの。

「あ、の……本日は一体、どのようなご用件で……」

「式を挙げてもらいたい」

「はっ？」

「俺たちの婚姻式を、今すぐここで挙げてほしい」

「えっ⁉」

異口同音の驚きの声が、教会内に木霊《こだま》した。

「ここで⁉　ですが皇族方のお式は、宮殿内の大聖堂でと決まっているはずでは」

「ここでは式を挙げられないというのか？」

「いえ、あの、ですがこちらの教会は、皇太子殿下のご成婚に相応しい場所とは」

「今すぐ夫夫《ふうふ》になれるなら、どこだって構わない」

「さすがにそれは」

「式を挙げられるのか、挙げられないのか、はっきりしろ！」

威嚇するように吠えるセルゲイに恐れをなしたのか、司祭は「ただいま、すぐに！」と言って奥へと走り去った。婚姻式に必要なものを取りに行ったのだろう。

ジークフリートはその背中を、呆然と見送るばかり。

——一体、なんなのだ……。

あまりの展開の早さに頭がついていけない。

実のところ、自分が今なぜここにいるのかすら、半分わかっていない状態だ。

再び沈黙が降りる。

「……セルゲイだ」

静まりかえった室内に、ポツリと小さな呟きが響いた。

琥珀色の瞳に射貫《いぬ》かれ、平静を取り戻しつつあったジークフリートの心臓が、再び大きく跳ねる。

「あ、はい……ジークフリートにございます」

「突然連れ出してすまなかったな」

「いえ……ですが、ほかの者は」

「直《じき》に追いつくだろう。もちろんロンデスバッハからの随行者たちも一緒にな」

セルゲイが引き連れていた兵らは、エルマーたちを連れて来てくれるらしい。その言葉に、ジークフリートはひとまずは安堵した。

しかし気になることはまだある。

「なぜ皇太子殿下自らお迎えに？」

たしかに予定では、迎えの者が国境沿いまで迎えに来ることになっていた。しかしそれは王宮の騎士団であって、セルゲイ本人が来るだなんて聞いていない。

「婚姻式に合わせて休暇を取っていたからな。花嫁一行を自らが迎えに行くのも一興だと思い、騎士団に同行したというわけだ」

一国の皇太子が、そんな気軽に出歩いていいのだろうか。何かあったらどうするつもりなのだと、ジークフリートは開いた口が塞がらない。

「遅くなって申し訳ございません。殿下がいらっしゃることがわかっておりましたら、もっと急ぎ参りましたものを……」

「いや、いい。無事に到着してくれただけでよかった」

フワリとセルゲイが微笑んだ。

——あ……。

キリリと整った相好が、一瞬にしてクシャリと崩れた。

野性味溢れた男臭い笑顔に、ジークフリートの鼓動がいっそう激しさを増す。それはドキドキと姦《かしま》しく鳴り響き、セルゲイに聞こえるのではないかと心配になるほどで。

——ええい、うるさい！　さっきから一体なんなのだ。鎮まれ心臓！

頬がじんわりと熱を持ち始めた頃、ようやく婚姻式の準備を終えた司祭が戻ってきた。

「大変お待たせいたしました……」

「司祭。私はまだ国教の洗礼を受けていないのだが、このまま式を挙げてよいのだろうか」

グレハロクワトラス・シエカフスキーの国教は、異教徒が教会で婚姻式を行うことを禁じている。現時点で国教徒でないジークフリートは、宮殿の大聖堂にて洗礼を受けた後《のち》、晴れて婚姻式を挙げる予定となっているのだ。

彼の言葉に、司祭は苦い顔をした。

「申し訳ございません……婚姻式を執り行うには、お二方とも国教の信徒である必要が」

「構わない」

司祭の言葉を、セルゲイはピシャリと切り捨てた。

「ジークは改宗することが決まっている。なんの問題もないだろう」

「ですが」

「問題はないはずだ」

「しかし」

「問題はないな」

「……はい」

どうやらセルゲイは少々……いやだいぶ強引な性格らしい。

皇太子の威圧に飲まれ、司祭はコクコクと何度も首肯した。

「ともかく今すぐに、式を始めてくれ」

「はっ、はいっ！」

司祭は半ばやけくそ気味に答えて、すぐさま式の準備に取りかかった。

たった二人だけの婚姻式。

途中行われるはずだった指輪の交換は、品物が用意できなかったことから省略されたが、それ以外は滞りなく進んでいった。

「皇太子セルゲイ・スタニスラーフ・ドミトリエフ、そして皇太子妃ジークフリート・クラウス・ドミトリエヴァ。新たに家族となった二人に、神の祝福を」

祝文《しゅくぶん》を読み終えた司祭の口から、大きなため息が漏れた。大役を果たし、疲労困憊《こんぱい》と言った顔をしている。

「迷惑をかけてすまない」

ジークフリートが小声で謝意を伝えると、司祭は慌てて
「滅相もございません！　成り行きとはいえ、皇太子殿下と妃殿下のお式を執り行うことができ、恐悦至極に存じます」

と言って深々と額《ぬか》ずいた。

「ジークフリート・クラウス・ドミトリエヴァ」

「は、はい！」

伴侶となったばかりのセルゲイに名を呼ばれ、ドキリとする。

「ドミトリエヴァの姓も、よく似合っている。よい名だ」

そう告げられて、結婚したという自覚が途端にジワジワ湧いてくる。

「ありがとうございます。この名に恥じぬ、立派な皇太子妃になるよう、弛《たゆ》まぬ努力をいたす所存にございます」

足下に跪《ひざまず》き、誓いの言葉を口にする。

「ジーク、俺は」

セルゲイが何かを言いかけた瞬間、バァンと大きな音を立てて扉が開いた。

ギョッとしたジークフリートが慌ててそちらを見ると、軍服に身を包んだ獣人が立っている。髪を振り乱し、ゼェハァと肩で息をしながら、鬼の形相で二人を睨む男。

「セルゲイさま！」

男はそう一言叫ぶと、怒気を顕《あら》わにしながら、ズンズンと二人に近付いて来た。

——敵か!?

危険を察知したジークフリートは、咄嗟にセルゲイの前に立ちはだかると、腰に佩《は》いた剣を抜いた。

しかし一方のセルゲイは微動だにせず、ウンザリした表情で男を見ている。

「なんだ、ヴァルラム。騒々しいぞ」

「セルゲイさま！　言うに事欠いてなんですか、その言い草は!!」

「えっ？　あの……お知り合いですか？」

「俺の護衛で、ヴァルラムという」

「ヴァルラム・イグルノフと申します」

深々と礼をするヴァルラムに、ジークフリートも名乗ろうと口を開いたのだが。

「たった今、俺の妃となったジークだ」

セルゲイの言葉に、ヴァルラムは目をカッと見開いて、ワナワナと震えた。

「妃!?　まさか！」

「おお。たった今、式を終えたばかりだ」

「あなたは一体何をしているんですか！　慣例は？　しきたりは!?」

「細かいことは気にするな。要は神の恩恵を祈願できれば、場所などどこでも関係ない」

「そういうわけには参りません！」

激しく動揺しているヴァルラムを見て、セルゲイの取った行動はやはり非常識だったいうことが、ジークフリートにも充分に理解できた。

「あの……式を挙げてしまって、本当に大丈夫だったのですか」

勢いに流されて式を行ってしまったことを、今さらながらに激しく不安に思う。

「ジークは何も気にするな。ヴァルラムは少し頭が固くてな」

「セルゲイさま！」

「とにかく式は終わった。これから宮殿へ戻るぞ」

「えっ!?」

セルゲイの言葉に、再び異口同音の驚きの声が響いた。

「ロンデスバッハの随行者たちが、まだ到着しておりません。彼らが来るまでこちらでお待ちください」

「ならん。ジークは疲れているようだ。早く宮殿で休ませてやりたい」

「いえ、私は疲れてなどおりませんが」

エルマーたちがどうなったのか、ジークフリートは気になって仕方ない。無事な姿を一目見なければ、却って落ち着かないというもの。

それなのに。

「いや、さっきからずっと硬い表情をしている」

「それはあまりの急展開に、頭がついていていけないだけで」

「遠路はるばるやってきたのだ。緊張続きの毎日だったのだろう」

「緊張ではなく急展開が」

「ジークの体調が心配だ。宮殿でゆっくりと休むがよい」

「ですから！」

「というわけで、俺たちは先に戻る」

やはりセルゲイは、人の話を聞かないタイプらしい。これでは先が思いやられると、ジークフリートは先ほどから微かに痛み出したこめかみに、ソッと手を当てた。

「ヴァルラム、お前はロンデスバッハの者たちの到着を待ってから来るがよい」

「そういうわけにはいきません。自分はセルゲイさまの護衛です。護衛がお側を離れてどうするのです！」

「悪漢がやってきても、俺一人で大丈夫だ」

「そりゃあなたさまでしたら、一個小隊くらい簡単に殲滅《せんめつ》できるでしょう。ですが一応皇族なのですから、体面というものを考えてください！」

意地でも共に行く構えのヴァルラムに、折れたのはセルゲイの方だった。

「仕方ない、同行を許可する」

「当然です」

「せっかく二人きりでいられると思ったのに、とんだ邪魔が入ってすまないな、ジーク」

「いえ、それは全く構いません。それより私はロンデスバッハの者たちが心配で」

「では先を急ごうか！」

「だから話を聞けと!!」

セルゲイは再びジークフリートを抱きかかえ、馬上の人となった。

馬は相変わらず猛スピードで駆けていく。ヴァルラムはそれに遅れることなく付いて来る。どうやら彼も高い身体能力を有しているようだ。

あっという間に流れ去る景色を、呆然と見送ることしかできないジークフリート。

――この結婚……というよりも、強引で人の話を聞くことができない殿下と果たして上手《うま》くやっていけるのだろうか……。

そんな激しい不安で、胸がいっぱいになった。

＊＊＊＊＊＊＊＊

「セルゲイさま！　なぜ勝手に婚姻式を済まされたのですか！」

宮殿にあるセルゲイの私室に入るなり、ヴァルラムが大声を上げた。

「そう騒ぐな、ヴァルラム」

「騒がずにいられますか！　慣例を破ってまで式を挙げるなど……あと一週間我慢できなかったのですか!?」

「おう。我慢など到底できるわけがない」

「なにゆえ！」

「それに関しては、父上の前で申し上げたい。すぐに参るぞ」

不服顔のヴァルラムを伴い、セルゲイは皇帝の私室へと急いだ。

「父上、大変です!!」

「なんだセルゲイ。ノックもせずに」

「こちらに来るときは先触れを出しなさいと、何度言ったらわかるのかしら？」

居室で茶を楽しんでいた皇帝夫妻は、息子の突然の訪問に眉を顰《ひそ》めて小言を放った。

獣人は番《つがい》との時間を何よりも大切にする。セルゲイの両親は〝半身〟ではないが、母に対する父の溺愛ぶりは実の息子から見ても恥ずかしくなるほど。

そんな夫婦の語らいを邪魔してしまったのだ。小言くらいで済んでよかったと、セルゲイの背後に控えるヴァルラムは小さな息を吐いた。

「そんなことより父上、母上。ロンデスバッハのジークフリート王子に会ってきました」

「まさか迎えに行ったのか？」

「到着を城で待つと言っていたのに？」

「ええ。何か不思議な胸騒ぎを覚えて、直々に迎えに参りました」

「それでどうだった。王子は」

「彼は素晴らしい人物です」

うっとりと語るセルゲイに、皇帝と皇后は目を瞠った。

なぜなら息子は寸前まで、この婚姻を厭うていたのだ。男同士での結婚など、絶対にあり得ないと豪語するほどだったのに、突然の変貌ぶりに驚きが隠せない。

「彼とならば最高の家庭を築くことができるでしょう」

目を瞑ると眼裏《まなうら》にジークフリートの面影が、まざまざと蘇る。

ジークフリート一行を出迎えたセルゲイたちを見たロンデスバッハ兵から発せられた「敵襲！」の声に、馬車から勢いよく飛び出してきた一人の男。オリーブ色の髪がフワリと風に揺れ、榛《はしばみ》色の瞳がセルゲイを鋭く射貫く。

その瞬間、全身がブワリと総毛立った。

——あれが……。

一瞬前まで、男同士の結婚など絶対にごめんだと思っていた。しかしジークフリートを見た瞬間、セルゲイの胸が激しい高鳴りを覚えたのだ。

彼の心に芽生えた感情……それはまさしく愛情と歓喜に違いなかった。一目惚れ、というには大きすぎる感情が、セルゲイの胸を満たしていく。

感動に打ち震えるセルゲイに、ヴァルラムが怪訝《けげん》な顔をする。

「セルゲイさま。いかがなさいましたか？　とにかくご対面を。このままでは収拾がつきません」

「そうだな」

戸惑ったような顔で微動だにしないジークフリートの前に、セルゲイはゆっくりと歩み寄った。足が微かに震えて、歩き方がぎこちなくなってしまう。しかし巡り会えた伴侶の前で、みっともないところは見せられない。平静を装いながら、ようやく目の前に立つことができた。

ジークフリートの体から、爽やかな芳香が漂ってくる。瑞々《みずみず》しい若葉のようなハーバルノート。セルゲイはその香りを、彼に気付かれぬよう鼻孔《びこう》いっぱいに吸い込んだ。

――ああ……頭の芯が痺《しび》れそうだ。

ジークフリートはまるで、麻薬のようだった。

彼がそこにいるだけで血が滾《たぎ》り、理性が瓦解しそうになる。自然と荒くなる息を、必死で押し殺す。しかし、いつまでも見つめ合っている暇はない。今この瞬間を狙って、襲撃者が現れるかもしれないのだ。

今の帝国は残念ながら、ジークフリートにとって安全な場所とは言いがたい。ロンデスバッハ一行は気付いていなかったが、実は旅の途中で何度も襲撃者が彼らを狙っていたのだ。

それをジークフリートたちに察知されぬよう、狗《いぬ》と呼ばれるセルゲイの手駒が極秘裏に排除したおかげで、彼らはここまで無傷で来られた。あとは国内に入った彼らが傷付かないよう、一刻も早く安全な場所へ連れて行く必要がある。

とにかくもう一度馬車に乗ってもらって宮殿まで同行を……と考えたときにハッとした。

彼を馬車に乗せた場合、二人は宮殿まで離ればなれになってしまう。

――それだけは絶対に嫌だ。

愛しい番と、たとえ宮殿までとはいえ別々に過ごすことなど、セルゲイにはできなかった。

一秒たりとも離れたくない。

それがセルゲイの、偽らざる本心だったのだ。

意を決したセルゲイは、ジークフリートに近寄った。息がかかりそうなほど間近に迫ると、ハーバルノートが濃さを増して、セルゲイの脳を蕩かす。

興奮で我を忘れたセルゲイは、無言のまま彼の肩に手を置いた。

刹那、ジークフリートの体がビクンと跳ねた。逃げる様子はない。しかしその肩が微かに震えている。

それは単に痛みのせいだったのだが、彼を排除しようと画策する者たちへの恐怖のためかと、セルゲイは勘違いをしてしまった。

――可哀想《かわいそう》に……これほどまでに怯《おび》えて。

ジークフリートが知ったら激怒しかねない間違いなのだが、このときのセルゲイは真剣にそう思い込んでいた。

何しろ目の前のジークフリートはアムール族と比べて線が細く、随分と華奢な体格をしているのだ。風が吹いただけでも飛んでいきそうな、なんて失礼なことまで考える始末。

――守りたい。絶対に、守らねば。

これまで誰にも抱いたことのない激しい庇護《ひご》欲が、セルゲイの胸に吹き荒れた。

柔らかい真綿で優しく包み込み、この世の苦難や害悪を全て排除しよう。歓《よろこ》びを常に与え続け、幸福だけを味わわせてやりたい。

できることならどこかに閉じ込めて、自分だけが愛《め》でていられればいいのに……そんな仄暗い考えさえ湧き上がる。

このときの思いはセルゲイの魂に深く刻み込まれたようで、以降彼は生涯にわたってジークフリートを過保護なまでに守護する姿勢を貫き通すこととなる。ジークフリートの気持ちなど考えもせずに。

「ともかく彼と生涯を共にすることに、異存はありません」

「そうか。それは重畳《ちょうじょう》」

万感を込めて、皇帝が首肯した。

この婚姻を率先して推し進めた立場である彼は、息子の抵抗が気がかりで仕方なかったのである。

「ではなんの憂いもなく、予定どおり婚姻式を挙げられるな」

「一週間後が楽しみですわね」

ホクホクと嬉しそうに語る皇帝夫妻だったが、次の瞬間その表情を一変させた。

「その件なのですが、婚姻式はすでに済ませました」

「何っ！」

「なんですって!?」

息子の突然の発言に、皇帝夫妻は驚愕した。

「お兄さま、それ、本当ですの？」

皇帝の巨体の横から顔を出した者がいた。

「なんだ、お前も来ていたのか」

それは、セルゲイの又従兄妹《またいとこ》であるミラナだった。

彼女は先代皇帝の妹の孫にあたる人物で、まだ首も据わらぬ赤子の時分から皇帝夫妻に預けられて育ったため、セルゲイとは実の兄妹《きょうだい》と言ってもいいほどの仲である。そのため皇帝夫妻とはよく茶を飲み歓談することが多いのだが、どうやら今日も遊びに来ていたらしい。

「なんだ、ではありませんわ。本当に婚姻式を勝手に執り行ってしまわれたのですか？」

「そうだと言っているだろうが」

両親は揃って絶句し、ミラナも信じられないものを見るような目でセルゲイを凝視する。

「しきたりを蔑ろにするなど、お前は一体何をやっているのだ!!」

「これには訳があってですね！」

皇帝に雷を落とされたセルゲイは、しどろもどろになりながらもこれまでの経緯を説明した。


愛しいジークフリートから離れられないと感じたセルゲイは、有無を言わせぬ速さで彼を抱え上げて愛馬に跨がると、戸惑う一同を残してその場を後にする。

ジークフリートを抱え込むような形になったため、体臭をよりハッキリと感じた。若葉の匂い、嗅ぎ放題。なんて素晴らしい!!　と、セルゲイの興奮は止まらない。愛しい番と二人、世界の果てまでも駆けて行きたい衝動に駆られてしまう。

が、実際はそうにもいかないわけで。

なぜなら彼らは、婚姻式を一週間後に控えているのだ。それが済まねば、二人は正式な夫夫《ふうふ》として認められない。

とにかく宮殿へ急がねば……そこまで考えて、ふと重大なことに気付いた。

――宮殿に戻れば、彼の姿を不特定多数の者が目撃してしまう。

それは、まずい。

こんなにも可憐《かれん》で美しい者を目にしたら、欲しくて堪らないと思う男が続出するに違いない。アムール族の男に傅ずくで拘束されたら、華奢な彼は絶対に抵抗できないだろう。

万が一にも婚姻式の前に無理やり奪われでもしたら、怒りのあまりうっかりこの国を滅ぼしかねない。自分にはそれだけの権力も、武力も、実力もある。

――いや、駄目だ。国を滅ぼすのは絶対にまずい。落ち着け……落ち着け……。

婚姻式さえ済めば、ジークフリートは皇太子妃の地位に就く。皇族の一員になった者に狼藉《ろうぜき》を働けば、不敬罪や反逆罪で厳罰に処されるため、彼に無体を働こうと考える輩は減るだろう。

とにかく一週間後までは、何がなんでも番を守り抜かねばと決意したセルゲイの目に、こぢんまりとした古い建物が映った。

「あれは……」

三角屋根の上には国教会のシンボルである、金色の大きな円形のオブジェ。帝国内に数多く見られる、典型的な教会だ。

それを見た瞬間、セルゲイは天啓に打たれたような衝撃を受けた。

――そうだ。何も一週間後まで待たずとも、今すぐ式を挙げてしまえばよいではないか。

そうすればジークフリートは、すぐにも皇族の一員となる。万難を排して彼を守ることが可能となるのだ。

なんという閃《ひらめ》き。なんという良案。

セルゲイは、自分の聡明《そうめい》さに震えた。

宮殿内の大聖堂で婚姻式を行うという慣例を破ることにはなるが、今は伴侶の安全第一。ちゃんと説明すれば、皇帝である父はきっと許してくれるはず。

一瞬のうちに答えを出したセルゲイは、教会の前で馬を下りるとすぐに、式を挙げる旨を司祭に伝えた。初めは恐縮して断ろうとした司祭も、彼の熱意に絆されて（？）、無事挙式の運びとなった。

そして愛しい彼は、晴れてセルゲイの番となったのである。

「ジークフリート・クラウス・ドミトリエヴァ」

新夫《にいづま》の名を口にしてみる。

「ジークフリート……ジーク……」

ああ、ジーク……！　なんと甘美な響きだろう……。

セルゲイの心に、感動の嵐が吹き荒れた。

万感を込めて「よい名だな」と伝えると、ジークフリートは上目遣いでセルゲイを見つめたまま、頬を赤らめはにかんだ笑顔を浮かべた。

——くぅぅぅぅぅ、かわいらしいっ！

あまりの愛くるしい仕草に、うっかり息が止まりそうになる。

その動作にあざとさは一切ない。無自覚天然砲の威力をもろに喰《く》らったセルゲイは、心の中で白旗を揚げた。しかもその後、跪いて「立派な皇太子妃になる」と誓いの言葉まで述べられて、セルゲイが昇天しかけてしまったことは言うまでもない。

真面目なところも最高だ!!　感動のあまり男泣きしそうになったが、晴れの日に涙は似合わない。グッと堪えた。

——あぁ、そうだ。

もう一つ、伝えておかなければならないことがあった。

「ジーク、俺は」

そのとき突然ヴァルラムが飛び込んできたため、その先を伝えることは叶《かな》わなかった。しかし、いつでも機会はあるだろう。

なぜなら自分たちはこれから長い時を、共に過ごすのだから。

そう考えたセルゲイは、ひとまず宮殿に移動することを優先させたのだった。

「通常一日はかかる距離を、幾度も馬を乗り換えながら半日ほどで移動したため、宮殿に辿り着いた直後のジークは見るからに疲労困憊の色を濃く滲ませておりました。ゆえに今は私一人でここに参った所存」

「所存、ではないぞ。セルゲイ」

息子の告白に、皇帝は頭を抱えて唸《うな》っている。皇后とミラナの表情も曇ったままだ。

「なぜそのように難しい顔をしているのですか」

「これは少し、厄介なことになるな」

「まさか」

「考えてもみろ。大司教不在で婚姻式を行うなど、皇族としてあってはならないことだ」

皇族の婚姻に関しては、国教会の中で一番格式の高い大聖堂で挙式を行う義務が課せられている。神に最も近い存在とされている大司教が儀式を執り行うことで、番になったことを神にいち早く報告できるといわれているからだ。

「しかも結婚証明書への署名も、指輪の交換もしていないのだろう？」

国教において指輪の交換とは、互いの魂を込めた宝石の入った指輪を交換することで、己の全てを相手に捧げるという意味が込められている。これを行って初めて正式な番として神に認められるのだが、突発的に式を挙げたセルゲイは、それを怠ったことになる。

「これでは婚姻無効と騒ぎ立てる輩が湧いて出るだろうな」

「そんな！」

「姦《かしま》しく騒ぐ貴族どもの思惑を跳ねつけるために、ロンデスバッハとの縁組みを強引に推し進めた意味がなくなってしまう」

皇帝はこめかみをグリグリと押さえながら、低く呻いた。

「全くお前という子は……思い立ったら後先を考えず、すぐに行動に移す癖をいい加減直しなさいと、前から言っているでしょう？」

「ぐぬぬ」

「もし大司教が婚姻無効を宣言したら、お兄さまと王子の婚姻は無効となってしまうのですか？」

「それは困るっ!!」

ジークフリートと添い遂げられない未来など、今のセルゲイには絶対に考えられない。

「済んでしまったことは仕方がない」

「でもあなた。婚姻無効を宣告されてしまったら、いかがいたしますの？」

「大司教は国教会の中で一番神に近い存在だが、皇帝である余は神の代理人だからな」

皇帝は即位の際、その身に神を宿す儀式を行い、神と共にグレハロクワトラス・シエカフスキー帝国を治めることを宣言する。

つまり大司教よりも、皇帝の立場が上というわけだ。

「大司教より格上の余が一言『赦《ゆる》す』と言えば問題なかろう」

「ですが貴族たちの中には、それすら不服と思う者が出そうですわね」

「何しろ今回の結婚自体、父上の鶴の一言で無理やり押し切ってしまったわけですからな」

「ぐうっ」

それを言われると、皇帝も黙るしかない。

セルゲイとジークフリートの婚姻には、皇太子妃選定の騒動に嫌気がさした皇帝が暗躍したという事実がある。ロンデスバッハ開国の報《しら》せを聞き、強引に事を推し進めてしまったのだ。

しかもそれは当事者であるセルゲイにも、皇后にも知らされず、極秘で行われた。知っていたのは皇帝の手足となってこの縁談の取りまとめに奔走した、一部の官吏のみ。

ゆえにロンデスバッハとの縁組みが成立したと発表があった際には、セルゲイや皇后、ミラナだけでなく、国中が騒然となったのだ。

多くの者が不服を漏らしたが、すでに決まってしまった婚姻を覆すことはできず、結局は反対派の貴族たちもしぶしぶ受け入れることしかできなかった……のだが。

セルゲイの独断で行った婚姻式が、再びこの国に混乱を招く事態となってしまった。

「これはもうひと波乱、ありそうですわね」

「それは困る！」

「お前の短慮のせいで、愛しい伴侶が危険な目に遭ってしまうかもしれないのですよ？　少しはきちんと考えてから行動なさい」

「ぐぬぬぬぬ」

「何はともあれ、王子に危険が及ばぬよう、手を打たねばな」

「できればこの件、ジークにはしばらく内密に動きませんか」

「なぜだ。本人も危険を自覚していた方が、より身を守りやすくなるではないか」

「ですが考えてもみてください。あんな華奢で儚《はかな》げなジークが、アムール族から悪意を持たれていると知ったら、嘆き悲しんで死んでしまうかもしれない」

ただでさえ、初めて対面したときのジークフリートは、恐怖でその身を震わせていた……と信じて疑わないセルゲイ。ゆえに彼が恐ろしい目に直面すれば、あっという間に儚くなるだろうと思い込んでしまったのだ。

セルゲイの胸には、必ずやジークを守り抜く！　という熱い決意が漲《みなぎ》っていた。

「でも王子は元軍人ではなかったかしら。そんな方が悪意に晒《さら》されたごときで、嘆き悲しむようには思えないけれど」

「母上はジークを実際に見ていないからそう言えるのです！　あんなにも線が細く、可憐な男を俺は見たことがない」

「ヴァルラム、セルゲイの言っていることは本当なの？」

「たしかに王子は強風が吹けば飛ばされそうなほど、ほっそりとした体つきをされておられますが、凛《りん》とした眼差しと強靭《きょうじん》な意志を宿したような表情を見る限り、嘆き悲しんで死んだりするような方にはとても……」

ジークフリートに庇《かば》われるように立っていた、あの小さな子どもの方がよっぽど弱々しいような、とヴァルラムは思わずにいられない。

「ヴァルラム！　お前まさか、ジロジロとジークを見ていたんじゃないだろうな。こんな凶暴な顔の男に穴が開くほど凝視されて、ジークはさぞ恐ろしかったことだろうに！」

「ジックリ眺めなくても、そのくらいはわかりますから……」

うんざりとした口調で答えるヴァルラムを、セルゲイはギロリと一瞥《いちべつ》した。そちらの方がよほど恐ろしい顔をしている。ジークフリートならいざ知らず、エルマー辺りなら本当に儚くなってもおかしくないほど、凶暴で凶悪な顔だ。

「今はそんなくだらない言い合いをしている場合ではないでしょう」

「母上！　くだらないことではありませんぞ！」

「それより今は早急に、今後の対応策を練る必要があるでしょう？」

「くっ、たしかに。可及的速やかに、ジークを守るための手段を講じなければ」

彼らの話し合いは、深夜遅くまで続いた。

一週間後に予定していた婚姻式の予定を明日《みょうにち》に変更。指輪の交換と婚姻証明書への署名を大司教に執り行わせることで、全貴族たちにジークフリートが正当な皇太子妃であると知らしめること。また此度《こたび》のことはジークフリートに一目惚れしたセルゲイが気を逸《はや》らせた結果である、と名言しておくことが決まった。

「先に釘《くぎ》を刺しておかねば、後々揚げ足を取ってくる輩が出るだろうからな」

「他人のあらを探って陥れ、少しでも自分が有利な立場になるよう、操作したいという人は多いですからね」

「全く貴族というやつは、いろいろ面倒で困る」

「だからこそ慣例を守り、他者に隙を見せない行動をすることも大切だというのに、全くこの子は……」

また全貴族、軍関係者、官吏の背後関係や横の繋がりを徹底的に調べ上げて、不穏な計画に少しでも加担している者は、全て取り締まることも決定した。

まずはジークフリートに直接関わる侍女や護衛兵の調査から始めることになったのだが、それに皇后が懸念を抱いた。

「その間に王子の警護が手薄になるのは困るわね」

ジークフリートを守るのは、アムール兵だけではない。ロンデスバッハからやって来た人族の兵士も、警護を担当することになっている。

しかし正直、彼らだけでは心許《こころもと》ない。

ただの人族が、身体能力の勝る獣人に太刀打ちできるとは思えないからだ。

「王子の警護はどうするか。ロンデスバッハ兵が役に立たぬとなると、あまり大勢の前に出さないほうがよいかもしれんな」

「でしたら」

と皇后が提案したのは、その間ジークフリートは部屋から一歩も出さずに、妃教育に励んでもらうという案だった。

「ですが皇后陛下……それは監禁と言うのでは？」

「ホホホ、ミラナったら人聞きの悪いことを。護衛兵の調査が終わるまでの短い間だけよ。第一、妃教育を集中して受けられるという利点もあるでしょう？　一石二鳥の名案ではないの」

「母上、やけに妃教育にこだわりますね。ジークは祖国で、我が国のことを学んできたようですが」

「存じていてよ。だって王子のお役に立てればと思って、我が国の辞書や歴史書を送るよう手配したのは、わたくしですもの」

「ならば」

「でもね、それだけでは足りないの。咄嗟に意見を求められたとき、上手く答えることができなくて苦しい思いをするのは、王子なのですよ？　『お勉強不足』『物知らずの皇太子妃』『いつまでもお姫様気分で困る』などと蔑まれ、陰で嗤《わら》われるかと思っただけで、わたくしは……わたくしはっ!!」

皇后の顔が、どんどんと険しくなっていく。その傍らで、皇帝がソッと顔を背けたことを、セルゲイは見逃さなかった。

――父上が昔、何かやらかしたのだな。

何をしたのか詳しくは知らないが、この二人の間には過去何かがあったことは噂《うわさ》で知っている。それも皇帝が相当のことをやらかして、皇后がそのたびに激怒していたことも。

過去はともかく、大事なジークフリートが家臣たちに嗤われるのを想像しただけで、セルゲイは身を切られるほどの辛さを感じてしまう。

「あなたはお父さまにそっくりですからね。独善的な態度で、いつも周囲を振り回すでしょう？　王子に見限られたくなかったら、わたくしの言うとおり妃教育を受けさせておあげなさい。これは命令です」

「ジークが俺を見限るだなんて、そんなっ！」

「実際わたくしは一度見限りましたのよ……ねぇ、あなた。覚えていらっしゃいますわよね？」

父は顔を真っ青にして、コクコクと頷いた。

「陛下がわたくしの足下に這いつくばって、これまでのことを謝罪したから、仕方なく許してさしあげたのです。そうでなければ、わたくしは二度とこの地に足を踏み入れなかったことでしょう」

「まさか、そこまで⁉」

今は息子の目から見ても仲睦まじい二人。にもかかわらず、母が一度父を見限っていたとは……驚きのあまり、声も出ない。

――ジークに見限られてしまったら俺は……そんなことは絶対に嫌だ！

皇后の意見を重く見たセルゲイは、ジークフリート付きとなる者たちの調査が終わるまでの期間、彼には妃教育に集中してもらうことに決めた。

「では教育担当の調査が終わるまで、ジークには自習をしてもらうということで」

「お兄さま。よろしければわたしが王子の教育係を担当いたしましょうか？　それから調査が済むまでは、護衛も引き受けましてよ」

「お前が？」

「人族の兵士よりもわたしのほうが、よっぽど腕が立つとは思いませんこと？」

「それはまあ、たしかにそうだが」

「さすがに長期間にわたって警護するのは難しいと思いますから、早急に調査を行っていただけると嬉しいのですけれど」

「大丈夫だ。兵士らの調査は、いの一番に終わらせるつもりだ」

「それに幼い頃からお兄さまと共に学ばせていただいて、皇后陛下のご公務の補佐もさせていただいておりますもの。充分に教師役が務まると思いますわ」

「そうね。今いる貴婦人たちの中では、ミラナが一番適しているかもしれないわね」

「ではミラナ、任せたぞ」

「誠心誠意、務めさせていただきますわ」

ミラナがジークフリートの教育係と護衛を務めることは、パーティーの場で明らかにすることも決まった。謁見の場で皇帝が大々的にそれを告げれば、腹に一物《いちもつ》抱えた貴族たちが騒ぐことが目に見えているためだ。

「ところで、お兄さま。先ほど王子には内密にするとおっしゃいましたけれど、しばらくお部屋から出られない旨だけでも、きちんと理由を説明した方がよろしいのではないかしら」

「わたくしもミラナと同意見でしてよ。自分に内緒でコソコソ動かれるのは、本当に気分が悪いものですもの」

「俺だってずっと隠す気はありませんよ。危機が去ったら必ずやジークに説明しますので」

「でも、それでは少し遅い気が」

「よいではないか」

なおも言い募ろうとする皇后を、皇帝が制した。

「婚姻式が済んだ今、セルゲイはすでに家庭を持った身だ。いつまでも子どもではない。セルゲイはセルゲイなりに王子を守ろうとしているのだし、我らはそれを補助する役目に徹しようではないか」

「あなたがそうおっしゃるのなら、わたくしもそれに従いますが……」

皇后は眉を顰めたまま、まだ何か言いたげな表情をしている。

――全く、母上は相変わらず心配性だな。

セルゲイは心の中で盛大なため息をついた。

過去に皇帝といろいろあったらしい皇后が、息子夫夫《ふうふ》を心から案じているのはわかる。しかしもう少し、信じてほしい。自分はもう、小さな子どもではないのだから。

けれど苦言も全て母の愛。それを知っているセルゲイは、母の言葉をありがたく心に留めておくことにした。

改めて行われる婚姻式後の披露パーティーについては、当初の予定どおりに進行することで意見が一致。貴族たちの懐柔策として、トルーシャ産の最高級シャンパンを振る舞うことが新たに決まったくらいである。

話し合いがようやく終わり、一同の間に安堵の空気が流れた。

「明日はいよいよ王子にお目にかかれるのですね。本当に楽しみですわ。そしてパーティーのあとは、ついに初夜ですわね」

クフフとからかうように笑うミラナ。

「おいおい、大人をからかうんじゃない。それに俺は明日、初夜を行うつもりはないぞ」

「えっ⁉」

三人が異口同音に驚愕の声を上げた。

「やはり男同士で契ることは無理だったか……」

息子が異性愛者であることを知る父が、ガックリと肩を落としたのを見て、セルゲイは憤懣《ふんまん》やるかたない面持ちで反論した。

「まさか！　俺はジークならば抱くことができますよ。何しろ彼は俺の……」

現にジークフリートを馬に乗せていたときのセルゲイは、抱きしめた体の温《ぬく》もりと若葉の香りに、下半身が痛いほど張り詰めていたくらいなのだ。

今のセルゲイに、ジークフリートを抱かないという選択肢はない。

「では、なぜ？」

「ジークには、最高の初夜を贈りたいと思いましてね」

「そんなこと明日だって大丈夫でしょうに。侍女たちに素敵な演出をするよう伝えておくけれど」

「余計な演出など不要。俺はただ、次の発情期が来るまで待とうと思っているだけです」

「発情期」

「そうです！」

さまざまな種族の血が混じり合った昨今、獣性の証《あかし》ともいえる発情期を迎える獣人はほぼ皆無となったが、虎獣人の特性が強いセルゲイは年に一度、発情期を迎える体質だった。

彼はこのほかにも祖先を思わせる特徴がいくつか発現しているため、先祖返りをしていると言われている。

ただでさえ獣の本性が色濃く出ているセルゲイだ。発情期の威力は物凄《ものすご》いの一言に尽きた。五感が研ぎ澄まされて、感度も格段に上がる。普段よりも情熱的に振る舞えるためか、その分相手を悦楽の境地に導けるのは、これまでの経験で知っている。

さらには射精の回数も増え、より多くの子種を胎《はら》に残すことができるときた。子だくさんで名高いロンデスバッハ王の息子であるジークフリートだ。もしかしたら一夜の情事で、見事孕《はら》むことができるかもしれない。

ただの獣に立ち返り、本能のままにジークフリートを愛することができる発情期。二人の初夜に、これほど相応しいものはないだろう……セルゲイはそう確信していた。

「けれどあなたの発情期は、先日終わったばかりでしょうに。では一年後まで初夜はなしにするわけ？」

「ええ。次の発情期までにはたっぷり時間がありますから、その間に心を通じ合わせて、男同士の契りを受け入れてもらえるよう努力しますよ。何しろジークの祖国は同性愛が禁忌とされているそうじゃないですか」

「同性同士の恋愛が存在しない国に生まれて、いきなり男の嫁になれと言うのも、たしかに酷な話かもしれないわね」

「初夜を後日執り行うのは、理に適《かな》っているかもしれないな」

ジークフリートの決意を知らない一同は、セルゲイの言葉につい納得してしまった。

「では初夜については、それでいいですね」

「うむ、仕方ない。では予定していたジビ休暇も、一年延期ということでよいか」

「異論はありません」

こうしてジークフリートのあずかり知らぬところで、初夜は一年後に執り行われることが勝手に決定したのである。

密談があらかた纏まったところで、セルゲイとミラナは皇帝の私室を後にした。皇后は皇帝と朝まで共に過ごすようだ。

「ではお兄さま、また夜にパーティーでお会いしましょう」

優雅に礼をして、その場を去ろうとしたミラナに、セルゲイが声をかける。

「ミラナ……その、悪いな」

「それは、何に対してですの？」

「ジークとの婚姻のことだ」

「……それはもともと決まっていたことではないですか」

「初めは愛のない結婚をするのだとばかり思っていたのに、ジークを一目見た瞬間、俺は恋に落ちてしまった……こんな気持ちは初めてだ」

「ようやくお兄さまにも、人を愛するという気持ちがわかりましたのね」

セルゲイを見上げて、クスリと笑うミラナ。その顔に、僅かばかりの寂しさが浮かんでいる。

「わたしのことは、気になさらないでくださいまし」

「いや、しかしお前の方が先に」

「それ以上はおっしゃらないで……これぱかりは仕方のないことなのです」

ミラナは目を伏せて、クッと唇を噛《か》みしめた。

「そんなことよりも、お兄さまはどうか王子とお幸せに」

「……もちろんだ」

「お兄さまの〝妹〟として、お二人の幸せをお祈りいたしますわ」

ミラナは再び深々と礼をすると、踵《きびす》を返した。

去って行く彼女の背中を、セルゲイはただただ見つめることしかできなかった。

結婚当日

エルマーたちが宮殿にやって来たのは、ジークフリートたちが到着してから半日以上経ってからのことだった。

夜明け前のまだ暗い時間。ふらつきながら馬車を降りたエルマーは、ジークフリートを見るなり半泣きになって抱きついた。

「ジークさまぁっ！　会えてよかったぁっ!!」

「心配をかけてすまなかった。私は無事だ」

「僕はあれから本当に大変でしたよ……」

あの場に残った者の中で、ロンデスバッハと帝国両方の言葉を話せるのはエルマーだけ。そのため、両国間で話し合いを行うときは必ず立ち会い、通訳を務めることになったのだ。

「そりゃ僕だって、ジークさまと一緒にこちらの言葉を学びましたよ。けど、ジークさまほど覚えがいいわけでもなければ、堪能なわけでもないっていうのに、あちこちから引っ張りだこにされて」

「頼りにされて、よかったじゃないか」

「ちっともよくありませんよ！　辞書を引き引き頑張ったけど上手く伝わらないことが多くて、話が纏まるまでに時間がかかりすぎちゃって……みんなに申し訳ないことをしました……」

エルマーはガックリと項垂れた。主人に似て案外真面目な質《たち》なので、自分の失態が気になるのだろう。

「だが、お前がいなければ意思の疎通が全く取れず、到着までさらに時間がかかったはずだ。皆、お前に感謝していると思うぞ」

「だといいんですけど……」

ジークフリートが頭をグシャグシャと撫でてやると、エルマーはようやく笑顔を取り戻した。

「ところで皇太子さまは今どちらに？」

「ご自分の部屋に戻られた」

「えっ!?」

彼らが宮殿に着いたのは、昨日の夕方過ぎた頃。セルゲイは執事に夕食を準備するよう命じると「今宵《こよい》はゆっくり休まれよ」と言って、自室へ戻って行ったのだ。

「なんだか随分アッサリとした方なんですね。新婚さんなら、もっとこう……いろいろあってもいいのに」

「何を期待しているんだ、お前は」

そう言うジークフリート自身も、内心では少し拍子抜けしていた。

できればもう少し話をしたかった気もする。何しろ彼らは昨日が初対面。これまで一通の文《ふみ》も交わしたことがないのだ。

ゆえに互いのことを知る時間が欲しかったし、若干寂しいと感じてしまったのもまた事実。

――しかしまぁ、私たちは伴侶となったのだ。話をする時間など、これからいくらでも作れるだろう。

そう考えて、不満の残る心を納得させることにしていた。

「ところでジークさまは、あれから一体どうなったのですか？　僕、ずっと心配だったんですよ」

「それが……実は途中の教会で婚姻式を挙げてしまってな」

「はあっ⁉　お式って、一週間後に行われる予定でしたよね？」

「殿下が途中にあった教会で、ここで式を挙げると突然言い出して、なし崩し的に」

「そんなことしちゃっていいんですか？」

エルマーの疑問はもっともだ。皇族や王族の結婚ともなれば、然《しか》るべき場所で、しかも大勢の参列者の前で行われるのが一般的なはず。

うら寂れた小さな教会で、しかも新郎新婦だけで行っていいわけがない。

「ロンデスバッハでは絶対にあり得ない話だな。だが実際に行われた以上、この国では許される行為ということなのだろう……多分」

「所変われば……とは言いますけど、なんだか不思議な国ですね……」

「全くだ」

互いに深いため息をつく。

「ところで皇太子さまって、どんな方なんです？」

「まぁ……力強くグイグイ引っ張ってくださるタイプのようだ」

物は言いよう。かなり遠回しな表現ではあるが、決して嘘ではない。

本当はかなり強引と言いたいところだったが、それではエルマーが心配してしまうかもしれない。

だからジークフリートは、その程度の言葉で留めておくことにした。

「あとは素晴らしい筋肉の持ち主であったな」

後ろからスッポリと抱きしめられたときに感じた、上腕二頭筋の逞しさ。背中に感じる大胸筋と腹直筋はドッシリとした安定感と心地よさがあり、安心して身を委ねられた。

「私もあのような筋肉を目指したいものだ」

「また筋肉ですか……もっと色っぽい回答を期待した僕が馬鹿でした」

「それを私に求めるお前が悪い」

「まぁ色っぽい答えはなかったにしろ、皇太子さまに対して嫌悪感を抱かれておられないようで安心しました。嫁いだとはいえ、ジークさまは未だこの結婚に、心から納得されていないようでしたし」

エルマーの言葉に、セルゲイに対して悪感情を持っていないことに、ジークフリートは気付いた。

有無を言わせず馬に乗せられ、婚姻式を強行し、人の話を一切聞かない。

いつものジークフリートであれば、激怒してもおかしくないというのに、感じたのは不安と少しの寂しさだけ。それから胸のときめきも……。

——いやいや、違うぞ。あれは断じてときめきではない。

すわ襲撃かと身構えた影響が出たに違いない！　と、頭に浮かんだ甘い単語を慌てて否定する。

「ロンデスバッハを出るときはどうなることかと思いましたけど……でも、本当によかったです。旦那さまになる方が生理的に無理だったりしたら、今後の人生お先真っ暗じゃないですか」

「それは、そうだが」

少なくとも絶対に無理とは感じていない。

祖国では男同士の結婚に、あれほど違和感を覚えていたというのに。

むしろセルゲイが伴侶であることを、素直に受け入れている自分がいる。

なぜなんだ……？

不可解な心境の変化に、ジークフリートは内心首を傾げた。

「ここまで来てしまった以上、男は嫌だのなんだのと言っている場合ではないものな」

そう考えて、自分を納得させることにした。

「帝国に来てたった数時間で、これほど心境の変化が現れるなんて！　もしかして皇太子さまは本当に、ジークさまの〝半身〟なんじゃないですか？」

からかうような笑みを浮かべて、主人《あるじ》に問うエルマー。対するジークフリートは、一瞬苦虫を噛みつぶしたような顔をした。

「まさか。あれは今では伝説と化しているのだろう？」

ただでさえ混血の進んだ現代、獣人ですら己の〝半身〟はわからないと、『せかいの獣人』には書かれてあった。人族であるジークフリートにわかるわけがない。しかしエルマーは、意地の悪い笑みをやめようとはしなかった。

「ごまかさなくてもいいんですよ。皇太子さまを見てすぐに、耳まで真っ赤になってたじゃないですか」

「い、いやあれは違うぞ！　殿下が突然現れてビックリしただけで」

しどろもどろになって言い訳をするジークフリートを、ニヤニヤ見つめるエルマー。ジークフリートは羞恥に身悶《みもだ》えた。

「ジークさまってば、男性はもちろん女性に対してもあまり表情を変えないじゃないですか。なのに皇太子さまの前で赤面してるから、僕もうビックリしちゃいましたよ」

「ほかに誰か、気付いていた者はいたか？」

「ジークさま付きの僕だからこそわかりましたけど、ほかは誰もわからなかったと思いますよ」

「そう、か」

「ジークさまはよくも悪くも感情が表に出ないタイプですからね。ちょっとした変化はわかりづらいと思いますよ。それにこう言ってはなんですが、僕以外は陛下の命令で付き従ってきただけで、ジークさまご本人に忠誠を誓ってるわけじゃありませんし」

今回護衛に当たるのは、ジークフリーとは縁もゆかりもない近衛兵《このえ》たちばかり。国の体面を慮《おもんぱか》った王が、近衛の中でも特に見目良く華やかな者たちから成る小隊を編制したのである。ジークフリートが所属していた歩兵隊とは、普段全く交流のない兵士たちなのだ。

それだけではない。従者として付き従った者も貴族の子弟揃い。以前は王や王太子の側に仕えていただけに、プライドも高かった。

片や、ジークフリートの筆頭従者であるエルマーは、ただの庶民。しかも元はしがない掃除夫だ。そんな庶民と同じ仕事をするなんて、と不満を持つ者が多いようだ。

そして護衛も従者も、確たる後見がなく王位継承レースからはとっくに離脱しているジークフリートに対して、思うところがあることに、彼は気付いていた。

ジークフリートに付き従うということは、祖国での出世の道は閉ざされたも同然。そういった不満からか、彼らはジークフリートとエルマーに対して、冷淡な態度を取ることが多かったのである。

このような状況で、ジークフリートの心の機微に気付いた者がいないのは、仕方のない話であろう。

――まぁ私としては近衛や従者の態度など、全く気にならないのだが。

幸か不幸かジークフリートは、昔からこういう態度を取られることに慣れている。むしろ頬の紅潮を見られたのが、エルマーだけでよかったとさえ思うくらいだ。

「皇太子さまと仲良くやっていけそうですか？」

「それは……」

上手くやっていきたいという気持ちは充分ある。

しかし殿下はどうだろうと、ジークフリートは首を傾げた。

宮殿に到着してからずっと顔を合わせていない。話も碌《ろく》にしていない状態だ。

「まだ出会ったばかりだからな。未来《さき》のことなんて、まだ何もわからん」

「きっと〝半身〟だったら、何も心配することないのに」

「随分とこだわるな」

「だって皇太子さまが〝半身〟なら、ジークさまが昔からお求めになっていた、温かい家庭が手に入るかもしれませんよ？」

「たしかに、そんなことを考えていた頃もあったが」

ロンデスバッハの王子は皆、十歳までは後宮に住まい、母の手元で育てられる。通常であればそこに王が通い、家族水入らずの時間を持つこともあるのだが、母の身分が低かったためか、それとも母に飽きたのか、王がジークフリート母子の元を訪れたことは一度もなかった。

さらに十歳を過ぎて王子だけが暮らす〝王子の宮〟に住まいを移してからは、異母兄弟たちによる陰湿な嫌がらせに耐える日々。

エルマーと出会うまで、周囲は敵ばかり。ひたすらに孤独に耐えてきたのだ。

そんな彼が、温かい家庭や家族に憧れたというのも、無理のない話だろう。

「しかし殿下がどうお考えか」

自分と温かい家庭を作るつもりがあるのだろうか。それとも政略結婚と割り切って、表面上の関係を貫くのか。

セルゲイの本心がわからない以上、ジークフリートは何も言うことができない。

「僕は皇太子さまに一瞬しかお目にかかってませんから、なんとも言えませんけど……でもお二人ならきっと大丈夫って信じてます」

「そうだな。私もそう思いたい」

セルゲイとジークフリート。二人の結婚は政略的なものでしかない。

今はまだ、互いの間に愛や恋が生まれるかはわからないが、少しでも温かい家庭を築けたら……とジークフリートは願った。

そのための努力は決して怠らない。まずはセルゲイに認めてもらえるような、立派な皇太子妃になる。

ジークフリートは改めて、決意を固めたのだった。


その日の昼下がり、ジークフリートはついに皇帝に拝謁することとなった。

謁見の間に入ってすぐ目に飛び込んできたのは、巨大なタペストリー。紅《くれない》の布地に織り込まれた、剣と宝玉を手にする虎の紋章を見て、そういえば昨日セルゲイが出迎えてくれた際に掲げられていた旗にも、同じ紋章が描かれていたことにジークフリートは気付いた。

――だから見覚えがあったのか。

もし昨日そのことに早く気付いていたら、敵襲と勘違いをしてセルゲイたちの前で醜態を晒すことなどなかったのに……と、今さらながらに悔やまれる。

タペストリーの前には、金や玉《ぎょく》で眩《まばゆ》いばかりに飾られた巨大な玉座があった。そこに座る、一組の男女。皇帝スタニスラーフ三世と、皇后のマルティーナである。

スタニスラーフは、眉の形と目元がセルゲイによく似ていて、血の濃さが充分に感じられた。襟足《えりあし》から覗くのは少し癖のある緋色の髪。そして同色の口髭《ひげ》を蓄えている。

体格はセルゲイと同じくらいか、やや小さいように見受けられたが、堂々とした佇《たたず》まいが皇帝の威厳を充分に醸し出している。国を治めるという意味ではロンデスバッハ王と同じ立場ではあるが、スタニスラーフの方がよほど貫禄《かんろく》がある。背後を飾る虎と同様の強大な威圧が感じられた。

一方のマルティーナ皇后は、煌《きら》びやかな宝石で飾られた萌葱《もえぎ》色の美しいドレスに緋色のマントを纏っていた。少しばかり冷たさを孕んだキツめの顔立ちをしているが、それでも目を瞠らんばかりに美しい。年齢は一見したところ不明。セルゲイが二十八歳ということを考えれば、それ相応の年齢であることが考えられるが、決してそのようには見えない。

「ジークフリート王子よ」

皇帝スタニスラーフが厳かに口を開いた。

「遠路はるばる大儀であった。純血の人族を我が一族に迎え入れることができたのは、喜ばしい限りだ」

「皇太子殿下と縁付くことができたことは、私《わたくし》にとっても望外の喜び。グレハロクワトラス・シエカフスキー帝国の御為《おんため》に、終生尽くす所存にございます」

「そう硬くならずともよい。セルゲイと共に、この国を支えてやってくれ」

「はっ！」

「ところで息子よ」

皇帝はジークフリートの隣に立つ、セルゲイに声をかけた。それまで穏やかだった眼差しが一転、鋭いものに変わる。

「そなた昨日、勝手に婚姻式を挙げてしまったという話を耳にしたのだが、それは真《まこと》か？」

皇帝の言葉に、周囲の貴族たちが一斉にざわめいた。

「はっ。ジークと二人、国境にほど近い村の教会で、済ませて参りました」

「指輪の交換と証明書の署名はどうした」

「用意がなかったので、そこは省略しました」

「おいおい……」

呆れたように呟く皇帝を見て、ジークフリートは何やら悪い予感がした。

「恐れながら」

と言葉を発したのは、真っ白い修道服に円筒状の帽子を被《かぶ》った初老の男。昨日の司祭よりも随分と立派な衣裳を身に纏っていることから、彼よりも高位であることがわかる。

「あれは我が国の大司教だ。頭が硬くて、融通の利かないジジイでな」

隣に立つセルゲイが、ジークフリートにコッソリと耳打ちした。

「我が国教において、指輪の交換は最も重要な儀式。それを行っていないなど、言語道断。教会としてはこの婚姻を認めるわけにはいきません！」

「なっ……!?」

大司教の言葉に絶句するジークフリートの横で、セルゲイが怒気の籠《こ》もった声を上げた。

「教会の見解は関係ない。我らはすでに神の御前で永遠を誓った。指輪はあとで交換する。それで充分だ」

「しかしですな」

そう声をかけてきたのは、深緑色のフロックコートに身を包んだ、黒縁眼鏡の男だった。彼はジークフリートに対して、自分は宰相の地位にあると自己紹介すると
「皇族の婚姻式では、新郎新婦と皇帝陛下、大司教の署名を書き入れた証明書を作成することが慣例となっております。それを全く行わなかったとなれば、正式に婚姻が成立したとは言いがたく……」

そう反対の意を唱えたのだった。

セルゲイと大司祭、宰相の間で、バチバチと火花が飛び散る。

「証明書など、今から作っても問題ないだろう。誰ぞ、紙を持て！」

事もなげに言うセルゲイだが、大司祭と宰相に揃って反対されたのだ。あの式は無効と見做《みな》されてしまうのだろうか……ジークフリートの不安はどんどん大きくなっていく。

「あの。やはりここは、改めて式を挙げ直しては」

意を決して提案するも
「それはできない」

セルゲイだけでなく、大司教からも反対の声が上がる。

「不完全とはいえ、一度は神の御前で儀式を行ってしまっているのです。それをやり直すなど、神に対する冒瀆《ぼうとく》！　教義に反します！」

「ならば昨日挙げた式を正式なものとして、認めてもよいだろう」

「ですがジークフリートさまはまだ異教徒で」

「すぐに洗礼を受ければいい話だろうが。なぜそんなに形ばかりにこだわる」

「私は教会の長として、形式と伝統を守る立場にあり！」

言い合いはどんどんヒートアップし、収まる気配がない。

「静まれい！」

永遠に続くかに思われた二人の怒鳴り合いを鎮めたのは、皇帝の一喝だった。

「式を挙げてしまったのであれば仕方あるまい。王子の洗礼と指輪の交換、婚姻証明書の署名を今から執り行うことで、正式に婚姻が成されたことにする。よいな」

セルゲイは晴れ晴れと、大司教はしぶしぶ、それを受け入れた。

「それにしてもセルゲイよ。なぜ昨日式を挙げるなどという暴挙に出たのだ。一日待てば、誰からも文句を言われることなく、婚姻式を執り行うことができたろうに」

「それは一理ありますが……」

先ほどまでの勢いはどこへやら、セルゲイは急にソッと目を逸らして口籠もった。

「よいではないですか」

モゴモゴと言いよどむセルゲイの援護をするかのように、皇后が口を開いた。

「セルゲイは気が急いて仕方なかったのでしょう。よほど王子を気に入ったと見えますわ」

「たしかに、そのようだな」

豪快に笑う皇帝陛下。しかしセルゲイはそれに対してなんの返答もしない。

――ちょっと待て。なぜ何も答えない？

渋い顔をしながら、キョロキョロと周囲を窺《うかが》うような素振りを見せるセルゲイの態度に、ジークフリートの胸がモヤッとした。

「とにかくこの件に関しては、これで一切不問とす」

皇帝はすぐに洗礼式などの準備を済ませるよう告げ、席を立った。皇后も後に従って退室する。

「ジークフリート王子はこちらへ」

大司教は未だ承服しかねるといった表情を浮かべている。彼だけではない。宰相も、居並ぶ貴族たちも皆、戸惑いの表情を隠そうともしなかった。

――最初からこんなケチがついて……この結婚、本当に大丈夫か？

ジークフリートの心に一抹の、いや、相当な不安が過《よぎ》ったが、何はともあれジークフリートは晴れて、グレハロクワトラス・シエカフスキー帝国の皇太子妃となったのである。

＊＊＊＊＊＊＊＊

披露パーティーが行われるまでの間、二人には若干の休息が与えられた。セルゲイはジークフリートを部屋まで送ると、急ぎ足で皇帝の私室へと向かった。

「見ましたか！　俺のジークの、なんと愛くるしかったことか!!」

ノックもせずに扉を開けた息子を、皇后がギロリと睨む。

「お前という子は、扉を開ける前はノックをしなさいと、何度言ったらわかるのです！」

「ああ、うっかり失念していました」

「うっかりではないでしょうが」

「それよりもどうでした、俺の伴侶は」

「絵姿で見るよりも、凜々《りり》しかったな」

「でしょう！」

「真面目で実直そうな雰囲気に、好感が持てましたよ」

「でしょう!!」

両親に伴侶を褒められて、セルゲイの機嫌はうなぎ登りだ。

無垢でまっさらなジークフリートの姿を思い出しただけで、感動が全身を駆け巡る。

頬をうっすら染めながら、柔らかい微笑みを浮かべるジークフリートを思い出して、セルゲイの下半身がどんどんと熱くなっていく。

そんな息子を見て、皇后が呆れたように口を開いた。

「……セルゲイ、そのだらけきった下半身と顔をなんとかしなさい」

「番《つがい》ができて嬉しいのはわかるが、その顔はやめた方がいいぞ」

「俺の顔はそんなに酷いのですか!?」

両親に咎《とが》められたセルゲイは、大きな衝撃を受けた。彼は普段、貴婦人たちからたいそうな美丈夫と持て囃《はや》されていることもあり、自分の顔に自信があったのだ。それだけに両親の物言いは、看過することができない。

「今のあなたは相当だめな顔をしていてよ」

「眉尻が垂れ下がって、鼻の下も伸びきっているぞ」

「口元が緩みきって、締まりのない顔だと気付いていて？」

母の指摘に慌てて鏡を見ると、たしかにだらしのない顔をした自分が映っている。

「せっかくの魅力が半減だぞ」

「あら、あなた優しいのね。こういうときは、半減どころか魅力ゼロとハッキリ教えてあげなくては」

ぐぬぬぬぬと歯噛みするが、事実なので反論できない。

「ジークがこの顔を嫌がったらどうしよう……今さら顔を変えるなどできないし」

「あなたは陛下に似てたいそうな男ぶりだから、常にシャキッとしていれば大丈夫。とにかく顔を引き締めなさい」

「あまり表情を崩さない方がいいだろうな」

「王子に幻滅されたくなかったら、常に冷静さを装い、余裕の表情で接したほうがよくってよ」

「表情だけでなく、態度も改めるのだ。余裕綽々《しゃくしゃく》、大人の男の貫禄を充分に見せつければ、王子も見惚《みと》れると思うぞ」

「雄の魅力は大切ですものね。もしもわたくしが独身の娘だったら、そんなセルゲイに夢中になるかもしれないわ」

「お前っ！　まさか息子をそんな目で見ていたのではないだろうなっ!?」

皇后の言葉に、番を心から愛して止まない皇帝が、急に慌てだした。

「嫌ですわ。例え話でしてよ」

「それにしたって、ほかの男に心を奪われるなど！」

「全くあなたという人は……ご自分の顔をよく鏡でご覧になって。セルゲイはあなたにそっくりではありませんか」

「それは、つまり？」

「ふふふ……あとはご自分でお考えになって」

「あぁっ、マルティーナ！　愛しているぞっ‼」

「スタニスラーフさま、わたくしもですわ！」

ひしと抱き合って、濃厚なキスを交わす皇帝夫妻。過去の出来事を蒸し返さなければ、基本的に仲睦まじい二人なのだ。ときたま箍《たが》が外れることもあるのはご愛敬《あいきょう》である。

しかし熱烈なのもよいが、番への熱を高ぶらせている息子の前で、あまり過激なことをするのは控えていただきたいものだと、セルゲイは天を仰いだ。

「父上、母上。そろそろその辺でおやめください。話が進まないではないですか」

「それは悪かった。では続きはまた夜に」

「ええ、お待ちしておりますわ」

ダメ押しとばかりに唇を合わせる両親に、セルゲイは呆れるしかない。

「ゴホン。とにかくセルゲイは、王子の前で冷静沈着を心がけて、だらしのない顔をしないようにな」

「余裕たっぷりな態度よ」

「お任せてください！」

両親の言葉にセルゲイは、余裕綽々、雄の魅力に溢れた表情を作る。

「それにしても、謁見の間でジークを見初めた男どもがあれほどいたとは」

思い出しただけで、腸《はらわた》が煮えくりかえる思いがする。

あのとき、ジークフリートにはさまざまな視線が浴びせられていた。

あからさまに眉を顰《ひそ》めて嫌悪感を顕わにする者はともかく、好色そうな目でジークフリートを見る者が大勢いたことに、セルゲイはたいそう腹を立てていたのだ。

舐《な》めるような視線がジークフリートに絡みつく。当の本人はそれに全く気付いていなかったが、隣に立つセルゲイはその性的な意図を含んだ視線をヒシヒシと感じ取っていた。

——ジークを……俺の番をそんな目で見るな!!

ジークフリートを色目で見ている輩を一人一人睨みつけ、激しく牽制する。誰もが皆、皇太子の殺気を感じ取ってすぐに目を逸らすが、すぐにまたジークフリートに向け秋波を送る。

——お前ら、ジークに手を出してみろ。死んだ方がましだと思えるほどの苦痛を与えてやるからな！

やはり昨日、急ぎ婚姻式を行ってよかったと、セルゲイは心の底から痛感した。そうでなければジークフリートによからぬ想《おも》いを抱く男が、彼を強引に奪ってしまったかもしれない。

時間の経過と共に、苛立《いらだ》ちはどんどん増すばかり。さらには大司教と宰相がこの結婚に待ったをかけたことで、セルゲイの我慢は限界に達した。

——なぜ俺の邪魔をする。ジークとの仲を引き裂こうなど、どういう了見だ！

もちろん、いくら結婚を認めないと言われたところで、そんなものは完全無視をするつもりだ。キャンキャン吠える二人を退けようと、セルゲイも舌戦に応じた。

隣に立つジークから怯えの気配を感じたが、少し我慢をしてもらうことにした。何しろセルゲイの働き次第で、ジークフリートの未来が変わってしまうかもしれないのだから。

三者それぞれヒートアップして、あわや摑み合いの乱闘に発展しかかったとき、皇帝の喝が飛んだため事なきを得たが、そうでなければあの二人を八つ裂きにしてしまったことだろう。

パーティーには、謁見の間に来られなかった下級貴族らも出席する。

そこでまたジークフリートを見初める者も出るだろう。

――だが俺は負けない。

迫り来る悪漢の魔の手からか弱いジークを守り抜き、惜しみない愛を存分に与えるのだ！

セルゲイは気合いを入れ直し、夜のパーティーに備えたのだった。


一方ジークフリートの部屋では、疲れ切った主人《あるじ》をエルマーが元気に出迎えた。

「ジークさま、お疲れさまです！」

「疲れた……」

エルマーにジャケットを預け、ため息と共にソファに深く沈む。

「体力バカのジークさまが、こんなにも疲れた姿を見せるなんて！」

「お前な、主人《あるじ》に向かってその口の利き方はなんだ。私でなければ、とっくに首を刎《は》ねられてもおかしくないぞ」

「でもジークさまが体力バカなのは、紛れもない事実じゃないですか。それにジークさまは一度『こう！』と思い込んだら、頭の中がそれ一色になって突っ走りがちですからね。僕が適度に突っ込んでいた方が、バランスが取れてちょうどいいんですよ」

エルマーの言うことは一理ある。それはジークフリートも認めるところだから、やたらに反論もできない。

「私は決して体力バカではないぞ。精力的なだけだ」

「はいはい、そういうことにしておきます。それにしても日頃から鍛えていらっしゃるジークさまがこんなに疲労するなんて．．よほど大変だったんですね」

たしかに彼は、耐えられないほどの辛さを感じている。しかしそれは、体力的な疲れではない。いわゆる気疲れと呼ばれる類いのものだった。

教会の教義に反した婚姻式を行ったジークフリートに、大司教をはじめとした教会関係者の対応は冷たかった。

祖国では随分ぞんざいな扱いをされてきたジークフリートなので、冷淡な対応をされたところで今さらなんとも思わない。

ただ……セルゲイの態度が気になって、儀式に身が入らなくなってしまったのだ。

皇帝ならびに皇后との謁見後、急に不機嫌な感情を顕わにするようになったセルゲイ。それを隠そうともせず、周囲を威圧するような空気すら放っているのだ。

何か粗相をしただろうかと不安に思ったジークが、不快の原因を尋ねたのだが「なんでもない」と取り付く島もない。

結局ほとんど話すこともないまま、パーティーまで別行動することになり今に至る。

昔から貴族の腹芸に馴染《なじ》めないジークフリートには、セルゲイの考えていることが全くわからず、困惑するばかり。それが彼の心をより疲労させていた。

「もしかして、今日改めて追加儀式を行ったことが、不満だったのだろうか」

そんな些細《ささい》なことで、へそを曲げたとは考えたくない。しかし思い当たる節《ふし》はそれしかなかった。

「それなんですけどね」

と、エルマー。

「今回の婚姻式の件、水面下では新たな動きが起こっているそうですよ」

「新たな動き……？　というか、お前がどうしてそんなことを知っているんだ？」

「侍女たちに聞き込みをして回ったら、ポロッと漏らしてくれたんです」

祖国でも見せていた対人スキルは、この国でも遺憾なく発揮されているようだ。エルマーの有能さには、ジークフリートも舌を巻くばかりである。

「皇族方は必ず大聖堂で婚姻式を行うのが慣例となっているので、今回のことは珍事も珍事、大珍事だったみたいです。しかもその場で指輪の交換もしなかったことで『正式な婚姻となり得ないのでは？』なんて疑問の声も上がっていて、そのため新たな皇太子妃を立てようと画策を始めた一派がいるって噂が出ているそうです」

「そうか……」

もしもこの結婚が無効となれば、皇太子妃の座は空席となる。そこに自分の手駒になる者を据えれば、莫大《ばくだい》な権力を手にすることができるのだ。野心家たちが躍起にならないわけがない。

「なんだか波乱が待っていそうですね」

「そうだな……」

充分に覚悟せねばなるまい——己《おのれ》の心にそう刻み込むジークフリート。そんな彼を、エルマーがチラリと見る。

その双眸《そうぼう》に、まるでいたずらを仕掛けた子どものような輝きが宿っていることに気付いたジークフリートは、なんだか嫌な予感がした。

「まぁ差し当たってまず覚悟しなければならないのは、今夜のお床入りでしょうけど」

「グフゥッ！」

そう……ジークフリートにとっては、婚姻式よりもセルゲイよりも、重大で重要なことがあった。初夜である。

男同士、組んずほぐれつの閨入りが、ついに訪れてしまうのだ。背筋がブルリと震え、冷や汗が額を流れる。

「大丈夫ですか？　ジークさま」

含み笑いで主人《あるじ》を見上げるエルマー。

無論、平気なわけはない。しかし世継ぎを産むことは、ジークフリートに課せられた責務の一つ。帝国の皇太子妃として正式に認められた今、ジークフリートに否やは許されない。

「心配するな、エルマー。私は私の責務を果たすのみ。この日のために国で散々学んできたのだ。その成果を発揮してみせようぞ！」

「うぅっ。ジークさま、ご立派ですっ!!」

「というわけで、これから準備にかかる。母上からいただいた例のアレを置いて、下がってくれないか」

「お手伝いしましょうか?」

「要らんっ!!」

エルマーは荷物の中から白木の箱を取り出すと、そそくさと部屋を出て行った。

目の前に置かれたそれを睨み、ジークフリートは深い息を吐く。

箱の中にあるのは、男同士の閨入りについて書かれた指南書が数冊と、準備のための大切な道具類。同性に嫁ぐジークフリートのために、母であるイザベラが用意したものだ。

それらを元に、祖国で極秘の自主練習を重ねてきたジークフリートだったが、最後の最後まで慣れることはなかった。ため息しか出ないのも、当然のことだろう。

「ええい、往生際が悪いぞ。私は皇太子妃となったのだ。初心《ウブ》な乙女のような気持ちでどうする。覚悟を決めろっ!!」

両頬をパンと叩いて気合いを入れ直すと、箱の中にある腸内洗浄用の液体をムンズと掴んでトイレへと向かったのだった。


****

ジークフリートの腸内がすっかり綺麗《きれい》になった数時間後、国内の有力貴族を招いての披露パーティーが、ごくごく穏やかなムードで始まった。

エルマーから不穏な話を聞いていたので、内心警戒していたジークフリートだったが、この調子だと取り越し苦労で終わりそうだ……と内心安堵した。

セルゲイはジークフリートを片時も離さず、常ににこやかな笑顔を周囲に向けている。肩を抱き、尻尾を絡めながら、祝福の言葉を受けるセルゲイ。ときおりジークフリートの頭に頬ずりをしたり、くちづけしたり、足や腰に尻尾を巻き付けたりなど、忙しないことこのうえない。

片やジークフリートはというと、セルゲイの行為が照れくさいやら恥ずかしいやら。

しかも自分を見つめるセルゲイの目が、甘く蕩けているような気がして、ソワソワと落ち着かない気分にさえなる始末。

パーティーは中盤にさしかかっても大きな問題が起きることなく、参加者たちも次第に砕けた様子を見せ始めた。愉快そうに笑う声が会場のあちらこちらから聞こえ、皆がパーティーを楽しんでいる様子が窺える。

このまま何事もなく終わってくれれば……そう願うジークフリートだったが、彼の願いは叶わなかった。

途中酒に酔ったらしい貴族の男が、昨日二人だけで挙げた婚姻式の話題を口にした途端、和やかな空気が一変したのだ。

「宮殿内の大聖堂以外で式を挙げられた皇族は、帝国の歴史上で殿下が初めてでいらっしゃるとか」

「そのとおりだが」

セルゲイの相好が崩れることはなかったが、しかしその声が少しだけ低いものに変わった。それを察した者の間に、若干の緊張が走る。

しかし当の男は、セルゲイの変化に全く気付いていないようだった。

「沈着冷静を常とする殿下の突然の行動に、驚いた者も多いようです。しかも指輪の交換などは今日になって行われたとか。なぜ正式な手順を踏まずに婚姻式を挙げられたのか、その理由をお聞かせ願えますでしょうか」

「挙式をした場所が慣例と違うだけで、全ての儀式は滞りなく済んだ。なんの問題があると言うのだ？」

セルゲイの機嫌が、どんどんと急降下していく。

怒りのオーラを隠そうともしない彼の周囲から、人がジリジリと後退《あとじさ》って行った。

――ここで騒ぎを起こすのはまずい。

セルゲイの気をどうにか逸らせないものかと焦るジークフリート。しかし件の貴族は、セルゲイの怒りに気付かないまま、なおもこの婚姻は無効ではないかと言い募っている。

「小国のお生まれで、しかも王位継承権を放棄した第六王子に、帝国の皇太子妃は務まりますまい。正式な婚姻が成されていないのであれば、国内から正妃を立てられた方がよろしいという声も多数上がっておりますが」

「そのようなこと、誰がいたすか!!」

突如、セルゲイが咆吼《ほうこう》を轟かせた。ビリビリと空気が震え、周囲の者は皆全身を大きく震わせた。

男はようやく失言に気付いたようで、顔を青くしてガタガタと震えている。

「俺たちは神の御前で式を挙げた。順番が前後したとはいえ、指輪の交換も結婚証明書の署名も滞りなく済み、神の代理人である皇帝陛下もジークを皇太子妃としてお認めになった！」

「で、ですが、慣習に則《のっと》らない結婚をした方を皇太子妃に据えることは、国の混乱に繋がろうかと……」

射殺《いころ》さんばかりの目で男を睨むセルゲイ。今にも食い殺しそうな勢いである。その姿は一匹の獰猛《どうもう》な虎を彷彿とさせた。

なんとかして止めなくては……そう考えたとき。

「殿下が婚姻式を急《せ》いたのは、皇太子妃さまを一刻も早く娶りたいという気持ちの表れと、皇帝・皇后両陛下がおっしゃったのを、ご存じないのかしら？」

突然降った涼やかな声が、緊迫した空気を一掃した。

人垣を縫うようにして進み出てきたのは、煌びやかなドレスを纏った美しい獣人の女性……ミラナである。

少し吊《つ》り上がった、意思の強そうな目。スッと通った鼻筋。そしてふっくらとした赤い唇。それらがバランスよく配置され、目を離せないほどの美しさがあるのだが、目の覚めるような鮮やかなオレンジ色の髪の間から覗く虎の耳のおかげで、乙女らしい愛くるしい印象をも与えているように感じられる。

さらにジークフリートの目を引いたのは、セルゲイと同じ琥珀色の瞳。それをキラキラと輝かせながら挑戦的に相手を見る彼女はまさに、虎視眈々《たんたん》と獲物を狙う肉食獣のように思えた。

「聞けば殿下は妃殿下とお会いになった瞬間、攫《さら》うようにご自分の馬に乗せて駆け出されたとか。まるで戯曲の一場面のようで、素敵だとは思いませんこと？」

「しかし、いくら気持ちが逸《はや》ったからとはいえ、これまでの慣習を無視するなど、許されることではありません！」

「そうでしょうか？　殿下が衝動的になるほど愛されておいでだなんて、わたしなど羨ましくてしょうがありませんわ。ねぇ皆さま、そう思いませんこと？」

小さなざわめきに続き、拍手がそこかしこから聞こえてきた。少なくとも全貴族が自分たちの行動を問題視しているわけではないとわかり、ジークフリートはほんの少しだけ肩の力を抜いた。

「しかし、そのようなことを許せば、帝国としての威厳が」

「第一この件は、皇帝陛下もお認めになったと、先ほど殿下もおっしゃっていたではありませんか。それを否定することは、皇帝陛下に楯《たて》突いたも同然とご理解なさって？」

グッと言葉に詰まる男。酔いはすっかり醒めたのだろう。酷く顔色が悪い。

「……大変な無礼を申し上げました」

深々と頭を下げるが、全身がガタガタと震えている。

帝国の頂点に立つ皇帝に逆らったとなれば、本人はもちろん一族郎党が処罰されても不思議ではない。それだけのことをしたのだと、ようやく悟ったのだろう。

「祝いの席を血で汚したくはない。この件は不問に処すが、今後このようなことがあれば……わかるな？」

「は、ははぁっ！」

倒《こ》けつ転びつ逃げ去る男。そんな彼に冷たい視線を送りながら、先ほどの女性がさも呆れた様子で口を開いた。

「無粋な者もいたものですわね」

「全くだ。しかし助かったぞ。あのままではせっかくのパーティーが、血で穢《けが》れるところだった」

「妃殿下の御為ならこのくらいのこと、当然ですわ」

ホホホと淑《しと》やかに笑う女性。自分のためだと言われて、ジークフリートの胸が熱くなる。

しかしなぜこの女性は、自分たちに助太刀してくれたのだろう。見たところセルゲイとは随分気安いように見えるが、一体……？

突然現れたミラナに、ジークフリートの疑問は尽きない。

「それにしても、あやつのせいで場が一気に白けたな。よし、仕切り直しにトルーシャ産の最高級シャンパンを皆に振る舞おうではないか」

ワッと歓声が上がる。トルーシャ地方で作られるシャンパンは、帝国内最高峰の超逸品だ。それを大盤振る舞いすると言うのだから、皆が沸き立つのも当然の話といえよう。

「グレハロクワトラス・シエカフスキー帝国のさらなる繁栄と、皇太子妃となったジークフリートならびに、全ての国民の幸せを願って……乾杯！」

乾杯、と唱和する声があちらこちらから上がる。心弾むような軽快な音楽が流れ、先ほどまでの空気が一気に霧散した。

「お疲れさまでございます」

「ミラナ。大儀であったな」

「いいえ、お兄さま。臣下として、また皇族の端くれとして、当然の役目ですわ」

——お兄さま？

セルゲイは皇帝の一粒胤《だね》だと聞いていたジークフリートは、わけがわからず首を傾げるばかり。

「ジーク。これはミラナといって、俺の又従兄妹《いとこ》だ」

「ミラナ・エルマコヴァにございます。此度はご成婚、誠におめでとうございます」

そう言ってミラナは、美しい所作で深々と礼をした。まさに淑女の鑑《かがみ》のような動きに、ジークフリートは思わず感嘆の息を漏らす。

「先ほどはありがとうございます。本当に助かりました」

「あのような不届き者がいるとは、全くもってお恥ずかしい限りでございます。どうかお気になさらないでくださいましね」

「私は問題ない。あなたもあまり、気に病まぬよう」

エルマーから事前に貴族たちの動きを聞いていたジークフリートなので、心構えはできていた。ただ予想外だったのはセルゲイの激怒っぷりで、本当に血の雨が降らんばかりの勢いだったことには肝が冷える。

「さすがは一国の王子さまでいらしただけのことはありますわね。堂々としたお姿、感服いたしましたわ。お兄さまは素晴らしい方と番《つがい》になられたのですね」

「そうだな。俺には勿体ないくらいだ」

ニヤッと男臭い表情で笑うセルゲイ。長い尻尾は天に向かってピンと立ち、崩れた相好と共に頭上の耳がペタリと寝転んだ。

雰囲気を一変させたセルゲイに、胸が激しく高鳴って、クラリと目眩がした。ジークフリートの鼓動が次第に速度を増して、頬が熱くなる。

――なんだ、この動悸・息切れ・目眩は……！

同性であるセルゲイに対して抱いた不思議な感情と、己《おの》が身に起こった不可解な症状に、ジークフリートは激しく混乱した。気分を落ち着かせようと、手にしたシャンパンを一気に飲み干すも、そんなことで頭が冷めるわけがない。

醜態を晒さぬよう必死で冷静さを取り繕うジークフリートの横では、セルゲイとミラナがなおも話を続けている。

「それにしても此度《こたび》の婚姻が無効と申す者が多数いるとは、嘆かわしい限りですわ」

ミラナとセルゲイが、揃って渋い顔をした。

「全くだ。しかしあやつが口を滑らせてくれたおかげで、ジークを廃そうとする輩がまだいることがわかったのは幸いだ。未然に防ぐために、手を打たねばな」

「となると、全貴族を洗い出しますか？」

「もちろんだ。警護の騎士から侍従・侍女に至るまで、時間は多少かかるだろうが、徹底的に調べ上げてやろうではないか！」

昨夜の打ち合わせどおりの茶番劇が繰り広げられたが、ジークフリートをはじめ、パーティーの参加者でそれに気付いた者は誰もいなかった。

「ですが調査を進めている間、妃殿下の御身に何かあったらどうしましょう。万が一にも害されるようなことがあるかと思うと、わたし心配で堪りませんわ」

「ジークはこんなにも儚げで、か弱い人だからな。たしかにそれは心配だ」

ブハアッ！

思いがけない一言に、ジークフリートはシャンパンを勢いよく噴き出した。

たしかに虎獣人と比べれば、人族の彼はだいぶ線が細く見える。しかし彼は腐っても元軍人。全身は鋼のような筋肉で覆われていると信じて疑わない男である。

――私のどこが儚げだと言うのだ⁉

と反論したかったが、シャンパンが気管に入って噎《む》せてしまい、何も話せない。ゲホゲホと咳《せ》き込むばかりのジークフリートに、セルゲイは目に見えて狼狽《ろうばい》した。

「大丈夫か、ジーク‼」

酷く心配そうな顔で覗《のぞ》き込まれる。唇が触れ合うほどの距離で見つめられ、ジークフリートの胸が姦しいくらいに早鐘を打つ。

――って、だから！　鎮まれ心臓！　あぁ、もういっそ止まってくれっ‼

明らかな異常事態に、ジークフリートは激しく煩悶した。

「まだ苦しいか？　顔が真っ赤だぞ」

「お、かげさまで……なんとか……」

大きな咳払いを一つして、セルゲイから半歩後退《あとじさ》る。

少しでも距離を取らねば、いろいろまずい気がした。気を抜けば挙動不審になりかねない自分を、必死で抑える。

「あの、私は決して儚くなどありませんが」

「何を言う。この場にいる誰よりも華奢ではないか」

「確かに人族は獣人より小柄な体型をしておりますが、決してそのようなことはございません。祖国にいた頃は、軍の訓練を毎日のように行っておりましたし、多少の火の粉は自分で振り払えると自負しております」

「いや、お前はアムール族の力をわかっていない。私はもちろん、ミラナとて本気を出せば、たった一人で凶暴な人食い熊を倒せるのだからな。しかも素手で」

「えっ!?」

あまりの内容に、ジークフリートは瞠目《どうもく》した。

「お兄さまったら嫌ですわ、そんな昔のことを」

ミラナの血色のいい頬が、さらに朱に染まった。照れた様子でモジモジするところを見ると、セルゲイの言葉はどうやら本当らしい。

可憐な女性が、一体どうやったら素手で熊を退治できるというのだろうか。にわかには信じられない。

ジークフリートの視線に気付いたのか、ミラナは恥ずかしそうに両手で頬を押さえると
「もう随分と昔の話ですわよ」

と苦笑しながら、事の真相を語り始めた。

「当時は軍におりましたので、ほどほどに鍛えておりましたの」

「軍に!?」

ロンデスバッハでは、軍に属する女性はいない。荒事は男の仕事。女性は守られるべき者という思想がまかり通っている。ゆえに目の前にいる淑やかで気品溢れる女性が、まさか軍人だったとは予想だにせず、ただただ驚くことしかできない。

「昔から体を動かすことが大好きでしたし、お兄さまが軍の総大将を努めていらっしゃるでしょう？　ですからわたしも真似《まね》をして軍に入ったのです。所属していたのはほんの一時《いっとき》でしたけれど、とても素晴らしい経験や出会いがあり、本当に楽しゅうございましたわ」

「その気持ちはよくわかります。私もまた、軍に入ってさまざまな人々と交流したおかげで、随分と成長できたものですから」

懐かしい日々を思い出しただけで、ジークフリートの体がウズウズとしだす。何しろ旅の間は軽いトレーニング以外、碌に体を動かせない日々が続いていたのだ。随分と鈍ってしまったことだろう。少し落ち着いたら、軍の訓練に参加させてもらえないか、セルゲイに交渉してみようかなどと、ジークフリートは内心で独りごちた。

「妃殿下は歩兵中隊の指揮官でいらしたとか。きっとお強いのでしょうね」

「もちろん、それなりの腕前はありますよ」

「だからといってジークはお前と違って、無謀にも巨大熊に勝負を挑もうとはしないと思うがな」

「あら、お兄さま！　わたしとて普段は素手で熊退治なんてしないってことは、ご存知でしょう？」

ギロリとセルゲイを睨んだミラナは、すぐにジークフリートに向き直り、胸の前で手を組んで切々と訴えた。

「妃殿下、お聞きくださいまし。あるとき訓練で地方に遠征した際に、そこの住民から人食い熊の話を聞きましたの。とても困っている様子でしたから、これは放っておけないと思い、同じ隊の者と共に退治に出たのですわ」

一同で熊が出るという山へ入ってすぐ、一人の男が熊に襲われているところに遭遇。ミラナは即座に熊に向かって突進、攻撃を仕掛けたのだ。

「つい興奮してしまって、気付いたら武器も使わずに素手で殴り倒していたのです。でも普段はそんな、はしたない真似はいたしませんわ」

ホホホと軽やかに笑いながら語るミラナの言葉に、ジークフリートは思わず唖然《あぜん》とした。

――ほどほどに鍛えた程度で、人食い熊を退治できるものなのか？

しかも素手で撲殺。

人族からは想像もつかないような力と戦闘能力。獣人とは想像以上に物凄い種族のようだと、ジークフリートは呆れるやら感心するやら。

「ところでお兄さま。先ほど警護の騎士らも調査するとおっしゃいましたわね」

「ああ、そうだ。ジークの側に、背後関係が不確かな者を近付けることはできないからな。しかしそうなると調査の間ジークの身辺を警護する者は、ロンデスバッハの兵のみとなってしまうのか。それは逆に不安だな」

「でしたら調査が済むまで、わたしが護衛に当たりましょうか」

「えっ!?」

先ほどの会話から、ミラナが相当強いらしいことはジークフリートにも理解できたが、だからといって要人警護のような危険と隣り合わせの任務を、女性に任せてよいものだろうかと不安になってしまう。しかも彼女は皇族の一員。万一、取り返しのつかないことが起きてしまっては大変だ。

「お気持ちはありがたいですが、そのような危ない任務をご婦人に任せるわけにはいきません。それにあなたに何かあった場合、ご両親や皇帝陛下に申し訳が立たない」

揺るぎない決意を滲ませながらキッパリ断ったはずが、ミラナはパァッと喜色を浮かべた。

「お兄さま、お聞きになりました!? 妃殿下がわたしをお気遣いくださいましたのよ！ 誰かに心配されるだなんて、何年ぶりのことでしょう。あぁ、感動で胸が張り裂けそうだわ！」

「え」

ジークフリートとしては、決して嬉しがらせるようなことを言ったつもりはない。しかしこれほど喜ばれると、むしろ戸惑いを感じてしまう。

「妃殿下のお心遣いに深く感謝いたします。なれどお国からいらっしゃった兵士たちは、どれだけの腕前をお持ちでしょうか」

「付き従った者は全て、厳しい訓練を積んだ精鋭揃いです」

「熊を倒せとは申しませんが、獣人の一人や二人簡単に倒せるほどの腕前でなければ、さすがに安心できませんわ」

彼らも祖国では一騎当千……とまでは言わないが、かなり腕の立つ者ばかり。しかし獣人相手に一戦交えるとなると些《いささ》か心許ないのもまた事実。

何しろロンデスバッハ兵とは、体格からしてまるで違うのだから。

「わたしは皇帝陛下、お兄さま、ヴァルラム大将に次ぐ強さにございますれば、妃殿下に群がる悪漢を薙《な》ぎ払うことなど容易《たやす》いこと」

キャイキャイとはしゃぐように恐ろしいことを言ってのけるミラナに、ジークフリートは再び瞠目《どうもく》した。

「わたしでしたら、警護以外にも妃殿下にこの国のことや皇族特有のしきたりなど、お教えすることができます。警護兼、教育担当。いかがでしょうか」

「そうだな。この件に関しては、ミラナが一番適任だろう」

「ちょっと待ってください！　そんな簡単に、物事を決めてよろしいのですか？」

「構わん。皇帝と皇后《りょうしん》もきっと許してくれるだろうさ」

「しかし、さすがにそこまでしていただくわけには……」

「ミラナは幼い頃から俺と共に教育を受けてきた。それに皇后《はは》の公務を補佐したこともあるから心配ない」

「万が一にも厄介な人物が妃殿下の教育係を担当してしまって、余計なことを吹き込まれでもしたら大変ですもの」

「いや、私は人の話を鵜《う》呑《の》みにするような人間では」

「妙なことを吹き込まれた妃殿下が、お兄さまと離縁しようなんて考えたりしたら……」

「離縁⁉　それは駄目だ‼」

「だから人の話を聞いてください！」

「その点わたしでしたら、そういった心配もございません。それはお兄さまが一番よくおわかりですわよね？」

「もちろんだ。しかし、もろもろ解決するまでは、ジークにはゆっくり休んでもらうのも手ではないか？　ジークはまだ、この国に慣れていないのだから」

　セルゲイが、チラリとジークフリートを見る気遣わしげな表情。けれどジークフリートにはそれが、お前に公務は無理ではないかと言われているように感じられてしまい、思わずカッとなった。

セルゲイとミラナが勝手に話を進めて、自分の言い分を一向に聞かないことも、大きな要因だっただろう。

そしてミラナの次の一言に、怒りが爆発してしまった。

「では妃殿下はしばらくの間、ご公務をなさらないということですの？」

「それは困ります！」

突然の大声に、セルゲイとミラナが目を見開いた。

「私は祖国にいた頃から、自らに与えられた役割を立派に果たして参りました。それが王族に生まれた者としての、重要な使命であると考えております」

後継者争いから降りたジークフリートではあるが、ロンデスバッハを統べる一族の一人として、王家や民草のためにこれまで力を尽くしてきた。

それが彼の誇りであり、矜持《きょうじ》なのだ。

国は変われど、その信念を曲げることはできない。

それに彼には石炭という大きな使命もある。もしも自分の働き次第で、石炭の輸出量が減ってしまったらと思うと恐ろしい。

「皇太子妃として嫁いだ身。その責務を蔑ろにする気はございません。殿下のため、国のために、身を粉《こ》にして働く所存。早急に妃教育を開始していただき、一日も早く公務に就かせていただけませんか！」

「妃殿下……素晴らしいお考えですわ」

ミラナは酷く感心した様子で、感嘆の息を漏らしながらジークフリートを褒め称えた。

「いや、それほどでも」

手放しで褒めちぎってくれるミラナとは対照的に、セルゲイの眉がへニャリと垂れ下がっている。

もしかして、差し出た真似をしてしまったか？　ジークフリートの心に、不安の影が下りる。

「お兄さま。妃殿下がこうおっしゃっておられるのです。さっさと決断なさいまし」

「しかしだな。俺はジークが心配で……」

「殿下。私はあなたのお役に立ちたいのです」

自分よりも背の高いセルゲイを見上げるようにして、ジークフリートが希《こいねが》った。セルゲイの喉から
グフゥと呻き声が上がった。

「ほかならぬジークの頼みだ。任せたぞ、ミラナ」

こうしてミラナは呆気《あっけ》ないほど簡単に、ジークフリートの護衛兼、教育係に任命されたのである。

ようやくこの地での第一歩を踏み出すことができたと、気合い充分のジークフリート。グレハロク
ワトラス・シエカフスキー帝国での生活は順風満帆に……といけばよかったのだが。

不遇の星の下に生まれたジークフリートを、さらなる悲劇が待ち受けていようとは、このときの彼
は知る由《よし》もなかったのである。

結婚94日目

薫風の候、青々と茂った若葉が眩しい季節となりました。

母上さまにおかれましては、お健やかにお過ごしのことと存じます。

私がグレハロクワトラス・シエカフスキー帝国に嫁いで早三ヶ月。

セルゲイ皇太子殿下をはじめ、皇帝陛下、皇后陛下の覚えもめでたく、何不自由ない穏やかな毎日を過ごしております。


さて、先日は素晴らしい品を多数お送りいただき、大変ありがたく存じます。

故郷《ふるさと》で慣れ親しんだ品々を見て、懐かしい思い出が胸にこみ上げて参りました。


今はこちらの歴史や政治を覚えるため、勉学に励む日々。覚えることが山のようにありますが、疲れたときには母上さまがお送りくださった茶や菓子を楽しみ、日頃の疲れを癒やしたいと存じます。

一日も早く、グレハロクワトラス・シエカフスキー帝国のために力を尽くせるよう精進して参ります。


ロンデスバッハはそろそろ夏に向かって暑さが増してくる頃。くれぐれもご自愛ください。

略儀ながら書中にてご挨拶《あいさつ》申し上げます。

帝国歴五百八十六年五月
ジークフリート・クラウス・ドミトリエヴァ

母上さま

母宛の文を書き終えたジークフリートは、ペンを置いて深いため息をついた。

何不自由ない、穏やかな毎日。

確かに嘘はついていない。

ただしそれが真実かと問われると、些《いささ》か難しいところではあるのだが。


輿入れして三ヶ月。

ジークフリートに与えられた公務は、まだない。

まずは帝国のことをしっかり学ぶようセルゲイに命じられ、勉学に励んでいるのだが、これが思いのほか時間がかかっている。

ロンデスバッハにいた頃から、この国のことについて学んでいたのだが、さすがは五百年の歴史を持つ大帝国。たかだか半年程度で覚えられることなど、高が知れるという話で。

結果ミラナに教えを請いながら、地道に学ぶ毎日である。

そもそも勤勉である質《たち》のジークフリートと、帝国の事情に精通したミラナは相性がよかったようで、彼は瞬《またた》く間に膨大な知識を吸収していった。

それはミラナが「まさかここまでお出来になる方だとは」と感心したほど。

「あなたの教え方が上手いのだ」

それは何も、世辞ではない。ミラナの説明は非常にわかりやすく、祖国で独学していた頃の倍以上の速さで覚えることができていた。教師がいいと、手応えがまるで違うな……ジークフリートは密かにそう実感していた。

しかし、日がな一日机に向かっているだけでは正直辛い。祖国にいた頃は軍の訓練で毎日のように体を動かしていたジークフリートにとって、座りっぱなしは苦痛でしかないのだ。

一応ミラナの授業があるときは、そこまで苦痛に感じることはないのだが、彼女も忙しい身。授業は週にたった二日。あとは自習の日々である。

気晴らしは、伴侶であるセルゲイが訪れたときだろう。彼は公務の合間を縫ってジークフリートの元へ毎日通い、帝国の事情に疎い伴侶のためにいろいろな話をしてくれる。

帝国の政治や経済のことだったり、名産品を使った料理の話だったり、果ては民の間で流行となっている芝居の話だったり。

セルゲイの話は多岐にわたっていて、ジークフリートを決して飽きさせない。

また低くしっとりとした優しい声も、セルゲイとの会話を楽しむ一つの要因となっているのだろう。

声が心地いいと感じたことなど、これまで一度もない。

出会った当日は人の話を聞かない男だと憤ったりもしたが、普段のセルゲイは案外思慮深く、大人の威厳に満ち溢れた態度は、同じ男性として憧れすら抱くほど。

——顔だけでなく、声や性格までいいとは、さすがは大国の皇太子だけのことはある。

なんて妙な感心すらしてしまったほど、セルゲイは完璧な男であるように思われた。

何はともあれ、彼と過ごす一時《ひととき》は、ジークフリートに不思議な興奮と安らぎを与えてくれていることはたしかである。

けれど多忙を極めるセルゲイは、いつもジークフリートの側にいられるわけではない。場合によっては顔を見せただけで、すぐに帰ることもある。

ゆえにジークフリートの苦痛が完全に取り除かれることは、今のところないというわけだ。

「少しは運動がしたい」「軍の訓練に参加させてほしい」「孤児院の慰問など、できることがあれば取り組みたい」などと提案はしてみるものの、セルゲイから帰ってきたのは「今は危険だから、しばらくこの部屋の中に留まってくれ」というばかり。

ジークフリートを皇太子妃の座から引きずり下ろそうとしている輩の中に、過激な思想……彼の死をもってして、皇太子妃交代を目論む者もいたとかで、それらを排さない限りは外へ出せないということらしい。

『しかし全て排除するというのは難しいでしょう。少しくらいの危険は厭いませんので』

だからある程度片が付いたら、外へ出してくれ……そんな期待を込めながら切り出すも
『心配するな。皇室直属の諜者《ちょうじゃ》は有能だ』

なんて暢気《のんき》な返事が返ってくるばかり。

セルゲイの護衛を勤めるヴァルラム曰《いわ》く、狗と呼ばれるえげつないほどの精鋭部隊が存在するらしい。実際、狗の活躍により水面下で不穏な動きをしている貴族どもが、どんどんばんばん検挙されているそうだ。

ミラナからも
『今後は「休みたい！」と悲鳴を上げたくなるほどのご公務をこなすことになりますので、今は休息期間と考えて、ゆっくりとお過ごしください』

と言われたが、あまりの窮屈さに「休みたくない！」と内心で悲鳴を上げる毎日である。

「せめて、この部屋から出られれば……」

宮殿内にある皇太子妃の部屋は南向きで日当たりがよく、祖国にいた頃には考えられないほどの豪華絢爛《けんらん》さを誇っている。

設《しつら》えられた家具はどれも高級品。テーブルに置かれた花瓶一つとっても、平民ならば十年は遊んで暮らせるほどに、高価なものばかりが揃えられている。

居間と客間、寝室のほかに、浴室とトイレも完備。ここから一歩も出ずとも、充分暮らしていけそうだ。

「出られないまでも、せめて充分なトレーニングができればいいのだが……この部屋ではできることが限られすぎて、体が腐りそうだ」

「お気持ちはわかりますけど、全ての貴族の調査が済むまでの辛抱ですよ」

「だからそれが終わるのはいつなんだと……！」

いくら狗が有能とはいえ、この国の貴族はあまりにも多すぎる。それを虱潰《しらみ》しに調査しているため、とにかく時間がかかるのだ。

『全ての悪意を排除するまで、今しばらく我慢してくれ』

そう訴えるセルゲイの言葉を承諾してしまった手前、ジークフリートはあまり食い下がることもできない。

結婚後どんな困難が待ち受けようとも、全て乗り切る覚悟でこの国に来たものの、まさかこんな苦しみが待ち受けているとは思いも寄らなかったのである。

「あああああああ、本当に、真剣に、辛い……」

「とりあえずお茶でも飲んで落ち着いてください」

エルマーがティーカップを差し出した。

オレンジ色の水色《すいしょく》が美しい茶に銀の匙《さじ》を入れ、ジークフリートの前でひと混ぜする。

「……大丈夫のようですね」

なんの変化も見られない匙にホッとするエルマー。毒殺の可能性も考えられるため、ジークフリートが口にするもの全てがこうして調べられるようになったのだ。毒が仕込まれていたことはまだないが、用心に用心を重ねて……といったところだろう。

「懐かしい味がするな」

「はい。先日届いたロンデスバッハからの荷の中に入っておりました、ネーガイン社の紅茶ですよ」

それは祖国で最も有名な紅茶専門店の名だった。

「ジークさまがお好きなお茶を、お母上さまは覚えていらっしゃったようですね」

「そうだな……」

王の寵姫となってからも踊り子時代が忘れられない様子で、人の迷惑顧みず自由気ままで奔放に過ごす母だった。ゆえに年頃を迎えたジークフリートは次第に母を疎ましいと感じるようになり、十歳で後宮から出されたあとは滅多に訪ねなくなっていた。

しかし母はそんな息子を案じて、変わらずに愛情を注いでくれる。

その方法に若干……いや、かなり問題があったりもするのだが、それもまた彼女なりの愛なのだろう。

ロンデスバッハとグレハロクワトラス・シエカフスキー帝国はあまりに遠く、もしかしたらもう二度と会うことは叶わないかもしれないだけに、あの頃の自分の態度が悔やまれてならない。

「祖国にいる頃、もっと親孝行をしておけばよかった」

「今からでも遅くないと思いますけど」

「しかし、ロンデスバッハはあまりに遠くなりすぎて、親孝行のしようがないだろう」

「顔を合わせずともできることだってありますよ。例えば一日も早くお世継ぎに恵まれるとか」

「ぐふうっ！」

エルマーの言葉に危うく茶を吹き出しそうになるのを、懸命に堪える。

「お、おまっ、なんてことを……！」

「イザベラさまは、期待しておいでだと思いますよ？　ジークさまにお子ができれば、初孫ですからね」

「あの母が、孫を期待するようなタマか」

「絶対期待してますって！　だってお茶のほかにも王宮御用達の媚薬《びやく》入り特製ローションが、山のように届けられたんですから」

「なんだって!?　そんな報告は受けていないぞ！」

「だってそれを言ったら、ジークさまがプレッシャーに感じちゃうじゃないですか。現に今だって、結構お悩みのご様子ですし」

「むむむ」

エルマーにズバリ指摘されて、ジークフリートは頭を抱えた。

彼は今、最高潮に頭の痛い問題に直面しているのだ。

「せめて、ローションを消費できる状態になればいいんですけどねぇ」

「……それは殿下に言ってくれ」

「ジークさまと閨を共にしてくださいって、僕が言うんですか？　嫌ですよ。ご自身でお願いしてください」

「そんなことができるかぁっ!!」

「まぁ処女のジークさまには、ハードルが高いのはわかりますけど」

主従は揃ってため息をついた。

そう……ジークフリートは結婚して三ヶ月も経つというのに、未だセルゲイと閨を共にしていないのである。

祖国にいた頃、王は『男でも妊娠できるらしいから、安心して嫁げ』と言っていた。ということはつまり、ジークフリートには世継ぎを産むという期待がかけられているわけだ。

だから当然、婚姻式後の夜には初夜の床入りとなると思っていたし、セルゲイを受け入れるための下準備もきちんと行っていたというのに。

婚姻披露パーティー終了後、彼らは夫夫《ふうふ》の寝室へと向かっていた。その間ジークフリートは頭の中で、母からもらった指南書の内容を必死になって思い返していた。

彼とて初心《ウブ》な乙女ではない。戸惑いは多少残るものの、ここまで来たら逆に肝が据わる。祖国で学んできた成果を、今宵存分に発揮しようぞ！　と、妙な使命感すら生まれていた。

尻の洗浄は恐らく問題ないはず。枕元にローションを置くよう、エルマーに命じてきた。

準備万端、どんとこい!!

拳をグッと握りしめ、覚悟を決めた——はずだったのに、なぜだか急に不安が襲ってきた。

——そういえば時間がなかったせいで、尻をあまり解《ほぐ》せていないかもしれない……。

指南書には『充分に柔らかく解してから挿入』とあった。硬いまま挿入すれば双方に痛みが生じ、最悪の場合裂けることもあるらしい。なんと恐ろしいことだろう。

——殿下は男同士のやり方を知っているのだろうか。

解さずに挿入されたら一大事。何しろジークフリートの処女穴は、乙女の可憐な柔肌も同然なのだ。無体をされては困る。

一歩、また一歩、寝室に近付くたびに、ジークフリートの不安はどんどん募っていく。

いっそ床に頭を擦り付け、平伏しながら「尻を優しく解してください!!」と頼み込もうかなんて、卑屈な考えすら浮かんでしまう。

──して、いつ頼む？

床入り直前か？

しかし最初からそれでは、ムードもへったくれもない。男は案外繊細だ。初夜なのに萎えさせるようなことをしてはいけない。

では行為の最中は？

初めてのことに気が動転して、それを伝えるだけの余裕がなくなることも予想できる。

無理にヤって流血沙汰になるのは避けたいところ。しかも裂けた場合は治るまでずっと、排泄《はいせつ》のたび苦しむことになるだろう。

──そんなことは絶対に嫌だ！

となると、やはり行為前しかないのでは……？　そんなことを考えて悶々と悩むうちに、ついに寝室の扉の前に辿り着いていた。

ジークフリートは心の中で悲鳴を上げた。

「疲れただろう」

「い、いえ、それほどでは」

セルゲイをチラリと見ると、彼は慈愛に満ちた表情でジークフリートを見つめている。

──もしかして、これはいい雰囲気というやつでは？

頼むなら、今しかない。

『尻穴を丹念に解してもらえますか？』

一言そう伝えるだけで、ジークフリートの悩みは解消するのだ。

──いや待て。事前にそんなことを言われたら、私だってドン引くぞ。えーっと、つまりだな。

思考がグルグル回りすぎて、上手い言葉が一つも出てこない。焦りが募り、手のひらが汗まみれになった。

「ジーク」

一歩前に踏み出したセルゲイが、ジークフリートの肩を優しく掴む。

ジークフリートの胸がバクバクと音を立て、なぜか下半身がキュッと高まった。

──なぜ今、勃起するっ!?

淫《みだ》らな行為は一切行っていないにもかかわらず、突如暴れん坊になった自らの雄に、ジークフリートは恐慌状態に陥った。

──こんなことが知られたら、恥ずかしさで死ねる！

下半身の乱れ具合をセルゲイに悟られぬよう、さりげなく手で覆い隠して平静を装う。

それが功を奏したのか、セルゲイはジークフリートの変化に気付くことはなかった。にこやかに微笑むと
「今宵は充分に休息を取ってくれ。また明日顔を出す」

そう言い残して、セルゲイは去って行った。

「………はっ？」

予想だにしなかった事態に、ジークフリートはポカンと口を開けたまま動けない。ノッシノッシと去って行く後ろ姿を呆然と眺めていると、静かに扉が開いた。

「ジークさま？」

「……なんだ、エルマー」

「どうされたんです？　話し声はしたのに、なかなか入ってこないから僕心配になって……って、皇太子さまはどうしたんです？」

「……帰られた」

「ふえぇっ？」

エルマーが放った驚きの声が、静かになった廊下に響く。

「あぁ！　ご準備を済まされてから、またおいでになるのですね？」

「いや、多分……違うだろう」

また明日、とセルゲイは言っていた。

つまりは正真正銘、今日はこれでおしまいで間違いない。

「でも今日は初夜ですよね!?」

「しっ、声が大きい！　とにかく中に入るぞ！」

急き立てるようにして中に入って、ガチャリと鍵を閉めた。

「あっ！　鍵なんて掛けていいんですか？　皇太子さまがいらっしゃったら、中に入れませんよ？」

「いいんだ。殿下はもう、今宵はいらっしゃらない」

「ええっ!?」

「今日はゆっくり休めと……そうおっしゃって、帰られた」

「本気、ですか……？」

エルマーの言葉に、ジークフリートも激しく同意する。

彼らは新婚夫夫《ふうふ》なのだ。そして今宵は初夜である。

通常であれば床入りをして、夫婦の営みを行わねばならないはず。

「セックスできない理由があったんでしょうか」

「明け透けにセックスなどと言うな！　はしたない」

そう注意するジークフリート自身も、初夜が行われない理由が全くもってわからない。

しかし。

「とにかく殿下が帰られたのは事実。今日はもう何もすることはないから、お言葉どおりゆっくり休むことにしよう」

ジャケットをエルマーに預けたついでに、下半身をチラリと見遣ると、そこはもう平常時の大きさに戻っていた。

さっきの暴れっぷりは一体なんだったのだと、陰茎に向かって文句の一つも言いたくなる。

ともかく早く寝ることにしようと、寝室の扉を開けた瞬間、目に飛び込んできたもの。それは。

「げぇっ！　なんだこれは」

ベッド一面に置かれた花、花、花。

赤やピンクの美しい花々が、色艶やかにベッドを飾っていたのである。

「だってぇ、新婚さんですし！　初夜ですし！　最大限の演出で盛り上げようと思って！」

身分の低さゆえにパーティーに付き従うことが許されず、一人残ったエルマーは、空いた時間を使って部屋をムーディーに演出していたらしい。

「イザベラさまから頂戴した、催淫効果のある香も焚《た》きしめておいたんですけど」

そう言われてみれば、仄かに甘い香りが漂っている。

しかし催淫効果とはなんだ、催淫効果とは。

「なんというものを送ってきたのだ、あの母は……」

「全部無駄になっちゃいましたね」

「悪いな」

ションボリと項垂れるエルマーの頭を、ジークフリートはポンポンと撫でて慰める。

結果はどうであれ、主人《あるじ》のためにと頑張ってくれた、その気持ちが嬉しかった。

ともかく独り寝は確定だ。なのに淫らな気持ちになる香りを嗅いでも仕方ない。二人は窓を開け放ち、充分に換気を行った。

涼しい夜風が妙に心地よく、混乱していた頭が次第に冷静になっていく。

「この花は、どうしましょう」

ベッドを見て、再びションボリするエルマー。右も左もわからぬ国で、これだけの花を集めるのは、さぞかし大変なことだったろう。

「せっかく用意してくれたのだ。花はこのままでいい」

おおよそ成人男性の寝床に相応しくない雰囲気ではあるが、それも致し方あるまいとジークフリートは腹をくくることにした。せっかく頑張ってくれたエルマーの気持ちを、無下にはしたくなかった。

「わかりました。じゃあ、浴槽の花だけ片付けておきますね」

「そんなところにまで！」

エルマーの気遣いは、完璧だったようだ。

「明日は別の花を用意しますね」

「気持ちはありがたいが、ガチムチ夫夫《ふうふ》に花は似合わない気がする」

「だからジークさまはガチムチじゃありませんって」

「まだ言うか！」

エルマーは最後まで憎まれ口を叩いたまま、部屋を後にした。

「あいつの目は腐っている……私のどこがややマッチョ程度だというのだ。胸筋も上腕二頭筋も僧帽筋も、充分に盛り上がっているだろうが」

ジークフリートの文句は尽きない。

ふと、セルゲイの肉体が脳裏を過る。服の上からでもその素晴らしさは容易に想像できるほど、逞しい体つきをしていた。

――いつか筋肉を生で見せてもらいたい。そして触らせていただけたら……って、閨の中ならいくらでも見る機会はあるのか。

そう、閨の中でなら、いつでも見放題。しかも触り放題。

閨の中ならば。

つまり。

「………うん、よし。寝よう」

ジークフリートは、余計な考えを放棄した。

セルゲイの言うとおり、ゆっくり休むのがいいだろう。それには気楽な独り寝が一番。そうに決まっている。

ジークフリートは自分に何度もそう言い聞かせて、エルマーが整えてくれた布団に潜り込んだ。ギュッと目を瞑ると、ふんわりと花の香りが漂って、なんだか妙に落ち着かない気持ちになる。

——今日はなかったが、明日はついに……。

二度目の覚悟を決めて眠りに就いたジークフリートだったが、まさかその後もセルゲイと同衾することなく、結婚して三ヶ月が過ぎても処女のままでいるとは思わなかったのである。

「それにしても、なぜ皇太子さまはジークさまに指一本触れようとしないんですかね？」

「知るか、そんなもの」

ジークフリートとて、ベタベタ触れてほしいだの、子作りに励んでほしいだの、そんな気なんてさらさらない。

そもそも彼は異性愛者。同性と同衾することに、正直まだ恐ろしい気持ちが残っているのだ。

しかし個人の嗜好《しこう》より、今は重要なことがある。

この国の世継ぎを儲けるという、最大の使命が。

皇太子妃になったジークフリートは、その責務を全うしたい。しかしどんなに期待されても行為を行わない以上、孕むことはない。そんなことがわからぬセルゲイではない……と信じたいのだが。

「どうしたら、初夜を迎えられるのだろうな」

「いっそ、おねだりしてみたらどうですか？」

「そんなことできるか」

「でも、皇太子さまが三ヶ月もジークさまをお抱きにならないのは」

「だからそういう身も蓋もない言葉は使うなと、何度言ったらわかるんだ！」

「……案外その態度が原因なのかもしれませんよ」

エルマーはジークフリートに、冷たい眼差しを向けた。

「な、なんだその目は。なぜそんな目で私を見る！」

「全くもう、ジークさまは変なところで乙女になりますよね」

「お前は妙なところで男気を発揮するよな」

「僕だってれっきとした男ですからね。それよりも皇太子さまは、ジークさまの嫌悪感を察知して、手が出せないのかもしれませんよ」

「別に殿下のことを嫌っているわけでは」

「わかってますよ。同性同士のセックスに、戸惑っておいでなんですよね」

またそういう言葉遣いを……とブツブツと言いながらも、図星を指されたものだから、それ以上強く反論することができない。

一度はセルゲイを受け入れる決意を固めたジークフリートだったが、何もしない日が続くと、その決意は次第に鈍くなっていく。

いつ事に及んでもいいように、毎晩腸の洗浄と尻穴を解すことだけは続けているが、いざそうなったときのことを考えると、逃げ出したい気持ちが湧き立ってくる。

「怖じ気づいてるんですね？」

「違う！　軍人の私が怖じ気づいたりするものか！　ちょっと憂鬱なだけだ！」

しかしエルマーが言うように、セルゲイがジークフリートの気持ちを察して手を出さないのであればば……それは非常にゆゆしき問題だ。

「どうすればよいものか」

「ここはもう、覚悟を決めておねだり作戦大敢行ですよ！」

「おねだり……だと……？」

「せっかく皇太子さまが毎日通って来てくださってるんですから、どうでもいい会話ばかりしてないで、一発ドカンとぶちかましちゃえばいいんですよ！」

「だが、どうやって」

「例えば」

そう言ってエルマーはジークフリートの前に跪《ひざまず》き、椅子に座ったままの彼をソッと見上げた。膝に置いたジークフリートの手に、エルマーの手が重なる。

「殿下……」

眉尻を少し下げ、頼りなさげな顔で呟く。なかなかに庇護欲をそそられる表情だ。もしかしたら同性嗜好の男性には、かなり効果的かもしれない。

「殿下、どうか一夜のお情けを……」

「……すまない、エルマー。お前の本性を知り抜いているせいか、全くグッと来ない」

「別にジークさまを誘ってるわけじゃありませんから！　僕はお手本を示しているだけなんですってば」

「そうだったのか。それは悪かった、そんなプリプリ怒るな」

「全くもう！　少しは真剣になってください！　じゃあ続きをしますよ？」

「まだやるのか？」

「あれくらいじゃ、全然そそられないんでしょう？　だったらもっと直接的なセリフで、皇太子さまを完落ちさせるんです」

「ほう。例えば？」

「もう我慢ができません。今すぐに身も心も殿下の妻にしてください……あなたの子を孕ませて」

「エルマー」

それはなかなかいいセリフだな……そう告げようとした瞬間、バァンと轟音《ごうおん》を響かせ、突然扉が開いた。

「うぉっ!?」

「ふぇえっ!!」

突然の事態に驚いた主従は、思わずヒシッと抱き合った。扉を見遣るとそこには、セルゲイとミラナ、そしてヴァルラムが揃い、二人を見つめていた。

心なしかセルゲイの目が血走って見える。明らかに不機嫌そうな様子にジークフリートは、はてな？　と首を傾げた。

「妃殿下、遅くなって申し訳ございません」

セルゲイが部屋に入るより早く、ミラナが一歩前に進み出た。

「いや。こちらこそ、忙しい中いつもすまない」

婚姻披露パーティーの翌日から、ジークフリートの護衛兼、教育係となったミラナだが、さすがに一人でその任に当たるのは無謀だという話になり、日中はミラナが、夜はセルゲイの護衛であるヴァルラムが、交代で護衛を務めるようになった。

一週間後には取り急ぎ、護衛騎士や従者の背後、交友関係などの洗い出しが完了したということで、二人は護衛の任を解かれたわけだが、ミラナだけは今も教育係として、ジークフリートの元へ通っているのだ。

「今日も殿下と一緒に来られたのだな」

この二人、必ず揃ってジークフリートの元を訪れる。驚くくらい、本当に仲がよい。兄弟とこのように親密にしたことのないジークフリートからしてみればあまりの仲睦まじさに、最初は戸惑いを通り越して内心ドン引いてしまったくらいだ。

「お兄さまと先に打ち合わせをしてから参りましたの」

「打ち合わせ？」

「妃殿下がとても熱心に取り組んでくださるから、予定していたよりも速いペースでお勉強が進んでおりますでしょう？　ですから次はどのようなことを学んでもらおうか、相談させていただいたのでございます」

運動したい欲求の全てを、学ぶことにぶつけてきた甲斐があったというものだろう。さっきまで鬱々としていた気分が、少しだけ晴れた。

「今取り組まれている内容が終わりましたら、主な貴族を中心に家名や爵位などを一通り覚えていただき、その後ご公務に入っていただいてはいかがかと、進言させていただきました」

「おぉ、ついに公務を行えるのか！」

ようやく訪れた新たな日々に、ジークフリートの胸が躍る。

「とはいえ、わが国には膨大な数の貴族がおりますので、覚えるのにまた少々お時間がかかるかとは思いますが」

「大丈夫だ」

その山を越えれば、現状が打破できるのだ。ジークフリートに否やはないし、俄然《がぜん》やる気が増す。

「それから、この三ヶ月間お勉強に励まれました妃殿下に、お兄さまから贈り物があるそうでしてよ」

「おい、ミラナ。俺より先にバラすな！」

「あらだって、お兄さまのことですもの。ご自分ではなかなか言い出せないのではなくて？」

「お前はいつもそうやって、俺を馬鹿にする」

ホホホと笑うミラナと、苦笑するセルゲイ。温かい雰囲気が二人の間に漂う。

その様子は、仲のいい又従兄妹同士というよりもまるで……。

――イチャついているようだな。

ジークフリートの胸が、ジクリと痛んだ。

理由はわからない。けれど二人が微笑み合っている姿を見ると、なぜかモヤモヤして仕方ない。

これ以上眺めていると、この感情が表情に出てしまうかもしれない。それを危惧したジークフリートは、どんどん湧き上がる不快な感情に慌てて蓋をした。

「ほらお兄さま。早く妃殿下に教えてさしあげて」

「あぁ、そうだな」

セルゲイはゴホンと咳払いをすると
「少し、外に付き合ってもらえるか？」

そう言ってジークフリートに手を差し出した。

エスコートをする、ということだろう。

「……？　一人で歩けますが」

「そ……うか……」

ジークフリートに拒否されて、セルゲイは見るからにションボリと項垂れた。尾までダラリと垂れ下がっている。

これは出された手を取るべきだったか？　とジークフリートは狼狽えた。

しかし彼はエスコートすることはあっても、されることには慣れていない。手を差し出されても、どうしていいか戸惑うしかない。

結局手を取り合うことなく、一同は外へ出た。

とはいえジークフリートの腰には、いつものようにセルゲイの尾が巻き付いている。まるで罪人を縛る縄のようで、ジークフリートは釈然としない。しかも頭をすり寄せて来たりするものだから、歩きづらくて仕方ない。

もう少し離れて歩いてほしいものだなどと考えていたとき、まるでジークフリートの内心を代弁するかのような、エルマーの叫びが聞こえた。

「近い！　もっと離れて！」

チラリと後ろを見遣ると、ヴァルラムがエルマーの後ろをピッタリ付いて歩いているのが見えた。

ヴァルラムはよくエルマーの後ろにひっそり立って「邪魔です！」などと怒鳴られることが多い。

小柄なエルマーに対して、ヴァルラムはあまりにも巨大だ。哀れな子どもを押し潰してしまいそうな威圧感すら感じる。

ジークフリートは何度かヴァルラムに苦言を呈したことがあるのだが、セルゲイが彼に注意をすることはなかった。ミラナに至っては「あらあら」と微笑むばかりである。

この距離感のなさはアムール族特有のものだろうかと、ジークフリートは首を傾げた。だとしたら、人族には到底理解できない距離の取り方である。

もしかしたらこれも獣人の習性なのだろうかと思いつつ、とりあえずエルマーにあまり近寄らせないようにしようという決意を固めるジークフリートだった。このままでは本当にエルマーが潰されかねない。

――それにしても真上から照りつける日差しを浴びたのは、本当に久しぶりだな。

この青空の下で筋肉を虐め抜いたら、どんなに気分がいいことか。考えただけで体の奥底がウズウズしだす。

久方ぶりの屋外に、ジークフリートの心は珍しく躍っていた。目元が緩い弧を描き、口角が僅かに上がっている。

それを見たセルゲイが、満足そうな笑みを浮かべていることに、ジークフリートは気付かずズンズン歩いて行く。

しばらく歩いて行くと、厩舎《きゅうしゃ》が見えてきた。

「実は、結婚の祝いに、これをジークにと思ってな」

そこにいたのは見事な白馬だった。

以前セルゲイが騎乗していた馬に比べれば、少しばかり小さいようにも思えるが、ロンデスバッハの馬よりは遥かに大きい。

「祖国にいた頃はよく、乗馬を楽しんでいたと聞いてな。今はまだ危機が去っていないが、全ての憂いを払った後、二人で遠駆けにでも行かないか？」

思ってもみなかった言葉に、ジークフリートの心がジンワリと温かくなる。

「ぜひともご一緒させてください！」

思わぬ贈り物に、ジークフリートの心は一気に舞い上がる。

「それからもう一つ。実はジークのために離宮を建設している最中でな」

「離宮？」

「我が国では皇帝や皇太子が正妃を迎えた際には必ず、伴侶に離宮を贈る慣習があるのだ」

皇帝と共にこの大帝国を背負って立つ妃の苦労もまた、多大なるものである。延々と続く公務に世継ぎ問題など、気が休まる暇もないのだ。

「過去にはそれで精神を病んだ妃もいたそうでな。大切な伴侶に少しでも安らいでほしいという気持ちを込めて贈るのだ」

しかしそれで離宮を建設とは。大帝国はやることが違うと、ジークフリートは感心するばかり。ロンデスバッハでは絶対に考えられないことだ。

「宮殿からは少し離れているのだが、緑豊かで閑静な場所を選んでみた。小さいが馬場もある。存分に乗馬を楽しんでくれ」

「以前使用されていた離宮を直して贈る皇帝も多い中、お兄さまは一から建設するよう命じられたのですよ。これも全て、妃殿下への愛ゆえに……ですわ！」

ジークフリートに語りかけたミラナの声音は、明らかにセルゲイをからかうものだった。

「あらお兄さまってば。本当のことを言われたからって、怒っちゃ嫌ですわ」

再び仲睦まじい様子で喧嘩《けんか》を始めたセルゲイとミラナに、エルマーが眉を顰める。しかしジークフリートはそれどころではない。

セルゲイが自分のために、素晴らしい贈り物を二つも用意してくれた……その事実が嬉しすぎて、周囲のことなど全く目に入っていなかったのである。

「生憎《あいにく》とまだ完成には至っていないのだが、楽しみにしていてくれ」

離宮の完成まであと数ヶ月はかかると、セルゲイは申し訳なさそうな顔をしたが、ジークフリートはそんなこと全く気にならない。

——殿下はちゃんと、私のことを考えてくださっていたのか。

感動で、胸が熱くなる。

「祖国から遠く離れたこの国に、わざわざ嫁いで来てくれたのだ。このくらいは当然のこと。慣れない生活で疲れたときは、離宮に行ってゆっくり羽を伸ばすがいい。もちろんジークが疲れを感じないよう、俺も精一杯支えるつもりだ」

「ありがとうございます、殿下」

自然と笑みが零れる。

——この方が伴侶で、本当によかった。

初めは嫌で仕方なかった同性同士での結婚。今だって閨事や妊娠出産に関する不安は尽きないが……それら全てが解決するのは時間の問題のような気がしてきた。

輿入れから今日《こんにち》まで、予測不能な出来事に戸惑うことも多かったが、自分たちのペースでゆっくりと進んでいければいい……そんな考えがストンと胸に落ちた。

――殿下とならばきっと、よい夫夫《ふうふ》になれそうな気がする。

贈られたばかりの白馬を撫でるジークフリートの心は、大いに弾んでいた。

だから、気付くのが遅れてしまった。

エルマーを見るセルゲイの目が、不穏な色に染まっていたことに。

今この瞬間それに気付いていたら……後日ジークフリートは激しく後悔することになるのである。

結婚123日目

セルゲイから結婚の祝いにと、白馬を贈られてから一ヶ月。

ジークフリートは妃教育のほかに、馬の世話にも精を出すようになっていた。

「おぉ、シンメル！　いい子にしていたか？」

シンメルと名付けた白馬は、ジークフリートの顔を見ると嬉しそうにブルルと鼻を鳴らした。

「それにしてもジークさまは名付けのセンスが皆無ですよね。〝シンメル〟なんてロンデスバッハの言葉でズバリ〝白馬〟って意味じゃないですか。もっとほかにいい名前を付けようって思わなかったんですか？」

「何を言う。わかりやすくていい名前じゃないか。それともこちらの言葉にすればよかったか？」

「そういう意味で言ったんじゃないんですけどね……」

ブツブツ言うエルマーからブラシを受け取ったジークフリートは、シンメルの体を丁寧にブラッシングしていく。まずは硬いブラシで全体の汚れを落とした後、柔らかいブラシで撫でるように整える。

シンメルは鼻を伸ばして、うっとりとした顔で大人しくブラッシングを受けた。

手入れが済むと『乗っていくよね？』なんて期待に満ちた目をしたが、ジークフリートは首を横に振って誘いを断った。

「悪いな。今日はこのあと予定があるのだ」

えぇーっ！　とでも言わんばかりに、シンメルは前肢《まえあし》をカツカツと掻《か》きながら不満を訴える。その様子に、ジークフリートの胸がジクリと疼く。

「私とて毎日お前に乗りたいんだ……お互い辛いが、明日まで我慢してくれないか」

ジークフリートの気持ちを察したらしいシンメルが、耳を横に伏せてションボリとした。こんな顔をされたら、正直立ち去りがたい。後ろ髪を引かれる思いで、持参したリンゴを食べさせると「また明日来る」と告げて厩舎を後にした。

向かった先は軍の訓練場。

ついに鍛錬を行ってもよいと、許可が出たのだ。ただし兵士たちに交じることなく、訓練場の隅で軽く体を動かすだけにすること……と制限は付けられているのだが。

しかし今のジークフリートには、それだけでもありがたい。

あれだけ渋っていたセルゲイを説得できたのは、ミラナの助言があったことも大きい。

『軍の訓練に混じるのは不安でしょうけれど、軽く体を動かす程度ならよろしいのではなくて？』

『しかしだな』

『お兄さまが不安に思うのもわかりますけど、ずっとお部屋に閉じこもりっぱなしというのは、どうかと思いますの。お部屋から出られない妃殿下が精神を病んでしまわれたら、お兄さまどう責任を取るおつもり？』

『精神を⁉　それは困る！』

こういった会話の後、無事に訓練場の使用が解禁となったのだ。

しかし人族は獣人に比べて遥かに力が弱い。それはジークフリートも重々承知していること。ゆえに大怪我をするのではないかという、セルゲイの心配ももっともだと思った。

長時間に及ぶ話し合いの末、兵士たちから遠く離れて筋トレに励む程度に留めることを約束させられた。

訓練場で上着を脱ぐとすぐに、準備運動を始める。

傍らに侍《はべ》るのはエルマーと、ロンデスバッハから付き従ってきた護衛の兵士たち。グレハロクワトラス・シエカフスキー兵はいない。

万が一、賊が襲ってきても訓練場ならば、すぐに獣人の兵士が駆けつけられる。だからロンデスバッハ兵だけでも充分だろうということになったのだ。

「お前たちも体を動かすか？」

ジークフリートが、護衛たちに声をかける。

セルゲイは獣人の兵と一緒に訓練を行うのは危ないと言っていたが、人族同士だったら力の差もないし危険はないはず。

――ロンデスバッハの護衛たちだって、ずっと私に付き従っていたせいで、体が鈍《なま》っているだろう。

そう思って提案したにもかかわらず
「いえ、私どもは結構です」

帰ってきたのは思いも寄らぬ返答だった。

「自分たちはどれだけ訓練しても獣人には敵《かな》いませんから、訓練をしても無駄というものです」

「そんなことは」

やってみなければわからないはず。

『窮鼠《きゅうそ》猫を噛《か》む』『蟻《あり》集まって樹を揺るがす』そんな言葉だってあるというのに。

「お前たち、大体な」

警護対象者を守るという護衛本来の役割を果たすためにも、訓練は必要不可欠。それを指摘しようと口を開くも、エルマーがそれを止めた。

「ジークさま、言っても無駄ですよ。あいつらの目を見てください」

ヒソヒソと囁かれ、兵士らを窺うと……そこにいた全員がヤル気のないドロンと澱《よど》んだ目をしていた。

ロンデスバッハ兵にもともとやる気がないのは前述のとおり。加えてこの四ヶ月あまりの間に、獣人との差を嫌というほど見せつけられて、完全に腐っていたのだ。

「これ以上は何を言っても無駄です。それより今夜はご予定もあることですし、こんなことで時間を無駄にするのは勿体ないですよ」

「……お前の言うとおりかもしれないな」

ジークフリートは深いため息をつくと、気を取り直して体を動かし始めたのだった。


そしてその夜。

ジークフリートは、宮殿内で開催されたパーティーに出席していた。

パーティーである。社交である。公務である。

皇太子妃としての教育が進んだことと、貴族たちの背後や交友関係の洗い出しがあらかた済んだため、そろそろ社交をしてもよかろうと、皇帝が許可を出したのだ。

ちなみにこの日がジークフリートにとって、記念すべき初公務である。

——この国に来て約四ヶ月。長かった……実に長かった。

万感の思いが胸に去来する。

セルゲイはまだ不安を感じているらしく「時期尚早！」と反論していたが、皇帝の言葉を覆すことはできなかった。

教育の成果を真っ向から否定されたような気持ちになったジークフリートは、セルゲイの言葉に正直少し落ち込んだりもした。しかしすぐに、一日も早く殿下に安心していただけるよう励むのだと、気持ちを切り替えた。

セルゲイの、そしてこの国のために、ジークフリートは最高の皇太子妃にならねばならないのだから。

——そのためにはまず、今宵のパーティーで失態を犯さないようにしなければ！

並々ならぬ決意を胸に、挨拶に来る貴族たちと笑顔で会話を交わす。

今のところ、やって来た貴族の顔と名前を間違えるような失態は犯していない。ミラナから渡された『貴族名鑑』を、必死になって覚えた甲斐があったというところだろう。

一通りの挨拶が済んだのは、会場入りしてから二時間後のこと。さすがのジークフリートも、僅かに疲労していた。

しかしここで疲れた顔を見せてはいけない。たとえ表情筋が凝り固まったとしても、最後まで優雅な笑顔を浮かべていること。これもまた皇太子妃として、重要な役目なのだ。

「疲れたか？」

セルゲイが気遣わしげに問う。しかしジークフリートは、素直に「はい」と言えるわけがなかった。

「いいえ、まだまだ大丈夫です」

余裕の笑みを向けると、セルゲイから思いも寄らない発言が飛び出した。

「ならば踊らないか？」

「私たちが……ですか？」

男二人でダンス？　ジークフリートは混乱した。

たしかに皇太子妃教育の中にはダンスもあったので、祖国にいた頃女性パートも何度か練習し、踊れるようにはなった。しかしレッスン室で踊るのと、大勢の前で踊るのではわけが違う。

男同士で踊っている姿を、多数の人間に見られてしまうのだ。

「俺と踊るのは嫌か？」

頭上の耳がションボリと垂れ下がる。よく見ればいつもピンと張っている尾も、力なくプラリとしていた。

「殿下と踊るのが嫌なのではないのです。ですが、その……男同士で踊ることに、少々抵抗が……」

「男同士が嫌なのか？」

セルゲイはジークフリートの言葉に、キョトンとした顔をした。

「祖国では、ダンスは男女で踊るものと決まっておりましたゆえ……それに私はまだ、女性パートを踊ることに自信がなくて……」

「そうか。ロンデスバッハでは、同性の番《つがい》はいないのだったな」

「はい。ですからダンスは異性と踊るものと決まっておりました」

「わが国ではダンスは同性同士でも楽しむものだ。ほら、周りを見てみろ」

会場をグルリと見回すと、たしかに男性同士で踊っている者が見えた。しかもわりと多いことにジークフリートは驚きを隠せない。

「わが国は性別や種族で人を区別しない。広い領土にはさまざまな種族の獣人や亜人が住んでいるからな」

差別を許すことで憎しみや恨みが生まれ、その胸に燻《くすぶ》った不満の火はやがて業火となって帝国全土を焼き尽くすかもしれない。それを未然に防ぐためにも、グレハロクワトラス・シエカフスキー帝国では、人種差別や性別による格差を作らないようにしているのだ。

「……そのわりには『小国の王子に帝国の皇太子妃は務まらない』と言われた記憶が」

あれは完全に差別であり、ジークフリートを侮蔑した言葉だった。

「ああいった腐った思考を持つ者は排除した。残った貴族たちは皆、ジークを歓迎する者ばかりだから安心してくれ」

そんなこと、本当に可能なのだろうか……とジークフリートは内心訝《いぶか》しむ。何しろ『貴族名鑑』は人を殴り殺せそうなほどの厚みがあり、しかも全五巻にわたる超大作なのだ。そこに書かれた全貴族の調査が、四ヶ月で終わるとは到底思えない。

しかし伴侶であるセルゲイがそう言うのだ。反論して、彼の機嫌を損ねることはしたくない。

ジークフリートの目標は、彼との間に世継ぎを作ること。肌を合わせる前から喧嘩など、以《もっ》ての外《ほか》。そんなことをしたら世継ぎ誕生への道が、ますます遠ざかりかねない。

だからここは、大人しく頷いておいた。

「よし、では踊ろうか」

「えっ!?」

相変わらずの強引さでジークフリートの腰に手を回したセルゲイは、ホール中央まで進んで行った。ズンズンと歩く二人の邪魔にならないようにと、皆そそくさと道を空ける。

──私は踊るなんて言っていないぞ！

しかしここまで来てしまった以上、今さら拒否をするわけにもいかない。スッと挙げられた手をしぶしぶ握りしめ、セルゲイにソッと寄り添った。

刹那、フワリと漂うスパイシーで甘い、アニスのような匂いを感じた。香水だろうか。セルゲイとここまで密着したことなど一度もなかったジークフリートは、甘い香りに頭の芯がクラリとした。

軽い酩酊《めいてい》感を覚えながら、優雅な円舞曲《ワルツ》に合わせてステップを踏む。

二人で踊る、初めてのダンス。慣れない女性パートではあったものの、セルゲイの巧みなリードの甲斐あって、ジークフリートの体はレッスンのときよりも軽やかに動く。

背中を支える大きな手の温もりに酷く安心して、このままいつまでも踊っていたいような、そんな気分にさえなった。

しかしその反面、ターンをするたびにセルゲイの香りが鼻孔を擽《くすぐ》り、次第に落ち着かない気持ちになっていくのもまた事実で――。

脳をジワジワと蕩かすような甘い芳香に、どうしようもない心地よさを覚える。今までどんな香水を嗅いでも、こんな気持ちになったことはない。

一体なぜ？　この香りに、何か特別な仕掛けでもあるのだろうか。

ジークフリートは突如現れた不思議な症状に、首を傾げるばかり。

実はセルゲイの放つフェロモンを、無意識に感じ取ったことが原因なのだが、人族である彼はそのことに気付かない。

ただ、自分を温かく包み込むような甘い香りに冷静さが保てなくなって、鼓動がどんどん速さを増していった。

――くそっ、心臓め！　こんな密接した状態で早鐘を打ったりして、殿下に気付かれたらどうする！

焦りから手に汗が滲む。頬が熱い。きっと赤面していることだろう。

ふと視線を感じて顔を上げると、セルゲイと目が合った。

「……っ！」

セルゲイの顔は、なぜだか酷く引き攣《つ》っていた。

しかも目をギリッと吊り上げて、恐ろしいほどの眼差しでジークフリートを睨みつけているのだ。

――なぜ……？

セルゲイの表情に、先ほどまでの浮ついた気持ちが一瞬で冷めていく。

何か粗相でもしてしまったのだろうかと、不安がどんどん湧き上がっていく。

動揺が、動きに表れてしまったのだろうか。足がふらついて、体がグラリと傾いた。

「あっ！」

転倒を覚悟したジークフリートだったが、セルゲイがすかさず腰を支えてくれたおかげで、大事には至らなかった。皇太子妃としてあるまじき無様な振る舞いに、ジークフリートの頭がいっそう冷えていく。

「大丈夫か？」

心配そうにジークフリートの顔を覗き込むセルゲイ。その目に先ほどまでの鋭さはなかった。

唇が触れ合いそうな距離まで近付いたせいで、アニスの香りが再び濃さを増す。しかしジークフリートは、その香りに酔える心境ではなかった。

「やはり疲れが出てしまったか？」

その声は、相変わらず優しさに溢れているように聞こえる。

先ほどの目つきが、まるで幻だったかのように。

「いえ。そのようなことは、決して」

慣れない女性パートに混乱して足がもつれた……とそれらしい理由を口にして、以降はダンスに集中すべく必死になってステップを踏む。

そうしなければ、情けない自分を衆目に晒してしまいそうな気がした。そんなことは矜持が許さない。ジークフリートは奥歯を噛みしめながら、無心になってステップを踏み続けた。

そうやって踊ること数分。ふと気付けば、周囲から拍手と歓声が湧き上がっていた。いつの間にか曲が終わっていたようだ。つまりセルゲイとのダンスもこれで終了というわけで。

ジークフリートはようやく安堵の息を吐いて、セルゲイと手を取り合ったままその場を後にすると、ミラナが拍手で出迎えてくれた。

「お二人とも、お見事でございましたわ。特に妃殿下は、女性パートに慣れていないとは思えないほどの素晴らしさで、感服いたしました！」

「殿下のリードがお上手だったのだよ」

「それだけではございませんわ。妃殿下の凜とした佇まい。キリリとした真剣な表情。大変お美しゅうございました」

本当は必死になっていただけなのだが、それが却ってよかったらしい。

周囲から寄せられる羨望の眼差しに、笑顔で答えた。

「皆がお二人から目を離せないでおりましたの、気付いていらっしゃいました？」

「いや、全く。公衆の面前で踊るのは初めてで、とにかく必死だったからね」

そういうことにしておこう。本当のことは言いたくない。

「妃殿下はきっと、男性パートも素晴らしく優雅に踊られるのでしょうね。わたしも妃殿下と一度踊ってみとうございますわ」

「私でよかったら、いつでもお相手し」

「ジークは駄目だ！」

あからさまに不機嫌そうな声を出して、セルゲイはミラナの申し出を却下した。

「まぁ、なぜですの？」

「ジークは疲れているからな」

「一曲お相手するくらいなら大丈夫ですが」

「いや、駄目だ」

セルゲイの言葉に異を唱えたのはミラナの方だった。

「わたくしだってダンスを踊ってみたいのに！　ねぇ、いいでしょう？　お兄さま」

「そんなに踊りたいなら、俺が踊ってやる」

「お兄さまとはもう踊り飽きました」

ということは、この二人は飽きるほど踊ったことがあるというわけか……そう考えただけで、なぜだか胸がモヤッとする。

幼い頃から共に過ごした二人だ。ダンスなんて腐るほど踊っていて当たり前だろうに。

そうと察していながらも、腹の底から湧き上がる不快な感情を取り払うことができない。

「ジークは絶対に駄目だ。とにかく来い。俺が相手をしてやる」

セルゲイはミラナの腰を強引に抱くと、引きずるようにしてホール中央へと向かって行った。

残されたジークフリートは、そんな二人の後ろ姿を見送ることしかできず……。

胸のモヤモヤはザワザワに変化して、むかつきとやるせなさが綯《な》い交ぜになったような、不思議な気持ちでいっぱいになっていく。それを紛らわせようと、給仕からシャンパンを受け取って、一息に飲み干した。

「皇太子妃殿下」

ハッと気付くと、美しく着飾った貴婦人たちがジークフリートを取り囲んでいた。

「先ほどのダンス、とても素晴らしゅうございましたわ」

「あ、あぁ。ありがとう」

「皇太子殿下と息がピッタリで、思わず見惚れてしまいました」

「それは、どうも」

身の丈がジークフリートと同じくらいの大柄な女性たちに囲まれて、思わずたじろいだ。

『せかいの獣人』には、アムール族は女性も高身長で筋肉質と書いてあったが、実際にそういった人々に囲まれると、少しばかり威圧感を覚えて居心地が悪い。

「それにしても、皇太子さまとミラナさまも素敵でいらっしゃいますわね」

ホール中央に目を遣ると、そこには華麗なステップを披露するセルゲイとミラナの姿が見える。

ターンをするたびにミラナの薄紅《うすくれない》のドレスがフワリと舞い上がり、蝶《ちょう》が遊んでいるかのようだ。

セルゲイもまた胸を張って堂々とした姿で、巧みなリードを見せている。

――まるで、一幅の絵画だな。

素直にそう思った。

ホールで踊っている人々の中で、ひときわ美しく華やかな二人。ミラナの顔には喜色の色が浮かび、セルゲイとのダンスを心から楽しんでいるようだった。

セルゲイもまたミラナに対して、穏やかな表情を向けている。鋭く尖《とが》っていた目は柔らかい弧を描き、琥珀色の瞳の奥には慈しみの色を滲ませているのだ。

自分と踊ったときとはまるで違う表情。微笑み合いながら踊るセルゲイとミラナから目が離せない。

「やはりお似合いですこと。さすが、結婚を噂されただけのことはありますわね」

一人の貴婦人がポツリと呟いた。

「え？」

小さな呟きだったが、ジークフリートが聞き逃すはずはなかった。

「シィッ‼　なんてことを……！」

「妃殿下、なんでもございませんのよ。おほほほほ」

「えぇ、皇太子殿下には妃殿下が一番お似合いですわ」

慌てて取り繕う女性たち。しかし一度出た言葉を消すことはできない。

「結婚を噂されていた、とは？」

あの二人はただの親類関係ではなかったというのか？　問うジークフリートに、そこにいた全員が目を逸らして口を閉ざす。答える者は誰もいない。

喋る気はなさそうだ。

「わかった。では殿下ご本人の口から直接お聞きすることにしよう」

本人に直接訪ねるのは多少気まずいが、教えてくれないのなら仕方ない。

そう考えたジークフリートだったが、貴婦人たちは彼の発言に目を剝《む》いた。

「妃殿下、それはっ！」

「皇太子殿下にお尋ねになるなんて、そんな！」

なぜか焦る一同。全員がキョロキョロと目配せで相談する中、一人の女性が意を決したように口を開いた。

「わたくしどもが話したと、皇太子殿下にはおっしゃらないでいただけますか？」

「別に構わないが」

「では……」

「お待ちになって！　そのお話を妃殿下のお耳に入れたことがわかれば」

「でも直接お尋ねになるとおっしゃっているのよ？　そんなことになったら、どのみち身の破滅。だったら今お伝えした方が、皇太子殿下のお耳に入らない可能性も……」

貴婦人たちはしばらく不穏なヒソヒソ話を続けていたが、ようやく決心がついたらしい。自分たちから話を聞いたことを殿下に絶対言うなと念押しした後、重い口を開いた。

曰く、ミラナは誕生した瞬間から、将来の皇太子妃候補と目されていたのだ。何しろ彼女の祖母は、先代皇帝の妹。血統のよさでは他の貴婦人を遥かに凌駕《りょうが》する。

皇帝夫妻は二人の結婚を否定していたが、幼いミラナを手元に置いて養育している理由はやはり……というのが、大方の意見だった。

そしてセルゲイもまた美しく成長したミラナを側に置き、片時も離さないようになったのだ。溺愛と呼んでもおかしくないほどの態度に、皇太子妃の有力候補はやはり彼女になるのでは、とまことしやかに囁かれるまでになったのである。

そして四年前。

ミラナが十五歳になったとき、二人の結婚について本格的な協議が行われた。

国中の誰もが、二人はすぐにでも婚姻を果たすだろうと予想していたのだが、まさかの事態が起こる。

皇帝一族の出生率の低さを理由に、貴族らがこぞって反対したのだ。

現皇帝の子はセルゲイただ一人。皇帝自身もほかに兄弟はなく、しかも前皇帝に至っては先々代に子が誕生しなかったため、親戚筋から養子に入ったという経歴を持っているのだ。

一方ミラナとその父も、ほかに兄弟はない。

貴族らはこのことを踏まえ、皇帝一族は少子化問題に喘《あえ》ぐアムール族の中でも特に、子が産まれにくい血筋なのではないかと主張した。

今はまだなんとか血統を繋いではいるが、この先皇帝一族の血を受け継ぐ者が途絶えたら……そんな不安を声高に叫んだのだ。

ならば正妃にミラナを据え、側妃を娶れば……という意見も出たのだが、当のセルゲイが「妃は一人で充分」と側妃案を一蹴したため、焦点は誰を正妃に選ぶかという一点に絞られた。

さまざまな意見が出る中で、多産な家系の血を入れて皇族を増やすべきだとの声が日に日に増していき、結局ミラナは皇太子妃候補から外されることに。その後、熾烈《しれつ》な皇太子妃争いが勃発し、それは次第に激しさを増していった。事態は混迷を極め、いつ怪我人や死人が出てもおかしくない状態にまで陥ったのだが、ある報《しら》せが齎《もたら》されたことにより、一気に収束を迎える。

それは帝国から遠く離れた小さな王国が、数百年に及ぶ鎖国を解いたというものだった。

この情報に、皇帝は天啓を得たとばかりに歓喜した。なぜならロンデスバッハ王国は、出生率の高さが桁《けた》違いだったからだ。

僅かばかりの国土に約三千万人もの人間が暮らし、しかも当代の王には二十七人もの子がいる。

なんという理想の多産種族！

皇帝はすぐさまロンデスバッハに向け、婚姻関係を結びたいという旨を記した親書を送った。

しかし返ってきたのはつれない返事。

親書が届いた時点で、年頃の姫は全て嫁ぎ先が決まっていたし、十歳以下の小さな姫たちもすでに婚約が決まっていたため、嫁がせられる姫がいなかったのだ。

しかし皇帝は諦めきれない。

ならば王子でも構わない。なぜなら帝国には、男でも妊娠できる魔法の薬があるのだから！

そういった旨を書き記した文を送ると、ロンデスバッハからは『王子でもよければ。貴国が所有している石炭を融通してくれたら、提案を検討してみよう』との返答が。

皇帝は石炭の輸出を快諾し、ロンデスバッハに向けてすぐさま送った。ジークフリートが父から結婚話を聞かされたのは、ちょうどその頃である。

しかしこの縁談、当然のことながら帝国の貴族たちからは、猛反対を喰らった。わざわざ遠方から嫁を娶らずとも、国内の有力貴族の子女を皇太子妃にすればよいではないか、と口々に異議申し立てをしたのである。

しかし皇帝は「多産な家系の血を入れるなら、ロンデスバッハの人間が一番相応しい！」と言って、意志を曲げなかった。

両者の意見は平行線を辿る。

これまで多産を声高に叫んでいた貴族たちも、ミラナのときのように反対することもできない。なぜならロンデスバッハ王のように、二十七名もの子を儲けられる血筋は、帝国に存在しないからだ。

結局は皇帝が意見を押し通し、ジークフリートはこの国にやって来た……というわけである。

「私との結婚が決まったときの、殿下の反応は？」

「特に異を唱えることなく承諾された、と聞き及んでおります」

「ミラナは？」

「もちろん祝福されておられましたわ。皇太子さまのご婚姻ですもの」

「ただ、その……ときおり少しだけ、寂しそうなご様子ではいらっしゃいましたけれど」

「それに婚姻式が近付くにつれて、次第に不機嫌な様子を顕わになさったりも……」

「ですがそれは、お兄さまとも慕っていらっしゃる殿下がご結婚なさるからであって、特に他意は……ねぇ」

ええ、そうですわ、など口々に賛同する一同。

しかし皆、どこか歯切れが悪い。

ジークフリートは再びホール中央に視線を移して、セルゲイとミラナの姿を追った。

フワリフワリと軽やかに舞うドレス。ミラナの腰をグッと抱き寄せてリードするセルゲイ。親しげに寄り添う二人の姿は、まるで相思相愛の恋人のようである。

――あぁ……私なんかよりミラナの方が、よっぽど似合いじゃないか。

遠くで踊る二人の姿を、ジークフリートはただただ見ていることしかできないでいた。

「ふぅ……」

部屋の中に、ジークフリートのため息が響く。

「はぁ……」

「……」

「うーむ……」

「あぁ、全くもう！　辛気くさいですね！」

この場の雰囲気に耐えきれないといった様子で、エルマーが大声を上げた。

「辛気くさいとはなんだ、辛気くさいとは」

「だってジークさま、さっきからずっとため息ばかりじゃないですか！　今日だけじゃないですよ？　パーティーの夜からずっとこの調子だって、自覚されてます？」

「むぅっ」

たしかにあの夜からずっと、不思議なくらい気が塞いでしょうがない。

「しかし従者なら少しは励ますとか慰めるとか、そういう気遣いがあってもいいと思うが」

エルマーは本当に非情極まりない冷酷な男だと、ジークフリートは心の中で文句を言い募る。

「お前な、私以外にそんな態度を取ったら、即刻縛り首だぞ」

「僕はジークさま以外に仕える気がないからいいんです。そんなに皇太子さまとミラナさまのことが気になるなら、お二人に直接お話を聞けばいいじゃないですか」

「そんなこと、できるわけないだろう」

第一、どうやって聞けばよい。回りくどい物言いが苦手なジークフリートのことだ。『二人は過去、結婚できなかったわけですが、今の心境は？』などと切り出して、セルゲイとミラナを凍り付かせるに違いない。

「そんなこと無理だ！　絶対に!!」

「全くもう……そう言うと思って、僕が調べてきましたよ」

「はっ？」

「お二人の関係や、今の状況について、いろいろ聞き込みをしてきました！」

「エルマー……お前、血も涙もない非情な人間だと思っていたが、案外私思いなのだな」

「非情ってなんですか、非情って！　そんなこと言うなら、報告しませんよ!?」

目を剝いて怒るエルマー。ジットリとした視線は見なかったことにして、続きを促す。

「ジークさまがお聞きしたことは、大筋で真実のようです」

エルマーの言葉がグサリと胸に突き刺さる。

「やはり、そうだったのか」

「ただ、ほかにもいろいろありまして……実はですね、皇太子妃候補争いが激化したときに、再びミラナさまを推す動きもあったそうなんですよ」

前皇帝の血筋を受け継ぐミラナ。しかもセルゲイとの仲は良好ときている。

ほかの令嬢が皆、皇太子妃候補として決定打に欠けるのであれば、やはりミラナが最適なのではないかといった雰囲気が、特に女性たちの間で高まったのだ。

幼い頃から共に過ごし、愛を育んできた二人。生涯寄り添って生きて行くはずが、思いも寄らない事態で引き裂かれてしまった……まるで恋愛小説にでも出てきそうな状況に、ご婦人方が食いつかないわけがない。

「皇太子さまは、ミラナさまがお年頃になってからは恋人を作る気配もなく、ミラナさまを常にお側に置いていたそうですから、余計にそういう噂が広まったみたいですね」

「では何か。殿下とミラナは公然の恋人同士だったと？」

「公言はされていなかったようですが、そう考えていた貴族は多かったようです。だからなおさら、二人を推す声が高まるのも不思議じゃなかったみたいですね」

しかしそこで、ロンデスバッハ王国がまさかの開国。

そして事態は誰もが予想しなかった方向に動いた、と。

「皇帝陛下がロンデスバッハとの縁談に乗り気だったことと、当事者であるお二人が否やを唱えなかったことから、ジークさまが皇太子妃として嫁がれることが決定したそうです。ただ……」

「ただ、なんだ？」

「一部では、皇太子さまはよく男のお妃さまを受け入れたな、という声もあったらしくて」

「この国には件《くだん》の怪しい薬があるせいで、男同士でも婚姻可能なのではないか？」

「そうなんですけど、ただ……皇太子殿下はそもそも、男性よりも女性がお好きらしいんです」

「は？」

「歴代の恋人は全て女性ばかりだったとか。男性とは一度も恋に落ちたことがないというのに、お妃さまが男性で大丈夫なのか？　と、密かに囁かれていたそうですよ」

ジークフリートは、自分との縁談を受けたくらいなのだから、セルゲイは男性との恋愛経験もあるのだと思い込んでいた。それがまさか、一度もなかったうえに、純然たる異性愛者だったとは。

「じゃあもしかして、殿下が閨にいらっしゃらないのは」

「恐らく、ジークさまが男性でいらっしゃるからではないでしょうか」

「はぁぁぁぁぁぁぁぁぁぁぁ」

この日一番の大きなため息が漏れた。

しかしこれで、ようやく納得がいく。正直なところ、教育期間だからといって四ヶ月もの間、自分をこの部屋から出さないのは少しおかしいことに、ジークフリートもうすうす気付いていたのだ。

いくら教育途中であっても、運動のために部屋の外に出ることくらいは許されるはず。しかしつい最近まで、それすら許可されない状態だった。

その裏にはセルゲイなりの考えや、皇后の思惑があったのだが、それを知らされていないジークフリートに、彼らの意図がわかるはずもなく。

己の置かれた状況とエルマーの報告を聞き、ジークフリートの中でどんどん仮説が成り立っていく。しかも悪い方向に向かって。

「私は今まで初夜がないことを不思議に思っていたが、殿下が女性しか愛せないのであれば納得がいく」

粛々と皇太子妃の地位を受け入れたジークフリートではあるが、婚姻が成立して四ヶ月が過ぎても、未だに違和感を覚えていた。

彼自身がそうなのだから、伴侶であるセルゲイが同じ気持ちを抱いていても、なんら不思議はない
……ジークフリートは率直にそう考えた。

「これからどうなさいますか？」

「そうだな……」

考えても良案は一つも浮かばない。

代わりに湧き上がるのは、セルゲイとミラナに対する申し訳ないという気持ち。もしもロンデスバッハの開国があと一年遅かったら、二人は結婚していたかもしれないのだから。

なのにセルゲイの妃になったのは、ジークフリートである。そのときの二人の気持ちは、如何許《いかばか》りだっただろうか。

それを思うだけで、ジークフリートは申し訳なさでいっぱいになった。

目を瞑ると蘇る、セルゲイとミラナのダンスシーン。

何度も踊ったことがあるというだけあって、息はピッタリ。ジークフリートと踊るより、よっぽど絵になっていた。

常に楽しげな笑みを浮かべながら、会話を交わす二人。話の内容はわからないが、かなり弾んでいたことはたしかだ。

次第にバラ色に染まるミラナの頬。それを見つめるセルゲイの、慈しむような眼差し。親密さを滲ませる二人の間に、ジークフリートが入る余地はないようにさえ感じられたほど。

――殿下の妃に相応しいのは、彼女の方だ。

そう自覚せざるを得なかった。

いっそ皇太子妃の座をミラナに譲ってしまおうか。そんな考えが思い浮かぶ。

幸いなことにジークフリートはまだ、本当の意味でセルゲイと夫夫《ふうふ》になっていない。自分が身を引くのが、一番の得策のように思えた。

この場合の一番の問題は、石炭だろう。

自分が大人しく身を引いてしまえば、ロンデスバッハに石炭が供給されなくなり、国民の生活が成り立たなくなる可能性が出てくる。

ミラナに皇太子妃の座を譲ったうえで、石炭を融通してもらう方法……ジークフリートは頭が禿《は》げ上がるのではないか、というほど深く考えた。

「そうだ！　いいことを思いついたぞ」

「何をですか？」

「私が側妃になればよいのだ！」

そして改めてミラナを正妃に迎えるように進言する。妃は一人だけと決めているセルゲイの意にそぐわぬことは重々理解しているが、これ以外に方法がないのだから仕方ない。

その代わり自身は建設中の離宮に隠居して、そこから出てこなければよい。幸い宮殿からはかなり離れているらしいことだし、二人と顔を合わせる機会はそうそうないだろう。

懸念されている世継ぎ問題だって、実際に体を合わせてみなければわからない話だ。そもそも子を儲けることができないことを前提に話を進めていたのが間違っていると、ジークフリートは率直に思う。一度試してみたら、案外すぐに子を授かる可能性だって、なきにしもあらずなのだから。

「何事も、ヤってみなければわからないと思わないか？」

「そりゃまぁ、そうでしょうけど」

「とにかく殿下とミラナを結婚させる。そして私は側妃としてこの国に留まり、ロンデスバッハに石炭を送っていただく。なんという良案。全てが丸く収まるではないか！　ふはははは!!」

「ちょっとジークさま、高笑いするのはまだ早いですよ」

「おっと、そうだな。笑うのは全てが成功してからにしよう。ともかく今は、一刻も早くこの案を殿下にお伝えせねば！」

意気込んでそう話すと、エルマーは微妙な顔をした。

「いいんですか？　本当に」

「当たり前だ」

「でもジークさま、皇太子さまのことをお好きでいらっしゃいますよね？」

エルマーの指摘に、ジークフリートの心臓がドクリと音を立てた。

「も、ちろん、だ。殿下のことは尊敬しているぞ」

「本当にそれだけですか？　僕は知ってますよ。ジークさまがそれ以外の感情をお持ちだということ」

「エルマー!!」

その発言を大声で遮ると、エルマーの肩がビクンと跳ねた。

「……すまない。だが、わかってくれ。私は殿下の伴侶として、彼のお心に添うような行動がしたい。殿下がミラナと一緒になりたいというのなら、喜んで身を引いて祝福するつもりだ」

「ロンデスバッハの王妃さまのようにですか？」

「……あぁ」

ロンデスバッハ王の正妃は、夫が何人女性を囲おうと笑顔でそれを受け入れられる、心の広い人物だ。本来ならば一度契っただけで捨て置かれてもおかしくない平民の、しかもその中でもさらに身分の低い踊り子だった母《イザベラ》が、寵姫の位を与えられたのも偏《ひとえ》に王妃の寛大な心ゆえ。

『あたしのような身分の女にもね、同じ男性を好きになった者同士、仲良く陛下を支えていきましょうって、手を握っておっしゃってくれたのよ』

母は幼いジークフリートに、王妃がいかに素晴らしい人物かをよく語って聞かせたものだった。

『その後も何かとあたしを気遣ってくれたしね。王妃さまは本当にいい方。偉大だわ。ジークも大きくなったら、王妃さまみたいに人のことを第一に考えて行動できる大人になってね』

その言葉はジークフリートの心に多大な影響を及ぼし、以降彼は王家のため、民のために身を粉にしてきた。

「私も王妃さまを見習って、殿下の御為《おんため》を第一に考えようと思う。ミラナとの仲を後押しして、二人に幸せになってもらうのだ」

恋仲の女性がいるにもかかわらず自分を受け入れ、温かく接してくれたセルゲイに報いたい……それがジークフリートの、偽らざる気持ちだった。

「殿下がお幸せになれるのなら、これから先の人生を死んだように生きても構わない」

「でも……」

「それに私が男性に恋愛感情を抱くだなんて、お前の思い過ごしだ」

自分の恋愛対象は女性だけ。だからセルゲイに対する感情は、尊敬の念以外の何ものでもない。そうに決まっている……ジークフリートはそうやって自分を納得させた。

「エルマー。すまないが今後のことを考えたいから、少し一人にしてくれるか？」

「ジークさま……」

エルマーは何か言いたげな顔をしていたが、結局はそのまま黙って頭を下げ、部屋を出て行った。

——私たちは政略結婚だ。互いに……特に殿下に至っては、私に特別な感情など持ち合わせていないから、事は簡単に進むはず。

セルゲイが次に訪れたとき、すぐにこの話をしようとジークフリートは決意した。

胸の奥がズキリと激しく痛む。

次いで襲い来る喪失感。喉の奥から悲鳴が漏れそうになり、慌てて口を押さえた。

これが一番の最善策だと理解していながら、なぜかドロドロとした気持ちが湧き上がってくる。

「しっかりしろ、ジークフリート!!」

頭《かぶり》を大きく振って、不可解な気持ちを霧散させる。

そして彼は、それ以上深く考えることをやめた。

セルゲイの幸せと、祖国の安寧だけを思えばいい。

――そうすれば全てが丸く収まり、皆が幸せになれる……そうだろう?

なおも噴き上がりそうになる感情を、無理やりに押し込めた。


一方、苦悶するジークフリートを部屋に残し、一人廊下に出たエルマーもまた、深いため息をついていた。

自分はなんて無力なんだろう……そう煩悶していたのだ。

――ジークさまのために、何かしてさしあげられたら……。

しかし帝国内に知己の少ないエルマーができることなど、高《たか》が知れている。

「一体どうすれば……」

扉の前に蹲るエルマー。そんな彼の目の前に、人影が降りた。ハッと顔を上げると、黒ずくめの獣人がそこにいた。音も気配も感じさせず、突然現れた獣人に、エルマーは悲鳴を上げそうになった。

しかし大きな手で口を覆われてしまい、声を出すことすら叶わない。

「お静かに。貴殿に話したいことがある。大人しく付いてきてもらおうか」

エルマーはもちろん拒否をした。こんな怪しい奴とは話をしたくない。

男の手から逃れようと盛大に暴れるも、獣人が発した一言で動きを止めた。

「皇太子妃殿下について頼みがあると、我が君が申しておる。決して悪い話ではない。妃殿下の将来を左右する、重要なことだ」

その言葉にエルマーは逡巡しながらも……結局は獣人に従ったのである。

＊＊＊＊＊＊＊＊

翌日。

セルゲイの訪れと同時に、ジークフリートは昨日考えた名案を彼に打ち明けた。しかし返ってきたのは、無慈悲な答え。

「駄目だ」

即座に拒否をされ、ジークフリートは大いに戸惑った。

「なぜです？」

「それはこちらのセリフだ。ジークという妻がいながら、なぜミラナを娶らねばならん」

「殿下とミラナは恋仲だったと小耳に挟み、私なりに考えた結果にございます」

「またその噂か」

セルゲイはわざとらしく、部屋中に響き渡るようなため息を一つ落とした。

「その件に関しては、事実無根だ」

「は？」

「ミラナも俺も互いを意識したことなどないし、恋に落ちたこともない。結婚相手など以《もっ》ての外《ほか》だ」

「しかし」

ではなぜ、周囲が二人を恋仲と勘違いしたというのだ。噂が立つほど、親密な仲だったということではないのか？　セルゲイの答えが、ジークフリートには納得できない。

「とにかくミラナと俺はそのような仲ではないし、俺の妻はジーク一人でいい」

熱い眼差しに射貫かれて胸が激しく高鳴るが、己の気持ちに蓋をして、なおも話を続けようと努力した。

「ですが」

「ジークは、俺を信じられないというのか？」

「あの、いえ……」

「ならばこの話はこれで終わりだ」

「……」

話を打ち切られてしまった以上、もう何も話すことはできない。が、納得もできない。

「では世継ぎのことはいかがいたします」

セルゲイの耳が、ピクリと揺れた。

「この国の後継を産むことは、皇太子妃として大切な役目。なれど一度も、殿下は私に触れようとはしないではないですか。それはやはり殿下がミラナを」

想っているから……そんな答えが返ってくるとばかり思っていたのに。

けれどジークフリートの言葉に、セルゲイは大きな手で口元をバッと覆い隠すだけで、言葉を発する様子がない。目元が少し赤らんで見えるのは気のせいだろうか。ジークフリートはセルゲイの変化に小首を傾げた。

「ジークは……世継ぎのことを考えてくれていたのか？」

セルゲイがポツリと呟く。指の隙間から零れたのは、酷く掠《かす》れて緊張しているような硬い声だった。

「え、あ……それは、まぁ、もちろん。私は殿下の子を孕むために、ここにいるのですから」

世継ぎを望まれて、ジークフリートは帝国に嫁いだのだ。それを考えるのは、ごくごく当然のこと。だから素直にそう答えたまで。

そんなジークフリートの言葉に、セルゲイは全身をプルプルと震わせた。

——なんだ？　何かまずいことでも言ったか？

ジークフリートの動揺が、激しさを増した。

セルゲイの恋愛対象は女性だと聞き及んでいる。なのに男の自分が世継ぎ問題に言及したものだから、気分を損ねたのかもしれない。

ジークフリートは、己の発言を死ぬほど後悔した。

「殿下、大変失礼を」

「俺はっ!!」

バッと顔を上げたセルゲイはジークフリートに一気に詰め寄ると、肩をムンズと掴んだ。骨がミシリと悲鳴を上げる。

「ぐわっ！」

あまりの痛さと勢いにバランスを崩し、セルゲイもろともそのまま後ろに転倒してしまう。端《はた》から見たら、押し倒されているように見えなくもない体勢に、ジークフリートは混乱した。

「申し訳ありません！」

咄嗟のこととはいえ、これはあまりに無様。軍人としてあるまじき失態。ジークフリートは慌てて体を起こそうとしたが、セルゲイが上に乗っているせいでピクリとも動かない。

視線を動かすと、部屋の隅でエルマーが目を皿のようにして事態を見守っている。セルゲイの護衛で付き従って来たヴァルラムは、ソッと顔を背けて二人を見ないようにしているというのに。

「エルマー……！」

お前、少しはヴァルラムを見習ったらどうなんだ！　と文句を言いかけたジークフリートの頤《おとがい》を、セルゲイが摑み上げた。否応なしに視線を合わされて、ジークフリートの胸がトクリと跳ねる。

セルゲイは何も言わず、ただただジークフリートを見つめるばかり。

しかしその表情は、不機嫌さを如実に物語っている。

「殿下？」

呼びかけるも返事はない。

ジークフリートは次第に焦りを感じ始めた。

「あの、退《ど》いてはいただけませんでしょうか」

懇願するも、セルゲイは首をゆっくりと横に振るばかり。ジークフリートを見つめる目が、仄暗い光を湛《たた》えて鈍い輝きを放っている。

ゴクリ……ジークフリートは思わず息を飲んだ。

「ジーク」

「はい」

しばし、見つめ合う二人。

次第に熱を帯びていくセルゲイの眼差しから、目が離せない。

ゆっくりと、セルゲイの顔が降りてきた。

フワリと漂うアニスの香り。吐息が頬を擽《くすぐ》り、思考が停止する。

唇が、触れ合う……そう思ったとき、肩に置かれたセルゲイの両手にグッと力が入った。

肩が再び悲鳴を上げた。

「ぐわあっ!!」

「すまない!」

セルゲイはガバリと上体を起こすと、即座にジークフリートから離れた。

「殿下?」

急激に失われた香りと体温に、なぜか寂寥《せきりょう》感を覚える。

「本当にすまなかった。危うく無体を働くところだった」

「無体だなんて、そんなことは」

「悲鳴を上げるほど恐ろしい思いをさせてしまったな。体が強張《こわば》っている」

そう言われて、自分の体が硬くなっていることにジークフリートは気付いた。

「これは恐怖ではなく緊張で」

「安心してくれ。もう、こんなことはしない」

セルゲイはやおら立ち上がると、ジークフリートから距離を取った。

彼は誤解しているようだ。あの悲鳴は痛みのためであって、セルゲイを拒否したわけではない。それを勘違いさせてしまったのはジークフリートの不徳の致すところ。早くそれを解かなくては。

焦りにも似た気持ちがこみ上げる。

「殿下、私は」

「何も言わなくていい……それに」

セルゲイの顔が、苦虫を嚙み潰したように歪んでいる。

「これ以上は……俺自身が耐えられない」

室内に、再び沈黙が降りる。

セルゲイは踵《きびす》を返すと、扉に向かって歩き出した。ジークフリートを一度も振り返ろうとはしない。

「また来る」

そう言い残すと、扉の外へと消えて行った。

「でん、か……」

去って行く背中に、ジークフリートは何も言うことができなかった。

「嫌われた……？」

そう問うても、答えが返ってくるわけもなく。

しかし、代わりに口を開いた者があった。

「恐れながら……」

　ヴァルラムだった。

「先ほどのセルゲイさまのお振る舞いに関して、深くお詫び申し上げます。ですが決して、妃殿下をお厭《いと》いでないことだけは、ご承知おきくださいますようお願い申し上げます」

「ではなぜ、殿下はあのような態度を取られたのだ？」

　しかもハッキリと『耐えられない』とまで言った。なのに嫌われていないだなんて、信じることは到底できない。

「私の口からお話しすることは……ですが今しばらくお待ちください。必ずやセルゲイさまのお気持ちを、余すところなく伝えられる日が参りますゆえ」

「いつになるんだ？」

「それは……」

「殿下は私と閨を共にしようとしない。そのうえ『耐えられない』ときた！　私が嫌いなら嫌いと、ハッキリそう言えばいいだろう！」

　苛立ちが加速していく。

　ヴァルラムに怒りをぶつけても仕方ないとわかっていながらも、言葉が、思いがどんどん溢れ出して止まらない。

「お世継ぎに関しましても、セルゲイさまなりのお考えがございますれば」

「だから一体何を考えていらっしゃると言うのだ！」

　ついにジークフリートの怒りが爆発した。

「だってそうだろう？　私が帝国に来てもう四ヶ月が経つのだぞ！　それなのにまだ初夜を済ませていないなんて、通常では絶対にあり得ない！　やはり殿下は男を娶りたくなかったのだと思うのが当然だろうが!!　ミラナがよいならそうと言ってくれれば、私だって」

「いいえ、それは違います！　どうか私の言葉を信じてください！」

「では真実を話してくれ！　でなければ、お前の言葉も殿下のことも信じられない！」

「それは……」

ヴァルラムは苦しそうな表情を浮かべた後
「全てをお話しすることはできませんが、一つだけ。セルゲイさまもずっと、お悩みなのでございます」

「何をだ」

「これ以上は私の口からは……ただ、ロンデスバッハでは同性婚は禁忌とされていて、妃殿下自身もこれまで同性の恋人はただの一度もいなかったとか」

「それがどうした」

「同性に興味がなかったにもかかわらず、祖国から遠く離れたこの国に嫁がれた妃殿下に対して、性急に事を進めるのは酷なことだとも、セルゲイさまはおっしゃっておられました」

「では全て、私のことを考えて？」

「閨事は特に繊細な問題ですから。全ては妃殿下を思ってのことと、ご承知おきください」

「……真《まこと》か？」

「セルゲイさまを信じて、その時をお待ちいただけますよう、重ねてお願い申し上げます」

そう言って退室しようとしたヴァルラムを、慌てて引き留める。

「最後にもう一つだけ聞かせてくれ！　ミラナのことは、本当に……？」

「セルゲイさまがおっしゃったとおりで間違いございません。神に誓って断言できます」

そうキッパリと告げるヴァルラムの言葉に、嘘は感じられない。

ヴァルラムは深々と礼をすると、今度こそ部屋を出て行った。

パタンと扉が閉まる音がした瞬間、ジークフリートは糸が切れた操り人形のようにソファに座り込んだ。

「ジークさま、あの、大丈夫ですか？」

エルマーが気遣わしげに問うてきたが、それに答えることができない。

正直、今の出来事だけで、頭の中がパンク寸前なのだ。

少しだけ、考える時間が欲しかった。

ソファに突っ伏して深いため息をつく。

やがて静まりかえった室内に、カチャカチャと食器の触れ合う音がしたかと思うと、仄かに甘い香りが漂ってきた。

「どうぞ。気分が落ち着きますよ」

テーブルの上に置かれたのは、湯気の立ち上るティーカップ。

「ラベンダーティーか」

「はい。それにミントを少し加えてみました」

ラベンダーもミントも、怒りや苛立ちを和らげ気分をリラックスさせると言われるハーブだ。今のジークフリートに、ピッタリの茶といえるだろう。

「……うん、美味《うま》いな」

「ありがとうございます」

エルマーの笑顔と温かいハーブティーに、先ほどまでの苛立ちが少し治まったような気がした。

「なぁ、私はどうしたらいいと思う？」

「僕にはなんとも……」

ションボリと項垂れるエルマー。

「お役に立てず、申し訳ございません」

「いや、私の方こそ妙なことを聞いてすまなかった」

主従は揃って特大のため息をついた。

「時を待て……と言われても、なぁ」

ジークフリートとしては、帝国に来る前からずっと覚悟はできていた。むしろ時間が経てば経つほど、男と目合《まぐわ》う決心が鈍るというもの。

「ジークさまはどちらかというと、嫌なことはさっさと済ませたいタイプですからねぇ」

「だから早めに初夜を済ませてしまいたいと思っていたのだが……」

エルマーからの情報で、セルゲイはミラナを愛しているのだと思った。だから閨を共にしないのだとも。

しかしヴァルラムは、そうではないと言う。

それが真実であると仮定して、そうなると考えられるのは。

「殿下が手を出さない最大の原因は私なのか？」

ロンデスバッハに根強く残る同性愛を忌避する風潮から、ジークフリート自身も心の底では、男同士の目合《まぐわ》いは禁忌であるとの認識がある。しかもこの結婚が決まった直後に母が用意してくれた指南書には、恐ろしいことが山のように書かれてあった。

ロンデスバッハでは尻は出口であって、入り口という認識はない。

陰茎を何度も出し入れされた挙句に、腸の奥に精液をたっぷりと注ぎ込まれるなど言語道断。考えれば考えるほど恐怖に駆られてしまう。

――しかし、こんな私の怯えを悟った殿下が、敢えて初夜を遅らせているとしたら。

全ての原因は、ジークフリートにあるということになる。

セルゲイの真意を知らないジークフリートは、そう結論付けて頭を抱えた。

「でもそれは仕方のないことですよ。僕だってお尻で性交しろなんて言われたら絶対に無理ですもの。ジークさまのお気持ちは、痛いほどわかります」

「しかしこれは、国家間の問題だ」

石炭を得る代わりに、この国に嫁ぐ。そして子孫を残す。

それこそが、ジークフリートの存在理由。

「ミラナと本当に何もないのであれば、私は私の使命を全うしなければならないだろう」

「ジークさま……」

「エルマー、例の指南書を全て持ってきてくれ」

「どうなさるんですか？」

「知識を充分に蓄え、男同士での行為が当たり前という認識を持つことで、嫌悪感を払拭しようと思ってな」

「捨て身の作戦ですね……」

「殿下のためにも、とにかく今はやるしかない」

「……わかりました。でもどうか、ご無理はなさらないでくださいね」

エルマーが持ってきた指南書を紐《ひも》解き、文字を目で追う。迷いは未だ晴れない。

思い出すのは、あのときセルゲイが呟いた一言。

『これ以上は……俺自身が耐えられない』

セルゲイの真意を知らないジークフリートにとって、やはりそれは拒絶の言葉にほかならないのだ。

「一体どうすればいいのだろうな、私は……」

わからない。それでも自分は進むしかない。

それが己に課せられた使命なのだから。

迷う心を押し殺し、ジークフリートは再び指南書に目を向ける。

全てはセルゲイとの間に、世継ぎを儲けるという目的のために。

＊＊＊＊＊＊＊＊

ヴァルラムが皇太子の私室に到着したとき、部屋の主《あるじ》であるセルゲイは、部屋の隅で蹲って頭を抱えていた。

「セルゲイさま……」

「なぁ、ヴァルラム。ジークはなぜ、ミラナのことなんか言い出したんだろうな」

「それはわかりませんが……恐らくパーティーで、何者かが妃殿下によからぬことを吹き込んだのではないでしょうか」

パーティーではジークフリートの側にいたセルゲイだったが、たった一度だけ隣を離れたときがあった。

ミラナと踊ったときだ。

あのときジークフリートは、大勢の貴婦人に囲まれて談笑していた。

過去の出来事を吹聴《ふいちょう》されたとしたら、たしかにあのときしかない。

「それからエルマーが、侍女らにいろいろと聞き込みをしていたとの情報も入っております」

「……あの孺子《こぞう》か」

セルゲイの顔に、憤怒の表情が浮かぶ。

「ジークとは長年の主従関係とか言っていたが、それにしてはいつも距離が近すぎるとは思わないか!?」

「自分にはなんとも……」

セルゲイはジークフリートが帝国に来てからずっと、エルマーのことが気にくわなかった。

従者という立場上、最愛の番がエルマーと一緒にいるのは当たり前とわかっている。しかしあの二人には、それを超える何かがあると、セルゲイは睨んでいた。

しかも成り行きで押し倒すような形になってしまったとき、ジークフリートが小さく「エルマー」

と呟いたのを耳にして、怒りが頂点に達してしまったのだ。

愛しい番が自分以外の男を呼ぶなど以《もっ》ての外《ほか》。だからこそセルゲイは、余計にエルマーが許せない。

「大体あいつは、俺の不在時を狙ってジークにベタベタしているそうじゃないか」

自分が不在のときに、愛する番《つがい》に困ったことが起きては大変だと考えたセルゲイは、ジークフリートには内緒で狗に見張りをさせている。そこから上がってきた報告書に、怒りを覚えていたのだ。

それによると二人は、始終ベッタリと寄り添いながら過ごしているらしい。ときおり言い合いのようなこともするが、甘い睦言《むつごと》のような言動を繰り返していることが多いのだとか。

『エルマー、お前は本当に頼りになるな』

『ジークさまのためですからね！　だって僕はジークさまがいないと、今頃生きていなかったかもしれませんから』

『私だって同じだ。エルマーがいたからこそ、これまで頑張ってやってこられたのだ』

『僕はこれからも、大切なジークさまのためなら、なんだってやりますよ！』

『エルマー。私もお前を大事に思っているぞ』

『ジークさま！』

『エルマー！』

一見すると、互いに想い合っている恋人同士の会話のようで、セルゲイは気に入らない。

「エルマー、許すまじ……いつかジークのいない所で、八つ裂きにしてやろうか……」

「セルゲイさまっ！　それぱかりはどうか思いとどまってください!!」

必死の形相で止めようとするヴァルラム。しかしセルゲイの心の中には、どうにも治まらないほどの怒りがゴウゴウと渦巻いていた。

「止めるなヴァルラム。こうしている間にもエルマーがジークの処女を奪ってしまったらどうするのだ！」

「どちらかと言えば、妃殿下がエルマーを押し倒す方が自然かと」

「ジークに限って、そんなはしたない真似は絶対にしないいっ！」

「エルマーだっていたしません！」

「とにかく俺の番に手を出す男は全て、血祭りに上げなければ気が済まん」

「そんなことをすれば、妃殿下が悲しまれます！」

「たしかに一時は嘆くだろうが、案ずるな。俺の深い愛で、心の傷を癒やしてやろうではないか」

「エルマーの件はこちらにお任せくださいっ‼　妃殿下のことを綺麗さっぱり忘れさせてみせますから！」

「もしやお前……」

ヴァルラムは厳めしい顔を少しばかり朱に染めて、目を伏せた。

「よほどエルマーが気に入ったと見えるな」

そういえばこの男、図体のわりに細々したものや小さな生き物が昔から好きだったと、セルゲイは思い出した。考えてみるといつもエルマーに近付いて離れようとしないが、あれはこっそりマーキングをしていたということだろう。

堅物で、これまでどんな相手に秋波を送られても決して靡《なび》くことなく、生涯独身を貫くとさえ思っていたヴァルラムが、まさかエルマーを見初めるとは。

——ふぅん、面白い。

セルゲイの顔に、意地の悪い笑みが浮かぶ。

「ならばお前に任せよう。だがヴァルラム、エルマーがジークに少しでも不埒《ふらち》な真似をすれば……わかるな？」

「ハッ。しかしそうならないよう、絶対に自分の虜《とりこ》にしてみせますので」

ヴァルラムの必死の説得により、エルマーを即ジークフリートから引き離すのは止《や》めにした。これでエルマーの件は片付いたが、問題の本質はこれではない。

「ミラナとのこと、ジークは納得してくれただろうか」

「一応は……ですがそれ以上に、お世継ぎ問題を懸念しているようです」

それを聞いたセルゲイの肩が、ビクリと震えた。

「そうだ！　世継ぎだ!!」

セルゲイの胸が、期待で弾んでいく。

「ジークは俺の子を孕みたい……つまりそういうことで、合っているよな？」

「まぁ、ざっくり言えば、そうなるかと」

「ジークは俺に、子作り行為をねだっているというわけだな！」

「……多分？」

「おお、神よ……」

胸が歓喜に震えるセルゲイ。愛しい番《つがい》から求められることが、これほどまでに幸せだとは思いもしなかったのだ。

「ああ、早くジークと一つになりたい!!」

「ならば発情期まで待つなんて馬鹿なことはやめて、すぐにでも初夜を迎えればよいではないですか」

「馬鹿なことではない！　最愛のジークに、最高の初夜を贈る。俺がジークに対してできる、最大の贈り物だということを、なぜお前はわからんのだ！」

「自分には発情期がありませんから。加えて言うなら妃殿下もそうです。人族はそもそも獣性を持ち合わせておりません。ですからセルゲイさまの発情期に対する思い入れが、どれほど伝わっておられることか」

「いいや、ジークならばきっとわかってくれるはずだ！」

ヴァルラムはセルゲイに対して不服そうな表情を浮かべたものの、それ以上は何も言わなかった。否、何を言っても無駄だと悟ったのだ。

「ところでヴァルラム。父上に先触れを出してくれ。すぐにでも話しておかねばならないことができた、と。それから母上とミラナにも同席してほしいと伝えてくれ」

「かしこまりました」


その日の深夜。

皇帝一家、真夜中の密談が再度行われた。

「してセルゲイ。話とはなんだ？」

「実は……」

セルゲイが、ジークフリートは自分とミラナの仲を疑っているという話を一同に説明すると、三人は難しい顔をして呻った。特にミラナは目を見開いて驚いている。

「その噂がまだ流れていただなんて……完全になかったことにできたと思っていたのに」

「一度流れた噂は、なかなか消せないということかしら」

皇后が深いため息をついた。

「そもそもセルゲイが発情期にこだわらず、さっさと契ってジークフリートとの仲を確固たるものにしていたら、そのような噂は出なかったかもしれないのにな」

「父上は発情期の素晴らしさを知らないから！」

「なんだと？　先祖返りしたくらいで、偉そうなことを言いおって！」

「二人とも、今は言い争いをしている場合ではないでしょう!!」

やおら喧嘩を始めようとする父子を、皇后が止めに入る。

ともかく今後の対応策を考えなくてはならない。無駄なことに時間を費やしている場合ではないのだ。

「問題は、誰が何の意図でジークフリートに漏らしたか……ですわね」

ただの昔話として語ったのであればよい。しかし問題は、ジークフリートを惑わせる意図があった場合である。

社交界において、噂とは一つの武器だ。

どんな些細な話題でも……時には事実無根のガセネタでも、緻密な情報操作を行うことで無実の人間を陥れ、二度と表舞台に出てこられないようにすることも可能となる。

過去、セルゲイとミラナに関しても、噂を使った情報操作が行われていた。ジークフリートが聞いた「実は二人は恋仲である」という話こそが、まさにそれなのだ。

「その件については、ジークとの婚約が成立した時点で、完全に消えたと思っていたんだがな」

「今になって蒸し返してきたところを見ると、敵はまだ完全に諦めてなかったというわけか」

深い息と共にそう吐き出した皇帝に、ミラナが顔を歪ませた。その手が微かに震えている。

「ミラナ、大丈夫か？」

「ご心配には及びませんわ」

ミラナは力なく微笑みながら、それでも気丈に「それよりも妃殿下のことが心配です」と続けた。

「妃殿下はわたしたちの仲を疑っておいでだったのですね？」

「あぁ。自分は側妃になって離宮に籠もるから、お前を正妃にして子を成せと」

「えぇっ!?」

セルゲイの言葉に、ミラナの顔がサッと青ざめる。

「お兄さまとわたしが？」

「妹同然のお前と子を成すどころか、肌を合わせることすら無理だというのに、どいつもこいつも勝手なことばかり言いくさる」

セルゲイにとってミラナは、気持ちの上では本当の兄妹も同然。例えるならばその関係は、ジークフリートとエルマーのようなものである。

彼女を大切に思ってはいるが、同衾なんて絶対に考えられない話なのだ。

「ひとまず誤解は解いておいたが、またジークに妙なことを吹き込む輩が出ないとも限らない」

「もしそれが意図的なものだとしたら……」

「一波乱どころか、大騒動が巻き起こりそうですわね」

四人の間に緊張感が走る。

「そこで一つ提案なんですが」

「提案？　なんだ、セルゲイ」

「予定していたジークの公務ですが、事が収まるまで延期いたしませんか」

「なんですって!?」

驚きの声を上げたのは皇后である。

彼女はこれまで、ジークフリートが務める分の仕事を全て、代理で行っていたのである。ただでさえ皇后の職務は多岐にわたり多忙であるのに加えて、皇太子妃の職務まで兼任していたのである。

「妃教育が終わって、ようやく負担が減ると思ったのに……」

「しかし母上。彼奴《きやつ》らをこのままにしておけば、いつまたジークが餌食になることか。万一、武力を持って排除せんとする輩までもが動きを活発にし、ジークが凶刃に斃《たお》れようものなら……！」

それを防ぐためにジークフリートには再び部屋に籠もってもらい、その間再調査を進めては、というのがセルゲイの提案だった。

「でもすでに、皇太子妃の職務はジークフリートに割り振るつもりで、公務の予定を立ててしまったのよ。それを変更するのは難しいわ」

「ジークフリートが公務を行える状態になるまで、ミラナに代行させるのはどうでしょう」

三人は異口同音に驚きの声を上げた。

「ちょっと待って、お兄さま。さすがにそれは……」

「しかし今はそれしか手がない」

「まあミラナはこれまでにも、マルティーナの公務を手伝っておるから、やってやれないことはないか」

「あなたは少し黙っていてください！」

皇帝の言葉を、皇后がピシャリと遮る。

「セルゲイ、よくお聞きなさい。あなたとミラナの仲をジークフリートが疑っているこのタイミングで、ミラナに皇太子妃の公務を任せるのは悪手としかいいようがありませんよ」

「どうしてですか？」

良案であると思っていたセルゲイは、母の言葉に憮然《ぶぜん》とした。

「ミラナがジークフリートに代わって公務を行うということは、例の噂を肯定することにもなりかねません」

「まさか！」

「いいえ。きっとすぐにでも、やはりミラナが本命で、ジークフリートはお飾りの皇太子妃なのだという噂が立つことでしょう」

「ジークはお飾りではありません！」

「その発言を、どれだけの人間が信じるでしょうね」

現にミラナとの仲が取り沙汰された際には、皇帝一家が「違う」と否定しても、結局は事実無根の噂を信じる者が多かったのだ。

ここでミラナにジークフリートの代行をさせては、噂は正しかったのだと認識する人間が多数出るだろう。皇后はそれを危惧したのである。

「しかもミラナに代理を任せたとして、ジークフリートが後からそれを知ったらどう思うか、きちんと考えての発言かしら？」

昔の噂話を簡単に信じてしまった彼なら、きっと傷つくかもしれない……そう皇后に諭されたセルゲイは、ぐうの音も出ない。

「それにミラナだって、相当の負担がかかるというもの」

「ではどうしたらいいというのです。このままではジークは、よからぬことを企てる輩の口車に乗せられて、また俺を拒否するかもしれません」

ミラナを正妃にと言われたセルゲイは、それを想像するだけで恐慌状態に陥りそうだった。

「マルティーナさま」

ミラナが口を開いた。

「わたし、代行をお引き受けします」

「ミラナ！　でもそれでは」

「全ての責任は、わたしにありますもの。情を捨てられず、あのとき我儘《わがまま》を言ったばかりに宮中が混乱し、皆さまにどれだけのご迷惑をおかけしたことか……」

セルゲイとミラナが恋仲であるとの噂が囁かれていた頃、彼らはそれを故意に流した人物を処罰しようと考えた。しかし、それにミラナが難色を示し、結局はなんの手出しもできないまま今日《こんにち》に至る。

あのとき自分が決断できていれば——ミラナはそう悔やんでいるのだ。

「それは違うぞ。全ての原因は」

「お兄さま、もうそれ以上おっしゃらないで」

目に涙を浮かべながら、それでも気丈に微笑むミラナ。

「お兄さまの温情に甘えて参りましたが、そのせいで妃殿下にまでご迷惑をおかけするのは本意ではありません。心は決まりました。もう過去はスッパリ断ち切って、これからは新しい人生を切り開いて参ります」

ですからその前に、最後のお手伝いをさせてください……涙声で語る言葉を拒否できる者はいなかった。

結局は皇后の予定を全て調整し直して、どうしても手が回らないものだけミラナが補佐する形で話は纏まった。

さらにはこの件もジークフリートには内密にする案も、セルゲイによって押しきられてしまった。

「妃殿下には包み隠さず説明した方が、よろしいかと思いますけれど……」

憂い顔のミラナに対して、セルゲイはやはり
「自分に悪意が向けられていると知ったジークが嘆き悲しんで、儚くなったらどうするのだ！」

と言い張って譲らない。

ジークフリートが聞いたら「私を侮っているのか！」と憤りかねない言葉だが、愛する番《つがい》が大事で仕方ないセルゲイは、彼が不快に思うであろう事態は、少しでも取り除いてやりたい一心なのだ。

「もしこのことで、ジークフリートとあなたの仲が拗《こじ》れたりしても、わたくしたちは知りませんからね」

「大丈夫！　こんなことくらいで俺たちが仲違《なかたが》いするはずがありませんから！」

根拠のない自信を見せつけるセルゲイに、一同が不安の表情を浮かべたことは言うまでもない。

二度目の密談が終了し、上機嫌のセルゲイ。これでまた、大事な番を守ることができたと、有頂天になっていた。

しかし、そんな彼に水を差す者がいた。ヴァルラムである。

「ご公務の件はともかく、発情期のことだけでもきちんとご説明されたほうがよろしいかと思われますが」

「しかしだな、また感情が高ぶって、ジークに襲いかかってしまったらと思うと、話す勇気が出ない……」

ジークフリートに「子作りを」なんて言われたら、最後まで致すだろうという絶対の自信がセルゲイにはあった。

「第一、ジークが本当に俺を迎え入れるだけの覚悟を持っているかも、わからないではないか。今はまだ義務感の方が大きいかもしれない。そんな状態で無体を働いて、ジークに嫌われてしまったら……俺はもう、生きていけない」

こんな臆病な気持ちは初めてだった。

好きだからこそ、彼の前では怯んでしまう。

人を愛する——ただそれだけだが、なんと難しいことか。

セルゲイは盛大にため息をついた。

「妃殿下は、セルゲイさまのお考えが知りたいと訴えておられました」

「……いつか必ず話そう。しかし、もう少しだけ時間が欲しい」

ジークフリートの前で、狼狽えずにいられる勇気が持てるようになったら、必ずや話をしよう。

そう思いつつも、なかなか言い出すことができないまま、時だけがいたずらに過ぎていく。

そんな不甲斐ないセルゲイに、神は罰を下されたのだろうか。

ひと月後、ヴァルラムの報告に、セルゲイは目の前が真っ暗になった。

それは、ジークフリートが何者かに拉致されたという報せだった。

結婚157日目

それより少し前。

ジークフリートは、いつもと変わらない日常を、穏やかに過ごしていた。

朝からシンメルの世話を行い、ミラナに教えを請うて帝国の福祉について学ぶ。そして夜はセルゲイと共にパーティーに出席する予定だ。

それは有力貴族たちが資金を出し合って、新たな孤児院を創設した記念に開かれるもので、宮殿以外で行われるパーティーに出席するのは初めてのジークフリートは、緊張というよりも期待に胸を膨らませていた。

パーティーの開始まではまだまだ時間があるというのに、高揚する気持ちを抑えることができない。

ジークフリートは仕方なく、空いた時間で自らを虐めることに没頭した。

「ふっ……あっ、くぅっ……」

部屋の中に、ジークフリートの荒い息づかいが響く。

「ジークさま。もうそろそろ、よろしいんじゃないですか？」

「あっ……い、や……まだ……ふぅっ……もうっ、少しだけ……頼む、エルマー……はぁっ」

「スクワットもいいですけど、そろそろミラナさまがお越しになりますよ？」

エルマーは呆れ声でジークフリートを一瞥した。

「もうそんな時間か」

「全く、ジークさまってばどれだけ筋トレがお好きなんですか。今日はいろいろとお忙しいんですから、ちょっとは落ち着いたらどうです？」

「何を言う。気分を落ち着かせるためには筋肉を虐めることが一番なのだ」

エルマーに手渡された濡れタオルで首元の汗を拭いながら反論する。ヒヤリと冷たい感触に、肌が引き締まる思いがした。

「ところで今宵のお衣裳ですけど、こちらでよろしいですか？」

エルマーがかざして見せたのは、青みがかった緑色のジャケットだった。一見落ち着いた色合いに見えるが、赤毛のセルゲイと並べば、さぞかし映えることだろう。

左側は肩から胸にかけて、右側は胸から裾にかけて、鳥の羽をモチーフにした華やかな刺繍が施されており、惚れ惚れするほどの逸品である。

「それにしても皇太子さまは本当に凄いですね。パーティーのたびに、新しいタキシードを新調してくださるんですから」

エルマーが感嘆の息を漏らすが、当のジークフリートはというと正直、戸惑いの方が大きかった。

衣裳を用意してくれるのは嬉しい。何しろ祖国にいた頃は、軍服があれば事足りていた。そんな彼だから、パーティーに出席するごとに燕尾服《えんび》が増えていくのには、さすがに面食らってしまう。

これ以上は新調しないでくれとセルゲイに言おうかとも考えたが、ミラナに
『お兄さまは愛する妃殿下を、より美しく飾り立てる喜びを得たいのですわ。どうぞ受け取ってさしあげてください』

と諭されて、結局は毎回受け取っているのだが。

「私ごときにお金を使ってくださるよりも、もっとご自分のことに使えばよろしかろうに」

「でもミラナさまの言うことも一理ありますよ。それによく言うじゃないですか。女性にドレスを贈るのは、脱がせる楽しみを得たいからだって。きっとそれと同じ心境なんですよ」

「では何か。殿下はその……私を脱がせたい、と……」

「恐らくは。ジークさまの日々の努力が、実を結んでいるのかもしれませんね！」

「そう、か」

エルマーの返答に、ジークフリートはなんとなく面映ゆい心境だ。

母からもらった指南書を何度も繰り返し読み耽《ふけ》ったおかげか、同性同士の性交渉に関する嫌悪感は薄らいでいる……気がする。

まだそれを完全に受け入れるまでには至っていないが、この調子だとセルゲイに体を拓《ひら》けるようになるのも時間の問題だろう。

これまでの努力を、ジークフリートは褒め称えたい気分だった。

「あとは皇太子さまを上手く閨に誘うだけですね」

「……誘う、だと？」

「はい！」

「どうやって」

「それは……えっと……女性を誘うときのようにすればいいのでは？」

「これまで誘われたことはあっても、自分から誘ったことは一度もない」

「うわー、さりげなく自慢ですか？」

「何を言っているのだ、お前は」

ただでさえ一度も誘いをかけたことがないというジークフリートが、いきなりセルゲイを誘惑するのは、少しばかりハードルが高すぎる。

「ちなみにお前なら、どうやって誘う？」

「なぜ僕に聞くんですか」

「他人《ひと》の経験談を参考にするのが一番だろうと思ってな」

「僕のなんて聞いても、なんの参考にもなりませんよ」

「私が知らないとでも思ったか。お前、祖国にいた頃は相当遊んでいたではないか」

「えっ!?　なぜそれを！」

「かわいい顔してかなりの手練《てだ》れだと、侍女たちが話していたのを聞いたことがある」

「あちゃー」

手で目を覆い、天を仰ぐエルマー。ジークフリートにはよほど知られたくなかったのだろう。

この男が性に奔放と知ったとき、ジークフリートはかなり驚いたが、仕事は充分すぎるほど有能で、自分の恋愛よりも主人《あるじ》を優先してくれる。さらには後腐れなく綺麗に遊んでいるようなので、多少奔放でもジークフリートは一向に構わないのだ。

「僕もあまり自分から誘ったりするタイプじゃないんですけど……。あっ、じゃあ今まで誘われた中で、グッときたものでもいいですか？」

「うむ。それを教えてくれ」

エルマーはしばし思案したあと、ジークフリートの胸にソッともたれかかった。

「僕のこと、好きにしていいんですよ？」

「……なんだそれは。まるで娼婦のようではないか」

「最近の侍女は積極的ですからね。こんなの序の口ですよ」

「それにしても距離が近いな。もっと離れてくれ」

「仕方ないじゃないですか。こうやってにじり寄って、おっぱいをウリウリ擦りつけながら誘惑するのがポイントなんですから。誘い文句がお粗末でも、その気になっちゃいますよね」

「むっ。それでは私も殿下に胸を押し当てた方がいいか？」

「でもジークさま、胸の膨らみがありませんよね」

「胸筋があるではないか」

「それは駄目でしょう……」

なかなか難しいものだな……とジークフリートは肩を落とす。

「では胸を押しつけないやり方を教えてくれ。正直あの誘い文句だけでは、全然その気にならない」

「贅沢《ぜいたく》言いますねぇ。えっと、じゃあ……」

ブツブツと呟きながら、必死に思い出すエルマー。

何が飛び出すのか、ジークフリートの胸が期待に弾む。

「ジークさま、僕もう我慢できません」

上目遣いで見つめながら言うエルマー。心なしか目元が潤んでいるようにも見える。凄い演技だ。

だがしかし。

「うぅむ、なんと言うか、こう、セリフがイマイチすぎて、全く食指が伸びない」

いくらなんでもこれは酷い。ジークフリートは胡乱《うろん》な目でエルマーを見下ろした。

「お前、そんな誘い文句でよくその気になったな」

実は言葉はどうでもよくて、誘われたらホイホイ付いていくタイプではなかろうかと疑ってしまう。

「言葉だけじゃ伝わらないのはよくわかります。実はですね、ここに手を」

そう言ってエルマーはジークフリートの手を取り、自らの股間に誘《いざな》った。

「エルマー!?　何を！」

「こうやって、ここの濡れ具合を確認させせられたわけですよ」

「言葉と実技か」

たしかに女性のそこを触ってしまったら、一発でその気になるかもしれない。大胆な戦法に、ジークフリートは震えた。

「据え膳食わぬはなんとやらと言うしな」

「でしょう？　だからジークさまもぜひ！」

ない。

「いや、しかし私は」

女性ならその手も使えるだろうが、ジークフリートは男である。尻穴は自由自在に濡れるものではない。

セルゲイとの閨事には全く使えそうにないと判断し、会話を切り上げようとしたそのとき。

バタン!! と物凄い音を立てて扉が開いた。

「ジーク!」

「殿下?」

そこには険しい表情をしたセルゲイの姿が。なぜか怒りのオーラを滲ませている。

後ろに控えるヴァルラムも、人食い熊を秒殺しそうな目をしていて、二人の剣幕にジークフリートとエルマーは思わず抱き合って震えた。

「ジーク……その孺子《こぞう》と何をしていた」

「え」

まさかセルゲイを閨に誘うテクニックを相談していたとは言えず、ジークフリートが口ごもる。

「と、特に何も……」

妙案が思い浮かばず、ひとまずごまかすことにした。

「今日パーティーで着るタキシードの相談をしていたところです。エルマー、それに合うシャツとタイを用意しておいてくれ」

「はっ、はいっ!!」

タキシードを抱きしめて、慌てて別室に下がるエルマー。その後ろ姿を、セルゲイはずっと睨みつけている。

なぜそんな顔でエルマーを見るのだろうか。ジークフリートは少し嫌な予感がした。

「あ、の……殿下？」

「……なんだ」

不機嫌極まりない声に、背筋がゾクリとする。

こんなセルゲイは初めてだった。

「本日もお越しいただき、ありがとうございます。今宵のパーティーが楽しみです」

「それより、そのシャツはどうしたんだ」

「え？」

「随分と濡れているではないか」

言われて初めて、シャツがうっすらと濡れていることに気付いた。先ほどまでスクワットをしていたせいで、汗をかいていたらしい。

「よもやあの孺子《こぞう》と何かしていたのではないだろうな」

「いえ、スクワットをしていただけですが？」

「スクワット？　本当だろうな」

なおも疑いの眼差しを向けるセルゲイに、ジークフリートは内心ムッとする。

「エルマーに、私の筋トレに付き合うだけの体力はありませんよ」

「しかし使用人とはいえ、ほかの男と距離が近すぎるのは、褒められたものではないな」

「は？　ですが、エルマーですよ？」

まさか浮気を疑われているとは思いも寄らないジークフリートは、セルゲイの言葉に首を傾げるしかない。

「誰であっても、だ。皇太子妃がほかの男と仲睦まじくしているという噂が流れたらどうする。足下を掬《すく》おうとする者が現れないとも限らないのだぞ」

厳しい眼差しで叱責《しっせき》するセルゲイ。半分以上は嫉妬から出た言葉ではあるが、しかしそれも真実だ。いくらエルマーがジークフリートにとって身内も同然とはいえ、それを逆手に取ってあらぬ噂を立てられる可能性は高い。

一番拙《まず》いのは、皇太子妃が特定の人物に寵を与えている、などといったデマを流されることだろう。その者に権力を与えるつもりではないか……などと下世話な勘繰りをして、勝手に負の感情を高ぶらせる輩が出てもおかしくはない。

もしくはエルマーを追いやり、自分の子飼いの者をジークフリートの従者にしようなどと企む者が出る可能性だってある。

醜聞の種を自ら進んで蒔《ま》くのは得策ではないと、ジークフリートは自分を納得させた。

「考えが至らず、大変申し訳ございません」

素直に謝罪の言葉を口にする。

「うむ、わかってくれればいいのだ。今後はジーク妃付きの侍女や従者も増やす予定でいるからな、充分気を付けてくれ」

人の目が増える分、余計に迂闊《うかつ》なことはするなということだろう。セルゲイの言葉をジークフリートは素直に受け止めた。

「承知いたしました」

「ところで先ほどのやりとりだが」

「殿下がお気になさる必要は全くございません！」

あなたを閨に誘うための口説き文句を伝授してもらっていたのです！　なんて、絶対に言えない。言えるわけがない。

「だが」

「とにかくすぐに着替えますので！」

ジークフリートは大声でエルマーを呼ぶと、タオルと着替えのシャツを用意させた。予定ではそろそろミラナが来てもおかしくない時間だ。着替えを済ませる必要がある。

「ジークさま、お待たせしました」

「うむ、ご苦労」

汗を拭くために、シャツのボタンに手をかけると、セルゲイがギョッとした声を上げた。

「ちょっと待てジーク！　今この場で着替えるのか!?」

「……？　はい。何か問題でも？」

「ここは駄目だ！　人の目があるだろうが!!」

ジークフリートは首を傾げた。

ここにいるのはジークフリートとセルゲイ、それからエルマーとヴァルラムの四人。全て男である。

軍に所属していた頃は、練習終わりに体を清めるために、仲間たちの前で諸肌《もろはだ》を脱ぐなど当たり前のようにやっていた。男同士、恥ずかしがることなど何もない……そう思っていたのだが。

「皇太子妃が人前で着替えるなど言語道断！　頼むから奥へ行ってくれ!!」

顔を真っ赤に染めたセルゲイに叱《しか》り飛ばされ、ジークフリートはしぶしぶ従うことにする。

「はぁ……ではエルマー、手伝いを」

「エルマーもいかんっ!!　一人では着替えられないのか!?」

「いえ、それはもちろんできますが」

幸い軍での経験のおかげで、着替えを手伝ってもらう必要はないので、問題はない。

「なら一人で行くんだ！　エルマーはここに残れ、命令だ!!」

セルゲイに強く言われて、ジークフリートは納得できないながらも隣の部屋へと移動する。

――一体なんだというのだ。今日は部屋に入ってきたときから、不機嫌極まりない様子だったし。

濡れたシャツをぞんざいに放り投げて、濡れタオルで体を拭う。シットリと汗ばんだ体は少しずつ爽快さを取り戻していくが、ジークフリートの心は晴れない。

――皇太子妃として、まだまだ至らぬ点が多いことは重々承知しているが、それにしたってあんな言い方はないだろう！

ムカつきが収まらない。

セルゲイが人の話を聞かない男であることは、これまでの経験で充分理解しているが、一方的に怒鳴られるのは納得がいかなかった。

帝国では同性の前で裸になってはいけないのだろうか。いや、そんな話は聞いたことがない。訓練後の兵士たちが、汗をたっぷり吸ったシャツを脱いでいる現場を、実際に目撃したことがあるくらいだ。自分が肌を出したところでなんの問題もないはず……そんな考えがジークフリートの頭の中に渦巻いていく。

――やはり納得がいかん。

ここは一つ、しっかりと確認したほうがよさそうだ。

でなければ今後もこういった不愉快な出来事が、繰り返されるかもしれない。

手早く着替えを済ませて部屋に戻ると、そこにいるはずのエルマーとヴァルラムの姿はなかった。代わりにセルゲイの隣に寄り添うように、ミラナが立っていた。

それを見たジークフリートの胸が微かに疼く。

先ほどまでの怒りが霧散し、代わりに脳裏に蘇ったのは、ダンスに興じる二人の姿。あのときのセルゲイとミラナは、会場中の誰よりも輝いて見えた。恐らく、自分がパートナーを務めたときよりも。

自分なんかよりもミラナの方がセルゲイに相応しい……あの日感じた思いが、再び頭の中に浮かび上がる。

「妃殿下。お着替えは終わられたのですね」

扉の前で立ち尽くすジークフリートに気付いたミラナが、無邪気な笑みを向ける。その愛くるしい表情に、ますます胸の奥がズクリと痛む。

しかしそれを気取られぬようアルカイックスマイルを浮かべると「待たせたかな」と言って二人の元へ歩み寄った。

「いいえ、わたしも今来たばかりですから」

「忙しい中、いつもすまない」

「わたしにできることなんて、これくらいですから……」

ミラナは微笑みながらそう返したが、その顔に僅かな憂いの色が滲んでいることをジークフリートは見逃さなかった。

「ミラナ。何かあったのか？」

「え……」

まさかジークフリートに気付かれるとは思わなかったのだろう。ミラナはハッとした顔で彼を見つめた。

「たいしたことでは……」

「気分が悪いのなら、今日の授業は中止にして、ゆっくり休まれるがよかろう」

「いえ、本当に大丈夫です」

「しかし……」

いつもとは様子の違うミラナに、ジークフリートの心配が高まっていく。そんな二人のやりとりを眺めていたセルゲイが、横から口を挟んだ。

「ミラナ。ジークに隠し事は無理のようだ。観念して伝えてしまった方がいい」

セルゲイの言葉に、ジークフリートは嫌な予感がした。

やはりミラナがセルゲイの妃になるという話では……そんな予感に、心臓がバクバクと音を立てる。

「実は……」

ようやく決心がついたのだろうか。ミラナが重い口を開いた。

「授業のお手伝いを、本日で終わりにさせていただきたく……」

思いも寄らない言葉に、ジークフリートの思考が停止する。

「そ、れは……構わないが」

急すぎる話に、理解が追いつかない。

「もしかして、私の妃教育が終わったとか？」

「いえ、課程は修了しておりませんが、一身上の都合と申しますか……」

言いよどむミラナの代わりに、セルゲイが再び口を開いた。

「ミラナは急遽、ナチャーロに旅立つことが決まってな」

そこは帝国の北限にある城塞都市で、現王朝発祥の地でもあった。現在は皇太子であるセルゲイの直轄領となっていることを、ジークフリートは以前の授業で学んでいた。

「ミラナに任せたい仕事ができてな」

「仕事」

「ああ。ミラナにしかできない、大切な仕事だ。ゆえに急ではあるが、ナチャーロに行ってもらうことになったのだ」

「自分から教育係を買って出たにもかかわらず、中途半端な状態で身を引くことになり、本当に申し訳ございません……」

「気に病むことはない。私はどうとでもなるから、あなたはあなたの職務を心置きなく全うしてくれ」

「妃殿下……」

ミラナの目に、キラリと光るものが見えて、ジークフリートは思わずギョッとした。どうやら先ほどの言葉がミラナの琴線に触れたようだが、一体何がそこまで彼女を感激させたのか、ジークフリートには全くわからない。

「ありがとうございます。妃殿下のお言葉を胸に、わたし、精一体頑張りますわ」

「お、おぉ……応援している」

わけがわからないなりに、そう答えるしかない。

その後セルゲイは政務に戻り、ミラナとの最後の授業が始まった。

いつもどおり、いや、いつもに増して熱心に教えるミラナに負けじと、ジークフリートも無心になって知識を詰め込む。

気付けば授業も終わりの時間。ジークフリートが手ずから淹れた茶を飲みながら、まとめの総括を行った。

「わたしがわかる範囲のことは、あらかたお伝えいたしました。基礎は押さえてありますから、わからないことは後任の教育係にお尋ねください」

「ありがとう。あなたのおかげで助かった」

「妃殿下のお役に立てたなら幸いですわ」

ミラナは手にしたカップを見つめ、口を閉ざした。その顔が、もの悲しげに沈んで見える。

「何か心配事でも？」

ハッとして顔を上げたミラナは、ジークフリートを見つめた。絡み合う目線。二人の間に沈黙が落ちる。

「あなたはさっきもそんな顔をしていたね。何か憂いがあるのなら吐き出してみないか。言ったところで私に何ができるわけでもないが、打ち明けたことで心が楽になることもある」

「妃殿下……」

「もちろん、言いたくなければ言わなくていい。その場合はエルマーにもう一杯、茶を用意させよう。とびきり心が落ち着くものを、な」

「そういえばお兄さまが、エルマーはお茶を淹れるのが上手いとおっしゃっていました」

「あの子の腕はたしかだから、期待してくれ」

隣の部屋で待機しているエルマーに声をかける。しかしエルマーはなかなか現れない。

「エルマー？」

再度声をかけるも返答はなく、隣室はシンと静まりかえったまま。

なんだか嫌な予感がする。

「エルマー」

名を呼びながら隣室に向かうと、バタバタと慌てた様子でエルマーが駆け込んできた。

「あれ、ジークさま。どうしたんですか？　授業は？」

「とっくのとうに終わったぞ。それよりお前、どこかに出かけていたのか？」

えぇまぁ……と曖昧に答えるエルマーに、ジークフリートは首を傾げた。

最近のエルマーはどこかおかしい。ふと気付くと、どこかに出かけていることが増えたのだ。

だからといって、不便を感じたことはない。エルマーはジークフリートが一人きりのときは、どこにも行かずに側に付き従っているからだ。

けれどそれ以外の場合は、必ず姿を消している。以前はどんなときも部屋の隅に待機していたというのに。

「エルマー。お前、私に隠し事をしていないか？」

「そんなことはありませんけど」

目線を逸らしてモゴモゴと答えるエルマーに、ジークフリートの疑念は高まっていく。

「お前まさか、私に隠れて逢《あ》い引きをしているのではないだろうな」

「はぁっ!?」

ジークフリートの言葉に、エルマーは本気で驚いた顔をした。

「ロンデスバッハにいた頃は、侍女らを食いまくっていたお前のことだ。帝国でも同じことをしているのではないのか？」

「ちっ、違いますよ！　僕はそんなこと、してませんから！」

「隠さなくてもいい。別に私は、きちんと仕事さえしてくれれば、お前の下半身事情についてうるさく言うつもりはないからな」

「だから本当に違うんですってば……」

肩をガックリ落として、力なく否定するエルマー。項垂れた子ネズミのようで、たいそうかわいらしい。

「もっとジークさまのお役に立ちたくて、ジークさまに内緒でお勉強してたんです」

「何も内緒にする必要はあるまい」

「だって、なんだか恥ずかしいじゃないですか。でもご安心ください。ジークさまのお世話をおろそかにすることは、絶対にいたしませんので！」

エルマーは胸を張って断言した。

「それより僕に何かご用事があったんじゃないですか？」

「あぁ、そうだった。ミラナに茶を淹れてほしいのだが」

「お茶ですね、かしこまりました！」

ピョコリと頭を下げて立ち去るエルマーの後ろ姿を見送って、ミラナの元へと急ぐ。

「エルマーは忠義者ですね」

どうやら隣室での会話が耳に入っていたようだ。

「そうだな、エルマーは幼き頃からずっと、私のことを第一に考えてくれる。私にとっては大切な従者だ」

「従者にそこまで慕われているなんて……妃殿下が本当に羨ましゅうございます」

「何を言う。あなたに忠義を尽くす者は大勢いるだろう」

パーティーに出席するたび、大勢の者に囲まれるミラナ。皆彼女の関心を引こうと躍起になっていることを、ジークフリートは知っていた。

「いいえ、あれはわたしを手中に収めて、権力を摑み取りたい者たちばかり。本当にわたしのことを想ってくれる人など、宮殿内にはおりませんわ」

「殿下はそうではないように思えるが……」

つと口から出た言葉に、ジークフリート自身が驚いた。

これではまるで、セルゲイがミラナを想っていると伝えているようではないかと焦るも、ミラナはそれに答えなかった。

「わたしも、妃殿下のようになりとうございました」

泣きそうな笑顔を向けるミラナに、ジークフリートは何も言うことができなかった。

――私のように……それはもしや。

セルゲイの妻の座が欲しかった……ミラナはそう言いたいのではないか。

嫌な想像が頭の中に浮かび、胃がグッと重くなる。そんなジークフリートに気付かない様子で、ミラナはなおも言葉を続けた。

「でもこのままではいけないと、ようやく悟りましたの。それでナチャーロ行きを決意したのですが、土壇場になるとどうしても心が揺れてしまうものですね」

「ミラナ、一体なんの話を」

「詮無《せんな》いことを申しました。今の話はお忘れください」

「……あなたがそう望むなら」

「お待たせしました！」

その後二人はエルマーが運んできたハーブティーを飲みながら、他愛もない話をして過ごした。

表面上は何事もなく、穏やかな時間が過ぎていく。しかしジークフリートの心は晴れない。

先ほどの言葉。あれはセルゲイを思い切るという、ミラナの決意だったのではないだろうか。

セルゲイは以前、ミラナとは互いに意識したことも、恋に落ちたこともないと言っていた。しかしそう思っていたのは彼一人で、ミラナは別の感情を抱いていたという可能性も、なきにしもあらず。

だとしたら、ミラナの苦悩の原因は……。

それを思うと、ジークフリートの心はますます沈んでいく。

「そろそろお暇《いとま》いたしますわ」

茶を飲み終えたミラナが席を立つ。

「あ、あぁ……」

　ジークフリートも立ち上がり、ドアの前まで見送った。

「ナチャーロはたしか、王都より寒さが厳しいところだったな」

「よく覚えていらっしゃいました」

「あなたから教わったことは全て覚えている。ほんの雑談だとて、忘れることはない」

「妃殿下は本当に、真面目で優秀でいらっしゃいます。さすがはグレハロクワトラス・シエカフスキー帝国の、未来の皇后として君臨なさるお方ですわね」

　ジークフリートをまっすぐに見つめて、ミラナはそう断言した。

「妃殿下と最後にお茶が楽しめて、本当に楽しゅうございました。この思い出を胸に、わたしはわたしの道を歩んで参ります」

「ミラナ……」

　それはまるで、別れの言葉のようだった。

「ナチャーロでの仕事が終わったら、また一緒に茶を飲もう。あなたの帰りを楽しみに待っている」

　そう声をかけたジークフリートに、ミラナは悲しげな微笑みを返すばかり。

「それでは御前、失礼いたします」

　いつもと変わらぬ美しい所作で深々と礼をして、ミラナは去って行った。その背中が何か重大な決意を秘めているようにも見えて、ジークフリートはその場に立ち尽くしたまま、彼女の後ろ姿を見つめ続けていたのだった。

数時間後、ジークフリートの姿は孤児院創設記念のパーティー会場にあった。

セルゲイに体を密着させながら、訪れる貴族らと挨拶を交わす。セルゲイもまたジークフリートの腰に尾を巻き付けたまま、談笑している。

ピッタリと隙間なく寄り添う二人を見た周囲から「お似合いのご夫婦」「相変わらず仲睦まじい」との声が上がったが、実はそうではない。

今宵のパーティー会場は、某公爵家の屋敷。これまで宮殿内でのパーティーにしか参加していなかったジークフリートにとって、これは初めての体験となる。

そのため馬車の中ではセルゲイから繰り返し「宮殿の外は危険だから」「絶対に俺から離れるな」「決して一人にならないこと」などとしつこいくらいに注意を受けたため、仕方なしに寄り添っている……というわけだ。

もっとも離れたいと思ったところで、いつもと同様にセルゲイの尾がジークフリートの腰に巻き付いているので、離れることはできないのだが。

しかも今日に限っては、蟻の子一匹通れないほどの密着ぶりに、ジークフリートは内心辟易《へきえき》していた。

何か危険があっては困るから……というのがセルゲイの言い分だが、小柄でか弱いエルマーならまだしも、ジークフリートは腐っても元軍人。そんな自分が庇護対象とされているのは、どうにも納得がいかない。身に危険が及んだとしても、火の粉くらいは払える自信があるだけに、彼の憂鬱はさらに加速していく。

——帝国に来たばかりの頃は思うように運動できず、筋肉が衰えたものな。それで余計守ろうという意識が高まっているのだろうか。

自身が悪意に晒されていると知らないジークフリートは、そう結論づけて嘆息した。

「ジーク。踊ろう」

談笑を終えたセルゲイに左手を差し出され、一瞬戸惑ったジークフリートだったが、その手を取ってホール中央へと向かう。

ダンスの女性パートはその後も練習を重ねたため、前回のようなヘマはしないだろう。しかしいざ踊り出すと、脳裏にあの日のセルゲイとミラナの姿が浮かんで仕方ない。

自分はミラナのように可憐に踊れない。

セルゲイのパートナーとして、相応しくないのではないか。

そんな不安が湧き上がる。にこやかな笑みを浮かべなくてはいけないのに、いつものような笑顔が作れない。

チラリとセルゲイを見遣ると、彼の顔からも笑顔が消えている。

しかも先ほどまでの密着が嘘のように、ほんの少し体を離して、ジークフリートから距離を置いて踊るのだ。

些細なこととはいえ、これでは踊りにくかろうとジークフリートが体を寄せるも、セルゲイは腰を少し引いて距離を取る。

その目はジークフリートを全く映していなかった。

眉間に薄く皺が寄り、真一文字に結ばれた口は開く様子がない。心なしか苦しげな表情を浮かべているのを見て、胸の奥がズキリと痛む。

――自分からダンスを誘ったくせに。

セルゲイの表情に、ジークフリートは軽い絶望を覚えた。

ようやく曲が終わり、苦痛ばかりのダンスは終わった。繋いでいた手がゆっくりと離れていく。

「……一人になりたい。少し休んでくる」

指先の温もりが消える寸前、セルゲイが呻くように呟いた。

「はっ？」

予期せぬ言葉に呆気に取られるジークフリートを残し、セルゲイは足早にホールを後にした。

その場にはジークフリート一人がぽつんと残されて。

「……はぁっ？」

全くもって意味がわからない。

一体何があったというのか。しかも去り際にセルゲイが「もう本当に無理だ」と漏らしていたのも、ジークフリートの耳にはしっかり届いていた。

――それほどまでに、私と踊るのは嫌だったというのか。

セルゲイの本心を知らないジークフリートは、次第に腹が立ってきた。

たしかに自分はミラナと比べて、ダンスの腕は劣るだろう。蝶のように軽やかに踊れるわけでもなければ、今日に限っては笑顔を浮かべることもできなかった。

しかし、だからといってパートナーを放り出して、足早に去って行くなど、マナー違反ではないのか？

考えれば考えるほど、怒りがフツフツと燃え上がる。

一人になったジークフリートもまた、足早にダンスホールを後にした。

セルゲイの後を追ったというわけではない。ともすれば吹き上がりそうになる怒りを鎮めるために、どこか落ち着いた場所に行きたかったのだ。

セルゲイからはしつこいくらいに『一人になるな』と言われていたが、当の本人がどこかへ行ってしまったのだから、文句を言われる筋合いもなかろうと考えながら、怒りにまかせて人気《ひとけ》のない方へとズンズン進んでいく。

そんなジークフリートに、ロンデスバッハから付き従って来た護衛騎士が声をかけた。

「ジークフリート殿下」

「なんだ」

騎士とは普段、会話を交わしたことはない。互いの間には相変わらず、目には見えない分厚い壁が存在していたからだ。

だから騎士が話しかけてきた時点で、おかしいと気付かなければならなかった。しかしジークフリートは、セルゲイの態度に腹を立てるあまり、いつもは一定の距離を保っていた騎士が近寄ってきたことにも、あまつさえ話しかけてきたことにさえ、なんの疑問も抱かなかったのである。

「どちらへ向かわれるおつもりですか？」

「別にどこだっていいだろう。静かな場所で休みたいだけだ」

「でしたらいい場所がございます」

騎士の案内で、邸内を出て庭へと向かう。

彼がなぜ、初めて訪れる屋敷のことに詳しいのかということにすら考えが及ばないジークフリートは、言われるがままに騎士のあとを付いて歩く。

この軽率な行動が、全てを失う原因になろうとは、思いもせずに――。

＊＊＊＊＊＊＊＊

ホールを出たセルゲイは、屋敷の奥に向かって駆けていた。

人通りはどんどん少なくなっていき、気付けばそこは、人っ子一人見当たらない閑散とした場所。

そこでセルゲイは、ようやく安堵の息を吐いた。

楽しみにしていたジークフリートとのダンス中、セルゲイは漂うハーバルノートに翻弄され続けていた。ずっと我慢していたせいだろうか。理性はとうに限界を超え、手を握っているだけで下半身が痛いくらいに張り詰めてしまったのだ。

いつ爆発してもおかしくない状態だというのに、セルゲイの状態に全く気付かないジークフリートは、小悪魔のようにやたら体を密着させてくる。

――俺をそんなに惑わせないでくれっ!!

苦行とも言える時間がようやく終わり、限界に達していたセルゲイは「一人になりたい」と言い残し、その場を去った。

もう耐えることなどできなかった。完全に、限界だったのである。

セルゲイは空き部屋に衝動的に駆け込むと、扉の鍵を閉めてその場で己を慰めた。

スラックスの前を寛《くつろ》げた瞬間、血管がクッキリと浮き出た陽物が、腹にパシンと当たる。あり得ないほどガチガチに硬くなった竿《さお》をギュッと握りしめ、無心になって扱《しご》く。

たった数度擦っただけで、あっという間に快感が全身を駆け巡った。

「あぁ……ジークッ……」

鈴口からタラリと汁が滴って、指先を濡らす。それを自身に塗り込めて、潤滑剤の代わりにした。

滑りのよくなった手のひらが、彼をさらに高みへと導く。

「ジー、クッ……くぅっ‼」

限界を迎えた屹立《きつりつ》が、堪らず欲を吐き出した。白濁が二度三度と勢いよく吹き上がり、大理石の床を汚していく。大量に溢れ出た汁が指の間から滴り落ちた。

しかし一度達したというのに、それはまだ硬度を保ったまま。改めて握り直し、ギュッと目を瞑って再び抽送を開始した。眼裏《まなうら》に蘇るジークフリートの面影を、頭の中で犯していく。

弾む息。白い肌が朱に染まる。

潤んだ瞳でセルゲイを見つめる愛しい番《つがい》は、小さな胸の頂をプックリと膨《ふく》らませながら、淫らに彼を誘う。

口を薄く開け、物欲しそうな目でセルゲイを見つめるジークフリート。

『殿下ぁっ……』

「ジーク……」

妄想の中の痴態に、扱く手の速度が増していく。グチグチ響く卑猥《ひわい》な音に、官能がさらに高まっていった。

腰をくねらせながら、ゆっくりと足を開くジークフリート。その中心にある慎ましやかな窄《すぼ》まりは、ヒクヒクと蠢《うごめ》きながらセルゲイの訪《おとな》いを今か今かと待ち詫びている。

「ジーク……いいか？」

そう問うと、ジークフリートはコクリと頷き『早く……』と言って両手で己の窄まりを広げ――。

「うぅっ‼」

妄想のジークフリートは、凄《すさ》まじい淫力に溢れていた。早々と二回目を放ってしまったというのに、これでもまだ足りないと、一物が激しく主張する。

――そうだな、相棒。ジークの中に入る前に終わってしまうのは、あまりにも勿体ない。

セルゲイはもう一度目を瞑ると、妄想の中のジークを征服することに専念した。

ようやく落ち着きを取り戻したのは、十回目の吐精を終えたあと。久しぶりに頭の中がスッキリして、物事を冷静に考えるだけの余裕が生まれていた。

――今夜、ジークに全て話そう。

魑魅魍魎《ちみもうりょう》が蔓延《はびこ》る社交界のこと、公務のこと、ミラナのこと、発情期と初夜のこと。それからエルマーとは、少し距離を置いてほしいということも告げるのだ。

今まで悩んでいたのが嘘のように、素直にそう思えた。

振り返れば最近までの自分は、いやにウジウジとしていた気がする。考えるほどに馬鹿馬鹿しくなって仕方ない。

欲求を溜めすぎると思考が停滞していけないな、などと暢気に考えながら、ハンカチで床を拭いた。

大量の精液に、ハンカチが一瞬でグッショリと濡れる。

我ながら、よくもこんなに溜め込んでいたものだと、セルゲイは自らの性欲に感心した。

部屋に漂う精の臭いを取り去るために窓を開けて換気を行うと、涼しい夜風に髪が踊った。頭の中がますます冴え渡る。

──ジークに謝罪しよう。

先ほどの態度、あれはさすがにない。酷すぎるにもほどがある、と今さらながらに自覚する。

ジークフリートを絶対に傷つけないと、心に誓ったはずなのに。こんなにも簡単に誓いを破った自分に腹が立つ。

彼の待つホールに戻るため、セルゲイは部屋を後にした。

ホールに近付くにつれ、大勢の人間が走る音と叫ぶ声が耳に届いた。しかも先ほどまでは感じられなかった、妙な緊張感が屋敷中に漂っているではないか。

──嫌な予感がする。

早足でホールへ向かう途中、血相を抱えたヴァルラムに出くわした。

「ヴァルラム、何かあったのか」

「殿下！　申し訳ございません‼」

ガバリと頭を下げるヴァルラム。この男が突然こんなふうに謝罪するなんて……不安がどんどんと高まっていく。

「何があった。早く言え」

「妃殿下が何者かに連れ去られ、行方がわからないとの報告が……」

「……っ‼」

ヴァルラムの報告に、セルゲイは鈍器で頭を殴られたような衝撃を覚えた。

「なんだそれは。どう言うことだ！」

ジークフリートの護衛を別の者に任せて、走り去ったセルゲイを追ったヴァルラム。やがてセルゲイが一つの部屋に飛び込んだのを確認すると、その前で待機していたのだが、二十分ほど経った頃、ジークフリートの護衛を任せていた部下の一人が、血相を変えてヴァルラムの元へやって来たのだった。

「妃殿下のお姿がどこにも見当たりません！」

「なんだと!?」

その者によると、セルゲイのあとを追うようにホールを飛び出したジークフリートを呼び止めようとした際、ロンデスバッハの騎士が彼の前に立ちはだかった。

『先ほどとある貴族が、ジークフリート殿下に何やら握らせていたのを見ました。何事かを企む輩でなければよいのですが』

そう言って、貴族の特徴を事細かく述べた。

よからぬものを渡されたとあっては、大問題になると感じた護衛は、もう一人のアムール兵にジークフリートを追うよう指示をすると、ホールに入って紙を渡したらしい貴族の探索を行うことにした。

一方庭へと出たジークフリートを追ったアムール兵もまた、ロンデスバッハの騎士に行く手を遮られていた。

『ジークフリート殿下が、皇太子殿下にいただいたハンカチをなくしてしまったので、探してきてほしいとのことです』

『ではお前が探してくるといい』

『お恥ずかしい話ではありますが、アムール族の中に入ると体がすくみ上がってしまい、ハンカチを探すどころではなくなってしまいます。結婚の記念にいただいた、大切なハンカチなのだそうです。どうぞ探しに行ってはくださいませんか』

『だが、そうなったら妃殿下の警護が』

『ジークフリート殿下には、われわれロンデスバッハの騎士が付いておりますのでご安心を。何か不測の事態が起こりましたら、すぐに笛を鳴らしてお知らせしますので』

先ほどの兵士もすぐに戻られるでしょうから……と重ねて言われ、アムール兵はしぶしぶハンカチを探しに屋敷へと戻った。

それが、ロンデスバッハの騎士がついた、嘘だとも気付かずに。

片やホールに戻った護衛は、狐《きつね》につままれたような気持ちで、ジークたちのあとを追っていた。ロンデスバッハの騎士が告げた貴族は、兵士の問いかけを真っ向から否定し、さらにはそんな素振りは全くなかったという第三者の意見もあったため、それ以上深く追求することができなかったのだ。

ロンデスバッハの者が見間違えたのだろう。そう思いながら、ジークフリートが向かった方角を目指したが、なぜか一向に追いつかない。

おかしい。そう思いながら必死に探す護衛は、やがてジークフリートたちと行動を共にしていたはずのアムール兵の姿を見つけた。

『おい、妃殿下と一緒じゃなかったのか?』

『皇太子殿下にいただいたハンカチをなくしたと言われて探しに来たんだが』

『それで見つかったのか?』

『いや。どこにもないし、拾ったと言う者もいないのだ。それよりお前はどうしてここに？　なぜ妃殿下のあとを追わない』

『それが、探したんだが見つからんのだ』

ここに来て二人は、まずいと感じた。手分けをして探してみたが、ジークフリートの姿はどこにも見当たらず、ヴァルラムに報告をした――というのが事の顚末《てんまつ》である。

「ではジークの行方はまだ」

「屋敷を警護していた者も総出で捜索に当たらせておりますが、未だ見つからず……」

「お前たちは何をやっているのだ!!」

「申し訳ございません!!」

いや、そうではない。ヴァルラムや護衛兵を怒っても仕方ない。一番叱るべきは俺自身だ。セルゲイは己の迂闊さを、激しく後悔した。

欲望が抑えきれず、自慰行為に耽っている間に、ジークフリートはどこかへ姿を消した。

――俺が側を離れなければ、こんなことには……！

悔やんでも悔やみきれない。先ほどまでの自分の行動を、心の中で激しく非難する。

「とにかく、こうしてはいられない。ジークの行方を捜そう。誰かに連れ去られた形跡は？」

「今のところ、そのような形跡は発見されておりません。ですが、妃殿下がお一人でどこかへ行かれるとは考えられず……考えられないことゆえに何者かが連れ去ったと考えるのが妥当かと」

「屋敷内は捜したのだな」

「使用人部屋や屋根裏に至るまで、隈《くま》なく探しました」

「その間、この屋敷に出入りした者は」

「入ってきた者は一人もおりません。また出ようとした者も全て足止めをしておきました」

「よくやった。屋敷内にいる全員、ジークが見つかるまでそのまま留め置け。それから屋敷内にいないとなると、ジークは庭園内にいる可能性が高いな」

「これから庭園内を虱潰しに捜索する予定です」

「いい、俺が行く」

ヴァルラムの返答を待たずに、セルゲイは一気に庭の奥へと駆け出した。

進むごとに深くなる闇。しかしセルゲイは、こんな暗がりでもジークフリートを見つけ出せる自信があった。

ほかの者にはわからない、自分だけが感じる番《つがい》の匂い。ハーバルノートを頼りすれば、すぐに見つかると直感したのだ。

しかし奥へと進んでも、ジークフリートの匂いは感じられない。

――ジーク、無事でいてくれ!!

****

大貴族の邸宅だけあって、庭は思った以上に広かった。季節の花々が美しく咲き誇り、見事な噴水や彫刻が見る者の目を楽しませてくれる素晴らしい庭なのだろうが、そんな風景もジークフリートの心を和ませてはくれない。

先へ進むごとに外灯の数が減り、徐々に暗く寂しくなっていく。邸内から聞こえていた賑《にぎ》やかな声や華やかな舞曲も、今は全く聞こえない。

そよぐ風が周囲の草木をサワサワと揺らし、虫の音が小さな合唱を奏でる中、ジークフリートたちの足音が響いているのみ。

ここにきて、ジークフリートはようやく自分の失態に気付いた。

「そろそろ引き返そう」

騎士たちにそう声をかけるも、返事がない。

「おい、お前たち。聞こえているのか？」

しかし騎士たちは、依然ジークフリートの声を無視するばかり。

本能が危険を察知する。

周囲を取り囲む騎士の隙間を縫って、一目散に屋敷に向かい駆け出そうかと思案したとき、近くにあった植え込みがガサガサと音を立てた。

「……っ！」

出てきたのは一人の獣人。服装からして男のようだ。暗くて顔は見えないが、癖のある長い髪にピンと立った虎の耳が見える。

「殿下……？」

問いかけに、クスリと笑う声がした。

――殿下ではない。

目を凝らしてよく見れば、セルゲイよりも小柄な体格をしている。髪も赤毛ではなく金色のようだ。

「何者だ」

厳しく誰何《すいか》するも、男は臆することなくジークフリートの前に進み出た。

「あなたさまをお待ちしておりました」

「生憎、誰かと待ち合わせをした覚えはない。人違いではないか」

「いいえ、あなたさまで間違いございませんよ。皇太子妃殿下」

ねっとりと、舐めるような声。全身に鳥肌が立ち、頭の片隅で警報が鳴り響く。

「私はお前に用がない。ここで失礼させていただこう」

去ろうとするジークフリートの前に、立ちはだかる男。どうあっても逃す気はないようだ。いつの間にか、ロンデスバッハ兵は全員姿を消していた。

「ぜひとも妃殿下のお耳に入れたい情報がございまして、あなたさまをここでお待ち申しておりました。今しばらくお時間を頂戴できればと」

「ならぬ」

「そうお手間は取らせません。あなたさまの今後にとって、非常に重要なお話にございますれば」

そう言って男は強引に話を続けようとする。端《はな》から立ち去る気はないのだろう。ここは不意を突いたうえで、強行突破する以外に方法はないかもしれない……そう考えたジークフリートは、足を半歩引いて男から間合いを取った。

「それほどまでに重要な話なら、皇太子殿下もしくは皇帝陛下に直接尋ねるゆえ、貴殿の言葉は不要だ」

「それよりも前にお耳に入れておく必要があるかと思いまして」

「聞かぬと申しておろう」

「皇太子殿下があなたさまとの離縁を望まれ、それに向けて行動を起こしていらっしゃる、という情報でも？」

「何……？」

男の言葉に、ジークフリートの動きが止まった。

「なぜ皇太子殿下が閨を共にされないのか、不思議に思ったことはございませんか？」

「それは、時を待つと」

ヴァルラムはたしかにそう言っていた。セルゲイはジークフリートの気持ちを第一に考えて、時間をかけて進めるつもりなのだと。

ジークフリートはその言葉を信じていた。

否――それ以外に信じられるものは何一つなかったため、疑念や不信感を押し殺し、ヴァルラムの言葉だけを心の支えにしてきたのだ。

そんなジークフリートに、男はなおも揺さぶりをかける。

「もし仮にそうお考えだったとして、ここまで時間をかける必要がありますでしょうか。妃殿下が閨を共にされたくないと拒んでいらっしゃるのでしたら、話は別ですが」

「私は拒否などしていない！」

「妃殿下が嫁がれて五ヶ月。これほど長い時間、あなたさまにお手を付けなかった理由はただ一つ。皇太子殿下は〝白い結婚〟を貫くおつもりなのですよ」

帝国の国教は、離婚を許していない。

新郎新婦は神の御前で新たな家庭を築いて、子孫繁栄に尽くすことを宣誓する。神への誓いを破ることは絶対に許されない。ゆえに離婚は認められないのだが、しかし唯一の例外がある。

それが、白い結婚だ。

なんらかの理由により、婚姻して一年以上が経過しても子を成す行為が行われない場合に限り、離婚が認められる。

「あなたさまが帝国に嫁がれる以前の騒ぎを、ご存じでいらっしゃいますか？　皇太子殿下はミラナ嬢と恋仲だったのですよ。ご結婚間近だったにもかかわらず、皇帝陛下の命《めい》により引き裂かれてしまいました」

「その噂は耳にしている。しかし殿下はミラナとの仲を否定された」

「形式上だけの関係とはいえ、現在の伴侶に『別の者を愛しく思っている』などと言えるでしょうか」

「それは……」

男の言葉が、ジークフリートの胸にストンと落ちる。そんなこと、たしかに言えるわけがない。自分なら絶対に無理だと、ジークフリートは納得してしまった。

男はジークフリートが術中に嵌《は》まり始めたことを確信して、さらに言葉を続けた。

「皇帝陛下の御下命は絶対です。実の息子といえど、それを覆すことは叶いません。そこで皇太子殿下は一計を案じられたというわけです」

人族の花嫁……つまりジークフリートを迎えても閨を共にせず、一年後にはそれを理由に離縁するつもりなのだ、と男はさも見てきたような口ぶりで語る。

「そして今度こそミラナ嬢を伴侶に迎えるおつもりです」

「お前の言うことが真実と仮定して、しかしそれが、殿下が白い結婚を貫こうと考えた理由にはならない」

婚姻式の問題をゴリ押しで通してしまったセルゲイだ。別に白い結婚にこだわらずとも、その気になれば今すぐにでも離婚を強行するだろうと、ジークフリートは確信していた。

しかし男は薄く嗤って、ジークフリートの意見を否定する。

「お二人のご婚姻は、国家間の取り決めによるもの。いかな皇太子殿下でも、それを軽々しく破棄することはおできになりません」

セルゲイにはミラナがいる。しかしジークフリートと結婚しなければならない。

そこで考え出したのが白い結婚なのだと、男は断言した。

「これならば皇帝陛下のご意向に添えるうえに、ミラナ嬢に対して誠実であれる。そうは思いませんか？」

男の言うことは確かに理屈が通っている。こんな男の言うことに耳を傾けてはいけないと思いながらも、ジークフリートの心は男の話にすっかり囚《とら》われ始めていた。

「なぜ、お前がそんな話を知っているのだ。なんの証拠もなしに鵜呑みにすることなどできない」

「これまでの皇太子殿下の行動を考えれば、答えは自《おの》ずと出るのではないかと。妃殿下はおかしいと思われませんでしたか？　例えば慣例どおりに行われなかった婚姻式。殿下が頑《かたく》なに閨を共にされない理由。それから妃殿下のご公務が社交だけなのはなぜか」

「それは……」

ジークフリートの脳裏に、帝国に来てからのことが走馬灯のように蘇る。

実質監禁に近い生活。ほとんど行われない公務。一向に訪れない初夜。

そして『耐えられない』と呟いた、セルゲイの顔。

今まで心の片隅に押し込めていた小さな疑念の数々が、男の言葉に反応するようにどんどん大きく膨らんで、抑えきれない。

——駄目だ、この男の話を聞くんじゃない！

頭の奥で、もう一人の自分が叫ぶ。しかし逃げなければと思うのに体が不自然に強張って、足を踏み出すことができない。

戸惑うジークフリートに男は黒い笑みを向けながら、畳みかけるように言葉を続けた。

「もう一つ、いいことを教えてさしあげましょう。皇太子殿下に白い結婚の話を持ちかけたのは、ミラナ嬢なのですよ。全ては彼女が後ろで糸を引いていたのです」

「ミラナが⁉」

「彼女は皇太子殿下の妻になるべく育てられた方だ。それが突然はしごを外されて、納得いくわけがないでしょう。そこで一計を案じたというわけです」

「違う！　お前の言っていることは全て間違っている！」

「いいえ、違いません。大事な番《つがい》を横から奪われた彼女は、さぞや屈辱を感じたことでしょう。自分が味わったものと同じ、否、それ以上の屈辱を妃殿下に味わわせたいと、皇太子殿下を影で操っているのです」

男の讒言《ざんげん》が麻薬のように、ジークフリートの思考をどんどんと蝕《むしば》んでいく。必死で抵抗しながらも、いつしかジークフリートは男の語る『真実』に、心を傾けていた。

「では私が軟禁されていたのも、勉強漬けの毎日で公務が行えなかったのも」

「全てはミラナ嬢と、彼女に唆《そそのか》された皇太子殿下の謀《はかりごと》」

「なぜ、そこまで……」

「アムール族は生来プライドが非常に高いということもありますが、それ以前にお二人は魂が結びついた〝半身〟同士にあらせられますから」

「なん、だと……？」

男から飛び出たまさかの単語に、ジークフリートは驚愕した。

〝半身〟。魂そのものが惹かれ合い結びついた唯一無二の伴侶、またの名を魂の番《つがい》。しかしそれは、今では伝説と化したものだったはず。

まさかの言葉に、ジークフリートは激しく混乱した。

「混血が進んだ現在では〝半身〟を見つけられる者は、皆無というではないか。お前の言葉を信じることは到底できない」

「皇太子殿下はいわゆる先祖返りをされていらっしゃるお方。ほかの誰よりも獣人としての本能が強く表れておられるため、ご自身の〝半身〟を見分ける力が備わっていたのでしょう」

「それが本当ならば、二人はなぜ結婚しなかったのだ」

「たとえ〝半身〟であっても、皇族の血を絶やさぬという使命のために、結婚することを許されなかったのです」

国を統べる者の一族として、血を残すことは最重要事項。そのために彼は〝半身〟であるミラナとの結婚を、涙を飲んで諦めたと語る男。

矛盾が一切感じられない言葉の数々に、目の前が真っ暗に染まり、手が冷や汗で濡れた。

「ミラナ嬢が妃殿下の教育係に立候補していたときのことを覚えていらっしゃいますか？」

披露パーティーの席でミラナは自ら名乗り出たのだ。

『わたしでしたら、警護以外にも妃殿下にこの国のことや皇族特有のしきたりなど、お教えすることができます。警護兼、教育担当。いかがでしょうか』と。

それに対してセルゲイは、構わないと答えた。あのときジークフリートは思ったものだ。簡単に物事を決めてよいのか、と。

あのときの違和感が今、大きなうねりとなってジークフリートの心を激しく揺さぶった。

「おかしいとは思いませんでしたか？　妃殿下の教育係という重要な役割を、パーティーの席で簡単に決めてしまうなど、本来ならあり得ません。まるで、最初から示し合わせていたようではありませんか」

「しかしあの話は、私たちの結婚に異を唱えた男がいたからこそ出たもので」

「あの茶番も全て仕込まれたものなのですよ。あの二人はきっと、妃殿下が帝国に来る前から、自分たちの思うとおりの筋書きを、用意していたに違いありません」

男が紡ぐ数々の虚言が、ジークフリートの心をジワジワと苛んでいく。

「ミラナ嬢を教育係にしたのは、彼女に妃教育を行うだけの実力があると、周囲に喧伝したかったため。その甲斐あって口さがない連中などは、早くも彼女を次の皇太子妃と囃《はや》し立てる始末」

そういえばエルマーもそんなことを言っていた。宮廷内に、ミラナを皇太子妃に推す一派がいると。

「そうそう。ミラナ嬢は今度、皇太子殿下の直轄地であるナチャーロへ視察へ行かれることは、ご存じでいらっしゃいますか？」

「……それがどうした」

「我が国では、皇太子妃の座に就いた者は必ず、皇太子の直轄地を視察することになっておりまして。それが本来の皇太子妃であるあなたさまを差し置いて、ミラナ嬢が彼の地に赴《か》くとの由《よし》」

「だからそれがなんだと言うんだ！」

「ナチャーロには皇太子殿下の離宮がございます。ミラナ嬢はそこで皇太子殿下と落ち合って、妃殿下の代わりにお子を儲けるつもりなのでしょう」

「嘘だっ!!」

「いいえ、これは全て真実です。私に情報を齎《もたら》したのは誰だと思いますか？　ミラナ嬢の、実のご両親ですよ」

「……っ！」

「彼女は今後の動向を、両親に打ち明けていたのです。彼らはその情報を私に伝え、あなたさまを奪えと後押ししてくれた。つまり今ここに私がいるのは全て、ミラナ嬢のお膳立てということです」

この件に関しては、皇太子殿下も全てご承知でいらっしゃいますよ……と仄暗い嗤いを浮かべる男に、ジークフリートの心はついに屈してしまった。

「殿下と、ミラナが……」

ナチャーロでミラナは『仕事』をすると言っていた。

ミラナにしか任せられない、大事な仕事を。

『わたしも、妃殿下のようになりとうございました』

そう言って寂しげに微笑んだミラナの顔が、脳裏にまざまざと浮かび上がる。

記憶の断片と男の讒言《ざんげん》が性急に繋がって、歪《いびつ》な形を作り上げる。

足下がガラガラと音を立てて崩れていくのを、ジークフリートはたしかに感じた。

——それでは私が今日までやってきたことは、一体なんだというのだ。

祖国のため、国民のために同性に嫁ぎ、慣れない国で行動を制限されながら窮屈に生きてきた五ヶ月間。

どうにもならない運命なれど、せめてセルゲイや帝国の役に立ちたいと、自分なりに努力し続けてきた。それなのに……。

拳を握りしめて唇を噛むジークフリートの肩を、男は優しく抱き寄せた。ジークフリートはそれを拒むことはしなかった。その様子に、男はジークフリートが堕ちたことを確信した。

「お気持ち、お察しします。皇太子殿下とミラナ嬢の策略に嵌まったあなたさまが、今日《こんにち》まで受けてきた苦痛はいかばかりだったことか。僭越《せんえつ》ながら私めが、それをお慰めいたしましょう」

男の息が、ジークフリートの頬を擽る。

あと一息……もう少しで人族の王子が手に入る……男は期待に胸躍らせたのだが。

「断る」

小さな、しかし確固たる意思を持った強い言葉が、男の動きを止めた。

「殿下とミラナの件については理解した。しかし、だからといってお前が私に触れていい理由にはならない」

肩を抱く手をピシャリと打つと、ジークフリートは男を押しのけた。

「白い結婚だろうが、政略的なものであろうが、私はこの国の皇太子妃だ。お前ごときが軽々しく触れていい存在ではない！」

全身から威厳を張らせながら、男を激しく叱責する。王者の風格さえ漂わせるジークフリートの姿に、男はグッと唇を噛んだ。

「このまま黙って立ち去れば、此度のことは不問にいたそう。わかったらさっさと去《い》ね！」

「……大人しいだけの人形かと思いきや、とんだじゃじゃ馬だ。せっかく優しくしてやろうと思っていたのに、自らの手でそれを潰すとは。自分の失態を悔やむがいい！」

咆哮を上げながら、男はジークフリートに襲いかかった。

「くっ！」

すんでのところで身を翻し、男の魔手から逃れたジークフリートだったが、人族と獣人の潜在能力はあまりに違いすぎた。

躱《かわ》した、と思った次の瞬間、男の尾がジークフリートの腹を強《したた》かに打ったのだ。

「ぐはぁっ！」

まるでムチで打たれたような衝撃に、堪らずその場に倒れ込む。強烈な吐き気がこみ上げて、逃げるのが一瞬遅れてしまった。地面に蹲ったまま動けないジークフリートを軽々と抱え上げ、男は庭園の奥へと進んで行く。

「離、せ……」

「逃げるのがわかっていながら、獲物を自由にする馬鹿はおりませんよ」

男はどうあっても、ジークフリートを解放する気はないらしい。

やがて二人の前に、小さな小屋が現れた。

扉を開けると中には簡素なテーブルと椅子、壁には大きな棚が設えてあり、その中にハサミやスコップなどの用具が詰め込まれていた。そして一番奥には、なぜかベッドまで置かれている。

男は棚に置かれた縄を取り出してジークフリートの手足を拘束すると、そのままベッドに横たえた。逃れようとして全身を激しく動かして暴れても、男の手は緩まるどころかさらなる力でジークフリートを押さえつける。

「ここは庭師たちの休憩所です。今からここで、あなたと番《つがい》の契りを交わします」

「番の契りだと!? 私は殿下の番だぞ。これは神もお認めになったこと。それを覆すことはできないはずだ！」

「けれどあなたは、本当の意味で皇太子殿下の番ではない。ならば私が奪ったところで、なんの問題もないでしょう」

そう言って男は酷薄な笑みを浮かべた。

——この男は、本気で私を抱くつもりか。

男の澱んだ目に、ジークフリートは嫌悪を通り越して恐怖を感じた。

「私を陵《りょう》辱《じょく》したことが皆に知られれば、ただでは済まないぞ」

事が発覚すれば身の破滅が待っている。死罪になることは免れないだろう。

「誰にも知られなければよいだけのことです。契りを交わしたあとはすぐにこの場を立ち去って、領地にある屋敷に向かいます。その地下室にあなたを閉じ込めてしまえば、このことが発覚する恐れはありません」

言いながら男はジークフリートに覆い被さった。よほど興奮しているのだろうか。生臭く荒い息が顔にかかって、ジークフリートは眉を顰《しか》めた。

「妃殿下はそこで私の子を産むのです。人族の血が混じった子どもは、さぞやかわいらしいことでしょう。孕むまで何度も犯してさしあげますね。この薄い腹が精液で膨れ上がるほど、たっぷりと……ね」

半裸になった男は、ジークフリートのシャツに手をかけた。ボタンを一つ一つ丁寧に外していく。少しずつ顕わになっていく肌。薄桃色をした胸の飾りを目にした男が、陶酔の息を漏らした。

「あぁ、なんと素晴らしい！　私のものだ……もう誰にも、皇太子殿下にだって、絶対に渡しはしない！」

高笑いが小屋の中に響く。その顔は紅潮し、吐く息がさらに荒さを増している。鎖骨や胸元、腹に当たる不快な感触。チュッチュと耳障りな音が絶え間なく聞こえ、吸い付かれた瞬間、ピリリとした痛みが走った。キスマークを付けられたのだ。

気色の悪さに、全身が総毛立った。嫌悪感が、半端ない。

男は相当興奮しているようだ。スラックスの前が、はち切れんばかりに膨んでいる。

「やめろ！」

「妃殿下は愛撫なしで挿入されるのがお好みですか？　しかしせっかく巡ってきたチャンスなのです。あなたの肌を、思う存分堪能させてください」

男の唇が、ジークフリートの肌に再び吸い付いて、チュウッと音を立てた。

「あぁ、なんと美しい。見てください、あなたの肌に私の印が刻まれていますよ」

白い肌に散っていく、いくつもの赤い痕。

鳥肌が治まらない。吐き気までしてきた。唇を噛んで、必死の抵抗を繰り返す。

「ベスウームナがあれば、あなたももっと楽しめるのでしょうが」

「……？　なんだ、それは」

「男性同士でも子ができる、魔法の薬ですよ」

「例の怪しい薬かっ!!」

まさかこの男、今それを私に飲ませる気では……ジークフリートの血の気が引いた。

「残念ながらこの場にはありませんがね。でも屋敷に戻ればすぐにでも使えますから、ご期待ください」

「期待なぞ、できるかあっ!!」

「まぁ、ベスウームナ《あんなもの》がなくとも、あなたさまを法悦の境地に導いてさしあげますがね。全てを私にお委ねください」

大きな手は下半身に伸びて、ジークフリートの雄を撫で上げた。

「ここはまだ、かわいらしいままですね。縮こまっている」

「男相手に勃《た》つものか！」

そう。男に迫られたところで、勃起するわけがないのだ。

セルゲイ以外には……。

「大丈夫、じきに悦《よ》くなります。何度も犯して、白濁が枯れるほどの快感を与え、私なしでは生きていけない体にしましょうね。そうそう、あなたの従者も引き取りますよ。あの子どももまた、子をたくさん孕んでくれるかもしれませんからね。今から楽しみだ」

「何……？」

その言葉に、ギクリとした。

「エルマーを孕ませる、だと？」

「ええ。身分が低いとはいえ、あの子どもも純血の人族です。しかも随分とかわいらしい顔をしている。組み敷いて壊れるほどに蹂躙《じゅうりん》し、孕ませたいと考える輩は案外多いのですよ」

「私のエルマーに、そんなことをさせるかあっ!!」

弟のようにかわいがってきたエルマーを毒牙にかけようなど、不届き千万。自分のためにわざわざ帝国まで付き従って来たエルマーを、不幸な目に遭わせるわけにはいかない！

ジークフリートは咆哮し、男の腕から逃れようとこれまで以上の力で体をよじった。

「離せぇっ!!」

今こうして離れている間にも、エルマーの身に危機が訪れているかもしれない。早く戻って守ってやらねば!!

ジークフリートの頭は、エルマーのことでいっぱいだった。

しかし必死になって藻掻《もが》くも、やはり男の拘束は解けない。

「エルマー!!　くそっ、今すぐ私の上から退《ど》けっ！」

ジークフリートの突然の豹変《ひょうへん》ぶりに驚いた男だったが、すぐにまたニヤリと笑って
「無駄な足掻《あが》きを。こんなに美味しそうなご馳走《ちそう》を前に、諦める男などおりますまい。どうか大人しくなさってくださいさい。でなければ、また痛い思いをさせてしまうかもしれませんよ？」

ジークフリートを睨《ね》め付ける目が、みるみる変化していく。瞳孔が大きく広がって、口元には残虐そうな笑みが浮かんでいる。

「この場で私以外の男の名を呼ぶなど、それでなくとも腹立たしいことなのに。優しくできなくても、それは自業自得と諦めてください」

いっそ、あなたの心に消えない傷を刻み込むのもいいですね――男はそう言って、ジークフリートの一物を握る手に力を込めた。

「ぐぅっ！」

あまりの痛みに、悲鳴が漏れる。

握り潰されるかもしれない――そんな恐怖に囚われたとき、突如轟音が鳴り響いた。

＊＊＊＊＊＊＊＊

闇雲に駆けること数分、不意に嗅ぎ慣れた芳香がセルゲイの鼻孔に届いた。

清々《すがすが》しいハーバルノート。

「ジーク！」

少しの間、そこに留まっていたのだろうか。残り香が、少しだけ濃い。

それからジークフリートの香りに纏わり付くような、不快極まりない臭いも感じられて、セルゲイは顔を顰《しか》めた。ドブネズミのような、嫌な臭いだ。

――こいつがジークを拉致したのか？

ジークフリートの匂いを頼りに、先へと進む。

どんどん強くなるハーブの香り。それと同時にドブネズミの臭いも酷くなっていく。二人が一緒にいることは確実だろう。

怒りが次第に湧いてくる。

——ドブネズミごときが、俺からジークを奪おうとは……。

すぐに助け出さねばという使命感と嫉妬が、セルゲイの思考を黒く染めていく。

匂いを辿って進んでいくと、やがて古い小屋が見えた。ジークフリートの香りはそこから漂っている。

急いで駆けつけると、ドタバタと暴れる音に続き、ジークフリートの悲痛な叫びが微かに耳に届いた。

「……のエルマー……、……!!」

ジークがエルマーの名を呼んでいる。

自分の名ではなく、エルマーの名を呼んでいる。

番《つがい》の叫び声に、セルゲイの心はズタズタに引き裂かれそうになった。

——なぜ俺に助けを求めない！　お願いだ、俺を求めてくれ!!

ジークフリートがエルマーの名を呼んでいるという現実に、体が全く言うことを聞いてくれない。

嫉妬と落胆に苛まれたセルゲイは、拳を握りしめたまま扉の前で呆然と立ち尽くした。

しかし小屋の中から聞こえた言葉に、一気に血が沸騰した。

「いっそ、あなたの心に消えない傷を刻み込むのもいいですね」

ジークフリートを陵辱せんと、興奮する声。

――俺のジークに触るなあっ!!

怒りのままに拳を突き出すと、目の前の扉が音を立てて吹き飛んだ。

開けた視界に飛び込んできたのは、男に組み敷かれた状態で首を絞められ、苦痛に歪んだ顔をする番の姿。

苦しげな表情を浮かべるジークフリートを見た瞬間、セルゲイの怒りが頂点に達した。

理性が焼き切れ、思考が麻痺《まひ》する。

「おおおおおっ!!」

セルゲイはジークフリートを苦しめている男に向かって突進した。


****

いきなりの轟音に、ジークフリートの全身がビクリと震える。それは男も同じようで、ジークフリートの一物を潰しかけていた手の力が、一気に弱まった。

音のした方を見ると、そこには無残に破壊されたドアと、ゆらりと立ち尽くす獣人の姿。

肩を怒らせながらフーフーと荒い息を吐き、憤怒の表情を浮かべる人物。それは。

「殿下……」

逆立った髪と尻尾の毛が、闇の中でゆらりと揺らめいた。まるで今にも襲いかかりそうな形相で、二人を睨みつけている。

「おおおおっ!!」

咆哮に臆した男は「ヒィッ!」と叫んで飛び退《しさ》り、一目散に逃げ出そうとしたが、それより速い速度で動いたセルゲイに、呆気なく捕まった。

「ヒッ……!」

ガタガタと震える男の腹に、セルゲイは無言のまま拳を叩きつけた。

「ガアッ!!」

短い悲鳴を上げながら、男が宙を舞う。ドサリと大きな落下音。男はそのままピクリとも動かなくなった。

しかしセルゲイはなおも唸り声を上げながら男の髪を掴み上げ、さらに拳を振るおうとしている。

「お止めください! このままでは死んでしまいます!!」

いつの間に来たのだろうか。ヴァルラムがセルゲイを羽交い締めにして、必死になって止めている。

「このような者、死んでも構わん!」

「なりません! この男の取り調べを行う必要があります!」

「そのようなこと、せずともよい!」

「ですが拉致の手口を聞き出さねば、再び妃殿下が被害に遭う可能性もございます!」

「……っ!」

ヴァルラムの言葉に、セルゲイの手から力が抜ける。男は再び音を立てて床に落下したが、やはり目を覚ますことはなかった。

「お気持ちはわかります。しかし、我々の警護をどのように掻い潜《くぐ》り、妃殿下を拉致したのかを取り調べるのが先決です。ですから今は、耐えてください」

「……わかった」

到底納得できぬといった様子のセルゲイではあったが、しかしヴァルラムの言葉に一理あると悟ったのだろう。なおも男を睨むものの、それ以上手出しをすることはなかった。

武装した兵士たちが次々と小屋に入ってきて、意識のない男を縛り上げていく。

その様子を呆然と眺めているジークフリートの上に、何かが降ってきた。

途端に香る、アニスの芳香。頬に当たる感触から、セルゲイのジャケットであることがわかった。

「遅くなってすまない」

セルゲイはジャケットごと、ジークフリートを胸の中に閉じ込めた。怒りのためか、微かに腕が震えている。

姦しいくらいにドカドカ鳴っていた足音が、次第に遠くなっていく。

セルゲイの腕に抱きしめられたまま、どれだけの時間が経ったのだろうか。静寂の中、ようやく腕の力が緩み、ジャケットが取り払われ、縄の拘束が解かれた。

ジークフリートの目に映るのは、泣きそうな目で自分を見つめるセルゲイの顔。

——私を哀れんでいるのだろうか。

そんな顔をされる謂《いわ》れなどない……男の讒言を信じたジークフリートは、ついそんなことを思ってしまう。

「突然このようなことになって、さぞ怖かったろう?」

「……いえ、大丈夫です」

「だが」

セルゲイの言葉が、ピタリと止んだ。

その目はジークフリートの胸元に注がれている。

「なんだ、これは……」

地を這うような、低い低い声。

セルゲイはジャケットを完全に取り去ると、ジークフリートの体中を調べ始めた。ジークフリートもまた己の体をよく見ると、思っていた以上の鬱血痕が付いている。男の執着度合いがわかるようで、今さらながらにゾッとした。

——何か言わなくては。

そう思い口を開きかけて……結局止めた。

殿下には関係のないことだ。私がどんな目に遭っても……たとえ誰と性交しようとも、殿下はなんとも思わないだろう。

そう考えただけで、胸がジクリと痛む。

「宮殿に戻らせていただきます」

一刻も早くエルマーの無事を確かめたかった。そして熱い湯を浴びて、この身を清めたい。

これ以上セルゲイの近くにいるのは辛かった。ユラリと立ち上がり、壊れたドアに向かって歩きかけるも、突然腕をグイッと引かれて踏鞴《たたら》を踏んだ。

「何をなさる！」

突然のことにバランスを崩したジークフリートは、それを受け止めたセルゲイの腕に再び囲われた。

まるで獲物を食い殺す、肉食獣のごとき獰猛さを湛えたセルゲイの瞳。

——殺されるかもしれない。

迸《ほとばし》る殺気に、ジークフリートは思わず息を飲んだ。気丈に振る舞いたいと思っても、本能が恐怖を感じて虚勢を張ることすらできない。

「これ以上は、何もされなかったか？」

地獄の底から響き渡るような、恐ろしい声。

「はい。これ以上は、何も」

震え声でそう答えると、セルゲイは再びジャケットでジークフリートを包み込んで、一気に抱き上げた。

「……っ！」

突然俵抱きにされて、息が詰まる。

「お離しください！」

しかしセルゲイは無言のまま、ズンズンと歩みを進めて行く。

「セルゲイさま！」

遠くからヴァルラムの声が聞こえた。

「さっきの男はどうした」

「護送用の馬車に乗せました。これから兵舎へと連行します」

「わかった。我らも戻るぞ」

その声に次いで、何かに乗り上げるような浮遊感を覚えた。バタンと閉まる扉の音。どうやら二人も馬車に乗り込んだらしい。

その中でジークフリートは、なおもジャケットに包まれ、セルゲイに抱きしめられたままでいた。何を問いかけても、反応は一切ない。そればかりか殺気も全く弱まらない。

——これは相当お怒りのようだ。

自分はそれだけのことをしてしまったのだから仕方ないと、ジークフリートは観念した。

このまま宮殿へと戻り、裁判にかけられることだろう。

何事もなかったとはいえ、ジークフリートが男に抱かれそうになったのはたしかなのだ。よくて即刻廃妃のうえ追放。悪ければその場で死罪。しかしそれも、よかろうと、諦観の念が湧いてくる。

できれば死罪にしてほしい。セルゲイがミラナと幸せになるところなど、絶対に見たくない。

何も知らないまま、儚く散っていきたい。

そう願うも、連れて行かれた先はまさかの浴室だった。

ジャケットが取り払われて、ついで開《はだ》けたシャツを乱暴に脱がされる。セルゲイは手桶《おけ》に湯を汲むと、それをジークフリートの頭に浴びせかけた。

「うわっ！」

温かい湯が鼻に入り、思わず噎せてしまう。ゲホゲホと咳をするジークフリートに構わず、セルゲイは何度も湯をかけ続ける。

「な、何をなさる！」

たしかに体を清めたいとは思ったが、こうも立て続けに湯を浴びせられては、まともに息ができない。

セルゲイの湯攻撃は、ジークフリートの全身がビショ濡れになるまで続けられた。髪は濡れそぼり、落ちた雫《しずく》が胸から腹にかけて滝のように流れていく。穿《は》いたままのスラックスも乾いたところが一切なくなり、靴の中までビショビショだ。

「……臭いは消えたな」

ジークフリートの首元に顔を寄せたセルゲイが、スンと鼻を鳴らして呟いた。

「臭い？」

「あの男の臭いがベッタリと纏わり付いていただろう」

そう言われても、獣人よりも嗅覚の弱い人族に、臭いなどわかるはずがない。

「もう余計な臭いは消えた。しかし」

セルゲイの目が、ジークフリートの首元に留まる。男に吸い付かれた部分を、爪の先でスッと撫でた。

「……っ！」

ゾワゾワとする刺激に、ジークフリートの体がピクンと跳ねる。しかし先ほどとは違い、嫌悪感は全く湧かない。代わりに感じたもの。それは紛《まご》うことなき快感だった。

「目障りだな」

セルゲイはさも不愉快そうに呻くと、噛みつくような勢いで赤い痕の上にくちづけた。

「くうっ……何をっ！」

ジュッと音が立つほどきつく吸い上げられて、背中がゾクリと震えた。

血を啜《すす》っているのではないかと思うほどの力強さ。一度離れたと思ったのもつかの間、今度は肉厚の舌が上書きされた痕を這う。

「あっ!!」

弾ける快感。あの男には感じなかった興奮が、全身を駆け巡る。

セルゲイはピチャピチャと淫猥《いんわい》な音を立てながら、ジークフリートの首や鎖骨を舐め回した。浅く歯を立てられ、ジークフリートの口から熱い吐息が漏れる。

これまでに味わったことがない、甘やかで鋭い刺激。女性と肌を合わせたときですら、これほどまでの快楽は得たことがなかった。

「ひっ……」

鎖骨を堪能したセルゲイは、胸の飾りを弄《もてあそ》び始めた。ピンと立ち上がった小さな突起を、執拗《しつよう》に嬲《なぶ》り続ける。

舌で弾かれ、甘噛みされるたびに、ジークフリートの下腹がムズムズと疼いて、雄がどんどん硬くなっていく。

——舐められたくらいで感じるとは……!

わが身の浅ましさを気取《けど》られぬよう、短く息を吐きながらひたすらに耐える。

しかし。

「勃《た》っているな」

臍《へそ》の辺りを舐め回していたセルゲイに、それを気付かれてしまった。

「感じているのか?」

大きな手が、スラックスの上から雄をスルリと撫でる。

「うぁっ！」

軽くイきそうになったのを懸命に堪えた。しかしこれ以上されてしまえば、あっという間に吐精することだろう。

「手を、お離しくださいっ……！」

ジークフリートは必死になって懇願した。しかしセルゲイの手が動きを止めることはなく、それどころか次第に速度を増していく。

「あっ、やめっ……！」

与えられる刺激に、高まっていく体。全身が硬く強張り、直接的な刺激を求めて腰が微かに揺れる。

「殿、下ぁっ……」

もしかしたら、このまま浴室《ここ》で初めてを迎えてしまうかもしれない……そんな考えが、ふと脳裏を過る。

咄嗟に、セルゲイとミラナの姿が脳裏に浮かぶ。

——いいや、いいだろう。

自分を嵌めた二人に、一泡吹かせるチャンスかもしれない。

このまま目合《まぐわ》ってしまえば、白い結婚は無効となる。セルゲイはジークフリートと簡単に離婚することができず、ミラナと婚姻を果たすこともできなくなるのだ。

仄暗い思いが、胸を満たしていく。

「もっと、触れてください……」

セルゲイの喉が、ゴクリと鳴る。

抽送のスピードが、さらに増した。

「私を、もっと……」

ソッと目を閉じ、覚悟を決めた。

それなのに。

ドゴォン！

耳元で突然大きな音がした。

「なっ!?」

驚いて目を開けると、壁に叩きつけられたセルゲイの拳が見えた。外壁が崩れ、欠片《かけら》がパラリと落ちる。

「……はっ？」

一体これはどうしたことだ？

予想だにしない展開に、ジークフリートの思考が真っ白になる。

セルゲイは俯いたまま「すまない」と謝罪して、ユラリと立ち上がった。

「このままでは風邪を引くな。誰か呼んでこよう」

「えっ？」

そう言って浴室を去ろうとする。フラフラとした足取りではあるものの、迷うことなく扉に向かっていた。

「殿……」

呼びかける声が終わらぬうちに、セルゲイは浴室から姿を消した。

ジークフリートを一顧だにしないまま。

＊＊＊＊＊＊＊

ジークフリートの白い肌に散る、赤黒い鬱血痕。よく見れば体の至る所に、無数の痕が残っている。薄汚い陵辱の痕跡に、セルゲイの機嫌はみるみる降下していった。

一刻も早く、番《つがい》の身に漂うドブネズミ臭を洗い流し、体中に残った痕を消し去ってやりたい一心で宮殿に戻ったセルゲイは、ジークフリートを抱えたまま、浴室に駆け込んだ。

そしてジャケットとシャツを脱がせると、何度も何度も一心不乱に湯をかけ続けた。花の香油が混じる清らかな湯が、ジークフリートの体に染み付いたドブネズミの臭いを少しずつ消していく。

やがて番の体からは、ハーバルノートと花の芳香が混じり合う、香《かぐわ》しい匂いが漂ってきた。

蠱惑《こわく》的なジークフリートの体臭。首筋に顔を寄せ、その香りを堪能する。

時間をかけて何度も胸いっぱいに吸い込むと、ようやく気持ちが落ち着いてきた。だがしかし、体中にはまだ鬱血痕が多数残っている。

――目障りな。

上書きすべく、唇を押し当てた。

その行為に驚いて逃げようとするジークフリートを押さえつけ、セルゲイは強引に唇を這わせた。

初めて味わう番《つがい》の肌は、その香りと同様に甘い味がした。舐めれば舐めるほど、上等な蜜のように濃厚な甘さに変化して、セルゲイを酔わせていく。

甘露とも呼べるほど絶品の肌を、舐めしゃぶり、歯を立てながら、飢えた獣のように味わい尽くした。

首から鎖骨、胸と、唇をどんどん下に移動させながら、やがて臍の辺りに到達したとき、不意にある変化に気付いた。

水に濡れてピッタリと張り付いたスラックスの前が、明らかに隆起している。

「感じて、いるのか？」

思わず鼓動が速くなる。今の愛撫で、感じてくれたということだろうか。期待を込めて、そう問うたが、ジークフリートはフルフルと首を横に振るばかり。

——素直じゃないな。

張り詰めた怒張を、一撫でする。

「うぁっ！」と声を上げながら、ジークフリートは腰を仰《の》け反《ぞ》らせた。その高ぶりが、ひときわ大きく膨らんだ。

チラリとジークフリートを見遣ると、これでもかというほど頬を赤らめ、困惑した顔でセルゲイを見つめていた。その目は明らかに、欲望に濡れている。

——ジークが俺を欲しがっている……。

セルゲイは無言のまま、ジークフリートの一物を擦った。

「ひっ！　あぁっ‼」

身をよじらせながら快感に喘ぐジークフリート。

口では「いやだ」「やめろ」などと言っているが、その腰は徐々にせり上がってセルゲイの眼前に近付いてくる。

ジークフリートにとっては無意識の行為なのだろうが、下半身をピクピクと突き上げる様《さま》は、まるで口淫をねだっているようにしか思えない。

いつもは清廉で性的な振る舞いなど一切しないジークフリートの痴態に、セルゲイはゴクリと唾を飲み込んだ。

「殿、下ぁっ……」

ジークフリートの目が、セルゲイを捉える。欲にまみれた雌が、雄を誘うときの目だ。それはこの五ヶ月間、妄想し続けたジークフリートの姿よりも甘美で、あまりの淫らさにセルゲイは目眩がした。

――このまま、ここで奪ってしまおうか。

発情期だの初夜だの、もう関係ない。ジークフリートがほかの男に奪われるくらいなら、今すぐ俺のものにしてやろうではないか。

そんな凶悪な思いに支配される。

男性を妊娠可能にさせる秘薬ベスウームナは所持しておらず、浴室の硬い床の上だが、そんなことは問題にならない。

「ジーク……」

耳元で囁くと、ジークフリートは「もっと、触れて」と懇願してソッと目を伏せた。

まさかの発言に、セルゲイの剛直がうっかり爆発しかけてしまう。歓喜に胸を躍らせながら、ジークフリートのスラックスを脱がせにかかる。

だがそのとき、なぜか脳裏に先ほどの光景が蘇った。

男に無理やり組み敷かれて、苦しげな表情でセルゲイを見るジークフリート。その顔は絶望に彩られていた。

よく見れば目の前にいる彼もまた、あの時と同じように眉をギュッと寄せ、今にも泣き出しそうな表情をしているではないか。

喜んで番《つがい》を迎え入れている顔ではない。

——俺もあの男と同じく、ジークに無体を働いているのではないか。

違う！　俺はあの男と一緒ではない！　ジークは俺の番だ。これは伴侶として、正当な行為なのだ！

セルゲイは必死に自己弁護をした。

しかしジークフリートの本心はわからない。本当はしつこい愛撫に観念して、仕方なく受け入れようという気になっただけで、未だに男同士での性交に嫌悪感を抱いたままなのでは……。

ジークフリートの様子を見るに、その想像は当たっているように思われた。

後悔が荒波のように押し寄せる。

番を傷つけてしまった自分自身が許せなくて、目の前の壁に拳を思い切り叩きつけて、理性を取り戻す。

大きな音を立てて崩れた壁に、ジークフリートが全身を震わせた。

何が起こったか、わからなかったのだろう。突然の暴力的な行為に怯えた目で、セルゲイを見つめている。

「すまない……」

怖がらせて本当にすまなかった。もう二度と、こんなことはしないと誓う。

だからせめて、俺のことを嫌わないでくれ……。

そう伝えて安心させてやりたい。しかしその言葉はなぜか喉の奥に引っかかって、発することはできなかった。

「このままでは風邪を引くな。誰か呼んでこよう」

それだけ伝えると、セルゲイは逃げるように浴室を後にしたのだった。


****

——なんなんだ……？

一体何が起きたのか、ジークフリートには全くわからなかった。

付け焼き刃の誘惑に呆れ果てたセルゲイが、怒りのあまり壁を殴りつけたのだろうか。それ以外に、思い当たる理由はない。

——私ごときが誘ったところで、その気にはならないということか……。

激しいショックを受けるジークフリートの元に、タオルと着替えを手にした数名の侍女と、ヴァルラムが現れた。

「大丈夫ですか？」

「……大事ない。ところで殿下はどちらに？」

「お部屋にお戻りでございます」

「今から訪ねては、いけないだろうか」

「何ゆえに」

「殿下は立腹されたご様子」

余計なことをしてセルゲイの機嫌を損ねてしまった……と思い込んでいるジークフリートは、一刻も早く謝罪をしたいと考えた。

そのうえであの男が話していた内容についても、きちんと説明を受けたいと思ったのだが、しばしの沈黙の後ヴァルラムは「いけません」とだけ答えた。

「なぜだ。全ての非は私にある。せめて謝罪だけでもさせてくれ」

「妃殿下に対してお怒りなわけではございません。どうか、お気に病まれませぬよう」

「しかし突然壁を破壊したのだぞ？　あれのどこが怒っていないというのだ」

「今は、いけません」

「だからどうして！」

「それは……自分の口からは……」

どうあっても考えを変える気はなさそうに見える。

今宵セルゲイと話し合うのは不可能なようだ。

ジークフリートは大げさなため息を一つついてから「では後日ならばどうだ」と妥協案を出してみた。

今が駄目でも、セルゲイの真意は必ず確かめたい。この考えは絶対に曲げられない。その一心でヴァルラムに食い下がった。

「……わかりました。後日ならば、セルゲイさまも落ち着かれているでしょう」

ヴァルラムはそう約束をして退室したのだが。

その後日はなかなか訪れず、ジークフリートはセルゲイと会うことのないまま、鬱々とした日々を過ごす羽目になる。

翌日からセルゲイ主導の下、男の取り調べが行われたからだ。

そのため彼は、ジークフリートの部屋を訪れる暇もないほどの忙しさに見舞われた、とはヴァルラムの談。

ジークフリート自身もまた、事件の翌日から体調を崩して寝込んでしまい、侍医からは絶対安静を言い渡された。

こうなった以上、ジークフリートも無理を通すわけにはいかない。

体調を整えて、セルゲイの身が空くときまで待つことにしたのだが。

「納得がいきません！」

一向に姿を見せないセルゲイに対し、エルマーの怒りが爆発した。

「そりゃあ皇太子さまは、ジークさまを助けてくださったみたいですけど、その後が悪すぎます！頭から水をかけたうえに、体中にあんなキスマークや噛み痕をいっぱい付けるから、ジークさまがお熱を出されたんじゃないですか。なのに謝罪の一言もないなんて……!!」

「落ち着け、エルマー。キスマークや噛み痕は殿下一人の仕業ではないし、第一かけられたのは水ではなくて湯だ」

「どっちだっていいんですよ！　昔から健康が取り柄のジークさまが、何日も寝込まれたんですよ？　こんなときに顔一つ見せないなんて、伴侶としての自覚が足りなすぎます‼」

「だから落ち着けと言っているだろうが……」

眉を吊り上げ、キーキーとヒステリーを起こすエルマー。こうなってしまっては、ジークフリートも手に負えない。

「殿下は私のために、真相を解明しようと頑張っておられるのだ。それを頭ごなしに否定してはならない」

「でも」

「大体寝込んだことだって、例の一件のせいばかりではない。これまでの心労が少しずつ重なって、それが一気に噴出したのだろう」

「じゃあやっぱり、皇太子さまが悪いんじゃないですか」

「エルマー……」

「もしまたこんなことがあって、ジークさまが寝込まれたりしたら、そのときこそ僕は皇太子さまを許しませんから」

エルマーはジークフリートの前に跪き、その手を取った。

「次また同じようなことがあったら、一緒に帝国を出奔しましょう！　今までだって、お妃さまとして扱われていないような状態なんですから、逃げちゃっても構わないですよ、きっと」

「おいおい」

「だって僕、ジークさまには辛い目に遭ってほしくないんです」

これまで共に、苦難を乗り越えてきた。そんなエルマーだからこそ、ジークフリートには幸せになってほしいと願う気持ちは、人一倍強いのだ。

エルマーの心からの言葉が、ジークフリートの胸を打つ。

「ありがとう、エルマー。お前の気持ちは充分伝わったぞ」

「じゃあ」

「そうだな。あまりに辛かったら、一緒に逃げ出そう」

石炭の問題があるため、実行することは不可能だ。しかし逃げるという選択肢が増えただけで、不思議と心が軽くなる。

「しかしロンデスバッハには戻れないだろうな」

「だったら大陸中をあちこち旅して回りませんか？」

「それも面白そうだな」

「僕、南の国に行ってみたいです。なんでも甘くて美味しい果物が、山のようにあるそうですよ」

「お前はいくつになっても甘味好きだな。しかも色気より食い気ときた」

「いいじゃないですか。この国に来てから、ストレスが溜まって死にそうなんです。だから美味しいものでも食べて、心を和ませないと」

エルマーと交わす軽口に、ジークフリートの心がさらに安らいでいく。きっとエルマーはそれを承知で、敢えてこのような話題を出したのだろう。

やはりエルマーは、最高の従者だな……ジークフリートは改めて実感したのだった。

ジークフリートの体調が完全に回復した頃、彼の元をヴァルラムが訪れた。あの夜の話を聞きたいのだという。つまりは事情聴取である。

男の取り調べが数時間にも及んだという話を聞いて、自分も長時間拘束されるのだろうと覚悟していたジークフリートだったが、実際は事実確認程度で終了し、あっという間に解放された。

そして数日後、男がジークフリートの拉致監禁を目論んでいたことが明白となったと、改めて発表されたのだった。

自白どおり、男の屋敷では隠し部屋が見つかり、そこには巨大なベッドと拘束具、そして媚薬や精力剤など数種類の薬も見つかった。それをジークフリートに飲ませて、快楽漬けにするつもりだったらしい。

さらには男のほかにも、ジークフリート奪取を目論む輩が大勢いたことまで発覚し、一斉検挙を決意したセルゲイがさらに多忙を極めることになると、ジークフリートに伝えられた。

その間、セルゲイがジークフリートの元を訪れることはなかった。ならばこちらから赴こうと考えたジークフリートだったが、多忙を理由に断られてしまう。

あまりの避けっぷりに、ジークフリートの心に再び不安が募っていく。

そんなとき、ジークフリートの元に思わぬ人物から書簡が届いた。宛名に書かれていたのは皇帝の名前。ぜひとも私室まで来てほしいと打診され、ジークフリートはすぐさま皇帝の元を訪れた。

——白い結婚のことで、何か話でもあるのだろうか……。

不安と心配が綯《な》い交ぜとなり、プレッシャーが彼を襲う。しかし皇帝の口から出たのは、まさかの謝罪だった。

「此度《こたび》の原因は全てセルゲイにある。そなたには本当に申し訳ないことをした」

話はどうやら、白い結婚を追求するものではなかったらしい。予想していた話題ではなかったことに、ひとまず安堵する。

「私の軽率な行動が招いたことでもあります。何も殿下お一人のせいでは」

「いや、それは違う。そもそもセルゲイが、そなたを溺愛していることを皆に触れ回っていれば、このようなことにはならなかったのだ」

「ほかの者にはジークフリートの名すら聞かせたくない様子でしたものね。公務に出すことすら渋々承知したくらいですし」

「愛する伴侶を囲い込んで、閉じ込めたくなる気持ちはよくわかる。だが周囲に上手く根回ししていれば、このようなことにはならなかっただろうに」

「危険が取り除かれるまでと言い張る、セルゲイの言葉を容認してしまったわたくしたちにも、責任はありますわ」

揃ってため息をつく皇帝夫妻に、ジークフリートは首を傾げるばかり。

溺愛とは一体なんのことだ、自分はそのようなことをされた覚えは一切ないぞと反論したかったが、それよりも気にかかることがあった。

「今、囲い込みとおっしゃいましたか。では両陛下はこの五ヶ月間、私が軟禁状態にあったことをご存じなのですね？」

「無論、存じておる」

なぜそれを止めなかったのだ!!

喉まで出かかった怒声をグッと堪えて、ジークフリートはゆっくりと口を開いた。

「どうして殿下の言葉を容認されたのです」

「まさかあのセルゲイが、ここまで過保護になるとは思いもしなかったのだ。あれは昔から、誰に対しても執着したことがない。だから五ヶ月間もそなたを閉じ込めるなどとは、我々も予想だにしなくてな」

「アムール族はそもそも単独行動を好む種族。だから他人の言うことを聞かない性質にありましてね」

たしかにセルゲイもそういうきらいがあるなと、ジークフリートはこの五ヶ月間を振り返り、内心独りごちた。

「アムールの男は本当に言葉が足りないのです。特にあの子はこの国の皇太子。幼い頃から周りに傅《かしず》かれ、あの子が何も言わずとも、望みのものが用意される環境で生きてきました」

「ということは、周囲にいる者は全員、殿下の意を汲んで行動するものと」

「思っているでしょうねぇ……」

もう、なんと言ったらいいものかわからず、ジークフリートは開いた口が塞がらない。

人の話を聞かないだけでなく、自分が話さずとも皆がわかってくれると誤解しているとは。伴侶として、いや人としてだいぶ拙いタイプの人間であるのだなと、改めて納得した。

「もちろんわたくしは、全ての人間が自分の思うとおりに行動するわけではないと何度も伝えたのですよ。でも先祖返りをしているセルゲイは、特にその気質が強いせいか、全く聞く耳を持ってくれなくて……」

「殿下は本当に、先祖返りされておられるのですね」

あの夜の男の発言に、間違いはなかったようだ。ならば――。

「殿下の〝半身〟の話も真実なのですか」

「なぜ、それを？」

「件の男がそう申しておりました」

セルゲイとミラナ、二人は魂が結びついた〝半身〟同士である、と。

獣人にとってそれは、何ものにも代えがたき存在だということを、ジークフリートは『せかいの獣人』で学んでいた。あの男の話が真実であれば、セルゲイにとってはミラナが唯一無二の番であって……。

――だとしたら私は、殿下にとって邪魔者でしかない。

そう考えただけで胸が苦しくなる。グッと拳を握りしめ、皇帝の言葉を待った。

否定してほしい……そんなことを願いながら。

皇帝は一瞬、苦しそうな表情を浮かべたが、それも本当のことだとジークフリートに告げた。

「そなたには内密にしてほしいとセルゲイが申しておったため、今まで黙っていたのだ。すまなかった」

皇帝は心からの謝罪を口にしたが、ジークフリートの心には届いていなかった。

義務感で承諾した婚姻だったし、今だって男性同士の恋愛は絶対に無理だと思っている。しかし少し強引ではあるものの、軟禁している以外は至って優しく接してくれるセルゲイと接するうち、事あるごとに不思議な胸の高鳴りを覚える自分がいた。

胸に宿るこの感情は恐らく……。

ようやく自覚した想い。惹かれた相手は神の御前で永遠を誓い合った伴侶だ。何も遠慮することはないはずだった。

――けれど殿下にはミラナがいる。魂そのものが惹かれ合って結びついた、〝魂の番〟が。

胸中に膨らむ漆黒の闇。これほどの絶望を、ジークフリートはこれまで味わったことがなかった。

「ならば私は……ロンデスバッハに戻ります」

ジークフリートの発言に、皇帝夫妻は目を剝いて驚いた。

「なぜそうなる！　セルゲイの〝半身〟が、それほどまでに受け入れがたいのか？」

当然だ、という強い気持ちを込めて、ジークフリートは大きく首肯した。

――それに第一〝半身〟以外を受け入れがたいのは、殿下のほうではないのか？

そもそもセルゲイは、同性に対して恋愛感情を持ったことがなかったと、ジークフリートは聞いている。此度の婚姻は多産といわれる人族の血を求めた結果のことで、アムール族が少子高齢化問題に喘いでいなければ、結ばれるはずがなかったのだ。

忙しい公務の合間を縫ってジークフリートの元に日参したり、離宮の建設を行いシンメルを贈ってくれたセルゲイに思いがけず心が傾いてしまったが、それだとて対外的なパフォーマンスであると考えれば辻褄は合う。

普段は尻尾を巻き付けてくるくらいで常に一定の距離を保っている男が、パーティーの席では過剰なまでに仲睦まじい様子を見せていたのも、輿入れから五ヶ月が経っても閨を共にしないのも、全ては夫婦円満を装っているだけのこと。他国から嫁いだ王子を蔑ろにしていることがわかれば、国際問題に発展しかねない。殿下は国を守るために同性である自分を受け入れたことアピールしたいのだろう……セルゲイの想いを知らないジークフリートがそう結論づけたのも、無理のない話である。

「私はもう疲れ果てました……それに殿下にはミラナがいるではないですか。私には二人の邪魔をする気など毛頭ありません」

「ミラナだと？」

「私に狼藉を働こうとした男が申しておりました。私の不遇は全て、ミラナの謀《はかりごと》であると」

「それは違います！」

ジークフリートの問いかけを皇后は即座に否定したが、彼はもう自身の気持ちを律することなどできはしなかった。

「ではミラナはなぜナチャーロへ赴いたのです。大事な仕事があると言っていました。しかも彼女にしかできないことだと」

「それは……」

「彼女はもともと、妃候補の筆頭だったとか。殿下とは恋仲だったことも知っています。あの男の言うとおり、ミラナは殿下の子を孕むために、ナチャーロに行ったのではないですか？」

疑問が次々と口を突いて止まらない。

ジークフリートは苛立ちを誤魔化すために、一息に茶を煽った。この国特有のジャムがたっぷり入った紅茶が、喉の奥を流れて行く。ドロリとした感触に、ジークフリートは思わず眉を顰《しか》めた。

皇帝ならびに皇后との話し合いでも、結局真実は何一つわからない。むしろ謎は増えるばかり。これでは苛立ちが募るのも無理のない話だった。

「あの男の話は全くの嘘です。セルゲイとミラナは恋仲などではありません。本当に信じてちょうだい」

「ですが、両陛下に隠れて愛を育んでいたということは？」

「それは絶対にあり得ません」

皇后は即座にジークフリートの言葉を否定した。

「あの二人が幼い頃から共に過ごしてきたせいで、恋人同士であると言う噂が立っていたのは事実です。あなたが嫁いでくる前に噂を消せずにいたことは、こちらの落ち度。本当に申し訳ないことをしました」

「ミラナの両親が噂を広めて、あの子を皇太子妃にしようとしていたことも、問題だったなあ」

皇帝は眉尻を下げて、困ったように呟いた。

「ミラナの両親……ですか？」

「さよう。ミラナの祖母は余の父である前皇帝の妹だ。嫁いだ先は当時没落寸前の、下級貴族の家でな」

皇帝の父が先々代の皇帝の養子に入る前から、ミラナの祖母はその男と恋仲だった。将来を誓い合う仲であったのに、兄が皇太子の地位に就いたことで二人の身分に差が開き、引き離されそうになったのだ。しかし度重なる話し合いの末、見事婚姻を果たしたのだと皇帝は語った。

「叔母のおかげでその家は没落を免れたのだが、その後がいけなかった」

妹の子、つまりミラナの父親はかなりの野心家だった。前皇帝の血族である自分が権力の中枢から遠ざかっていることを不服とし、栄光の座を手に入れるためにミラナをセルゲイの正妃にしようと企てたのである。

「二人が恋仲であるという噂も、出所はミラナの両親でな。それがあたかも真実であるかのように吹聴して、ミラナを正妃にと賛同するものを増やしていたのだ。その数が多ければ多いほど、こちらも無碍にできなくなるからな」

「一蹴してしまうのは簡単ですけれど、それでは皇室に対する反感の念を生み出しかねず、こちらとしても対応に苦慮するばかり……本当に困った人たちですわ」

それでも皇帝夫妻は、ジークフリートが嫁ぐことでその噂は完全に消えると考えていたのだ。セルゲイは正妃であるジークフリート以外に妃は不要と宣言していたし、その寵愛ぶりは両親の目から見ても明らかである。

だがしかし、それを表に出さなかったことが、今回の事件の一端にも繋がった。正式に行われなかった婚姻式、最低限の公務以外は表に出てこない皇太子妃、さらには公務の代行にミラナも携わっていたことが、貴族たちの疑念を生んだのである。

皇太子妃はたんなるお飾りで、皇太子はやはりミラナを唯一と考えているのではないか……との噂は実《まこと》しやかに伝えられ、それならばと人族であるジークフリートを手中に収めようと画策する者まで出る始。

「ですが現に、ミラナが私の職務を代行しているそうではないですか。それは彼女を次期皇太子として認めたからではないのですか？」

「それは違うぞ。そなたの公務を代行していたのはマルティーナだ」

「皇后陛下が？」

「ええ。わたくしが代わりを務めておりました。なれどわたくしも、自身の公務で手いっぱいでしょう？　どうしてもできないものだけを、ミラナに頼んでいただけなのです」

それを勘違いする人間が出たのだろうと、皇后は断言した。

「せめてそれだけでも、私に伝えていただければ……」

「全てを詳《つまび》らかにした結果、そなたがこの国を危険な場所と認知して怯えるのは本位でないと、セルゲイが言うのでな」

「怯えるなど……」

私は身に危険が迫ったくらいで怯えたりするものかと、ジークフリートは憮然としたが、彼がアムール族よりも華奢な体格をしていたことと、人族を逃してなるものかという皇帝の思惑が徒《あだ》となり、セルゲイの言い分を聞き入れるしかなかったと聞き、もはや呆れるしかなかった。

「そんなことのために私は五ヶ月間も……」

「セルゲイの言うとおり、全ての問題を解決するまで部屋にいてもらうことが、そなたの身を守る一番の方法だと思えてしまってな」

「ですが、いくらなんでも酷すぎます」

「此度の件に関しては、セルゲイの言い分が正しい部分もあったうえ、別の事情が絡んできたせいで、結局はあの子の主張を受け入れるしかなかったのですけれど……当事者であるジークフリートに一切を内密にし、不安にさせてしまった責任は、わたくしたちにもあります。本当に、申し訳ないことをしました」

「別の事情とは？」

「それは……もう少し、もう少しだけ、お時間をいただけませんこと？　全ての準備はまだ整っていないのです。けれど数ヶ月後には必ず、あなたの疑問に全てお答えできるでしょう」

皇后はそう言って、深々と頭を下げた。

一国の皇后が目下の自分にそこまでするとは思わず、ジークフリートは大いに慌てた。

「頭をお上げください！　私は何も、お二人に謝っていただきたいなどとは思っておりません」

「では、これまでのことは水に流してくれるのか？」

皇帝が期待に揺れた目でジークフリートを見つめる。

「それとこれとは話が別です。殿下の口から真実を聞くまでは、誰の謝罪も受けたくはありません」

「まったく、そなたは見かけによらず、案外強情なのだな」

呆れたように呟く皇帝に、見かけによらずとはなんだと物申したい気持ちになるジークフリート。

その様子を見た皇后は、楽しそうに目を細めてコロコロと笑い出した。

「ジークフリートはなかなか強《したた》かですのね。芯が一本通った性格をしていると見えます。しかも案外、疑い深い」

悪いか、と腹の中で悪態をつく。今までことを思えば、疑い深くもなるというもの。ジークフリートがここまで意固地になるのも全て、セルゲイのせいなのだ。

「ですがその慎重な性格は、皇太子妃として大変好ましいことですよ。それに実直で勤勉、我を無理に押し通すこともなく、妃教育だって完璧とのこと。わたくしは、セルゲイの番がそなたでよかったと、心から思っておりますのよ」

「……お褒めにあずかり、光栄です」

しかし皇后に認められたところで肝心のセルゲイがあの調子ならば……と、ジークフリートは暗澹たる気持ちになってしまう。その気持ちが表情に表れていたのだろう。

「何かご不満でも？」

と指摘され、慌てて取り澄ました表情を作るも時すでに遅しである。

皇后は再び声を上げて笑うだけで、無礼を咎めることはしなかった。

「あなたの気持ち、他族から嫁いだわたくしにはよくわかりましてよ。わたくしも同じように悩んだ時期がありましたもの」

「皇后陛下も？」

「ええ。先ほども申しましたでしょう？　アムールの男は言葉が足りない、と。セルゲイには、もっとあなたと話すように今一度伝えておきます。あなたたちは番になったとはいえ、生まれも環境も種族さえも全く別なのですから、もっとお互いを知ることが必要ですわ。絶対に」

まっすぐにジークフリートを見つめて、そう説得をした。真剣な眼差しに、嘘や誤魔化しは感じられない。

長い沈黙の末、折れたのはジークフリートの方だった。

「……わかりました。今回は皇后陛下を信じます。けれど理由を聞いても納得できない場合は、今度こそ祖国へ帰らせていただきとうございます」

「それもまた仕方のないこと。そのときこそは、わたくしも止めることは致しません。むしろ率先して、あなたを逃がしてさしあげましょう」

「その際にはぜひ、慰謝料としてロンデスバッハへの石炭供給を続けていただきたく」

「わかった。その件に関しては、余が責任を持って取り図ろう」

話がなんとなく纏まったところで、茶をもう一杯勧められた。ジークフリートはそんな気分ではなかったが、皇帝夫妻の勧めとあっては断ることができない。仕方なくそれに付き合った。

もう少し実になる話ができればと思ったものの、世間話以上の話題が出ることは終《つい》ぞなく、甘すぎる茶に胃もたれを感じながら、皇帝の部屋をあとにしたのである。

無駄足とも思える時間ではあったが、それでも自分の本心を口にした分、心が僅かに軽くなったことはに気付いた。

――話し合い、か。

皇后があれほど強く言うのだ。話くらいはしてもいいだろうという気にはなった。

ただし一つだけ懸念がある。

――はたしてあの殿下とまともな話し合いができるかどうか……。

これまでのことを考えると、すんなりと事が運ぶとは思えず、ジークフリートは頭を抱えたのだった。

＊＊＊＊＊＊＊＊

会談を終えて部屋に戻ったジークフリートは、エルマーに事の次第を語って聞かせた。

「じゃあ結局、真相は何もわからないままってことですか？」

「一応収穫はあったぞ。アムール族の男は言葉が足りない。その中でも殿下は人の話を聞かない」

「そんなこと、皇后さまに聞かなくてもわかっていたことでしょうに……ほかに何か、聞き出せたことはないんですか？」

「そうは言われてもな。『今はまだ話せない』の一点張りだったのだ」

その背景には何か事情があり、全てを明らかにするための準備をしていることもわかったが、それがなんであるかジークフリートには見当もつかない。

「もっと押せ押せで聞けばよろしかったのに」

「しかし皇后陛下が話せないということは、帝国の重要事項に関わる可能性だってある。それを考えると、深く追求することなどできないだろう」

「なまじっか王家に生まれちゃったせいで、変なところで慎重になるクセがありますよね、ジークさまは」

「慎重のどこが悪い」

無鉄砲に突っ走って自爆するより遥かにマシだと独りごちる。

「ところでエルマー。殿下はいらっしゃったか?」

「いいえ。ですがヴァルラムさんが来ました」

そのときのことを思い出したのだろうか。エルマーは苦虫を嚙み潰したような顔をした。

「何か言われたのか?」

「ちっとも。ただ『大丈夫か』『何か変わったことはないか』ってしつこく聞いてきて、仕事がちっとも手に付かないんです!!」

「まぁ、あんなことがあったあとだから、警戒しているんだろう。それだけ我々のことを心配してくれているのかもしれない」

「それは絶対に違いますよ。だってヴァルラムさん、僕のこと物凄い目で睨むんですから！　視線で人が殺せるとしたら、僕は確実に百回以上ヴァルラムさんに殺されてますね」

エルマーは両腕で自分自身を抱きしめて、ブルリと身を震わせた。

「ヴァルラムは顔面だけで熊を倒せそうなほど厳つい相貌をしているからな。しかし悪意はないと思うぞ。多分」

「ジークさまはあの目を見てないから、そんなことが言えるんですよ」

なおもブツブツと文句を言うエルマー。

こうなると、なかなか機嫌は直らない。ジークフリートは奥の手を使うことにした。

「そういえばお前に土産があったんだ」

ポケットから小さな包みを取り出して、エルマーに渡す。

「なんですか、これ」

「先ほど茶と一緒に菓子も出されたのだが、それを少し包んでもらったのだ。お前にも食べさせてやりたくてな」

中から出てきたのは、一口大のカラフルなマカロン。

「うわぁぁぁぁぁ！」

甘味が大好物のエルマーは、一瞬で目が釘付けになった。

「これを僕に？」

「あぁ。私はもういただいてきたから、お前一人で食べるといい」

「うわーい、ジークさま愛してますっ!!」

ピョンと飛びつくエルマー。まるで子犬のようである。

「ははは、こらこら。本当にお前は大人になっても落ち着きがないな」

「仕方ないですよ。だってマカロンですよ、マカロン！」

マカロンを胸に抱え、小躍りする始末。よっぽど嬉しいようだ。今後はもう少し、菓子を買ってやる回数を増やすことにしようと、ジークフリートは考えた。

「あっ、お茶でも淹れましょうか？」

「そうだな。さっきはジャム入りの甘い茶ばかり飲んできたから、少しさっぱりしたものを淹れてくれるか？」

「わかりました！」

エルマーはスキップをしながらドアへと向かい、クルリと振り返った。

「そう言えばさっきの話ですけど」

「なんだ」

「皇太子さまのことですよ。皇后さまのおっしゃるとおり、じっくりと話し合いをした方がいいとは思います」

「お前まで……」

「皇太子さまは本当にどうしようもない人ですけど、ジークさまのことを憎からず想ってらっしゃるのは、僕にもなんとなくわかります。じゃなきゃ忙しい合間を縫って、毎日ジークさまの元に日参しませんよね」

「それは……」

「今はちょっとボタンが掛け違ってるだけかもしれません。お互いのことを理解すればきっと、全ての謎は解けるんじゃないでしょうか」

「エルマー、お前どうしたんだ。急にそんなことを言い出したりして。熱でも出たか？」

「僕は健康そのものです。ただ、ある人と話をしていて、考えが変わったんです」

「ある人？　お前、この国で知り合いができたのか」

「そりゃ、五ヶ月もいれば仲良くなる人だってできますよ。ちなみに誰かは、まだ秘密です」

「お前まで私に隠し事をするのか！」

「だってぇ！　ジークさまにお教えするのは、まだちょっと勇気が要るっていうか」

急にモジモジしだしたエルマーに、ジークフリートはピンときた。

「女性か」

「んっ、まぁ、そうですけど」

「そうか。恋人ができたのか」

エルマーは恋をした。だからあれだけ嫌っていたセルゲイのことを、急に理解したようなことを言い出したのかと、ジークフリートは考えて納得した。

恋は人を変えるものなのだから。

「残念ながら恋人ではありません。でも多分、ジークさまの次に大切な方です」

「して、どんな女性なのだ」

「だから今は言えませんってば。そろそろお茶を淹れてきますから、これで話は終わりです！」

扉を開ける寸前、エルマーは再びクルリと振り返ってジークフリートを見た。

「あまり深く悩みすぎないでください。悩んだ分だけどんどん悪い妄想に陥るのが、ジークさまのクセなんですから」

「むむっ」

「今は辛抱の時期なんだと思います」

「エルマー」

「なーんて、ちょっと偉そうでしたね。すみません。じゃあ僕、行ってきますね！」

「あぁ、気を付けるんだぞ。お前も狙われていると、例の男が言っていたからな。不審者が出たら、すぐに逃げるんだぞ」

「ご心配なく！　僕の逃げ足の速さは、ジークさまもご存じでしょう？」

エルマーはそう言って、笑いながら部屋を出て行った。


そうして二度と、この部屋に戻ってくることはなかった。

結婚159日目

部屋を出たエルマーは、翌日になっても戻ってこなかった。

心配になって探しに行こうとしたジークフリートだったが、ドアの向こうで警護をしていたアムール族の兵士に止められてしまったのだ。

『今は危険でございます。お部屋からお出になりませぬよう』

『しかし、私の従者が戻ってこないのだ。探しに行ってやらねば』

『私どもでお探しします。妃殿下はどうぞ、お部屋へ』

強行突破しようと試みるもあっという間に捕まって、半ば無理やり部屋の中に押し込められる始末。

結果ジークフリートは、一睡もせずにエルマーの帰りを待ち続けるしかなかったのである。

「エルマー……」

名を呼んでも、返事はない。

一体どこへ行ったのか。

まさか無法者に捕まって、種付け行為を行われていたら……などと、嫌な想像ばかりが浮かぶ。

大勢の男どもに体を暴かれて、泣き叫びながら助けを求めるエルマーの姿を想像して、ゾクリと背中が震えた。

『ジークさまぁ!!』

――やはり探しに行こう。今すぐにでもエルマーを助け出さねば！

ドアの外には兵士らがいるため、外に出ることは叶わない。

――となると、窓から出るしかないか。

ここは三階だが、シーツを切ったものを繋ぎ合わせてロープを作れば下まで降りられると考えたジークフリートは、足早にベッドへと向かい、シーツに手をかけた。

そのときカチャリと扉の開く音がした。

「エルマー!?」

振り返った先にいたのは、セルゲイだった。

「殿下……」

数日ぶりの邂逅《かいこう》。いつも一緒のヴァルラムの姿はない。

「……エルマーでなくて悪かったな」

「い、いえ。そういうつもりでは……ただ、エルマーが戻らないのが心配で」

「あの孺子《こぞう》の行き先なら、俺が知っている」

「殿下が？　エルマーを探し出して、保護してくださったのですね！」

セルゲイの言葉に、強張っていた心と体が一気に解れた。

「あぁ、ありがとうございます！　して、エルマーは今どこに」

「……こっちだ」

セルゲイはジークフリートを促すと、宮殿の外に向かって歩き出した。

なぜ外に？　そう思わないでもなかったが、ひとまずは大人しく従うことにした。

正面玄関を出ると、そこには馬車が二台用意されていた。二人の姿を確認した馭者《ぎょしゃ》が、すぐさま扉を開ける。

「さあ、乗るんだ」

そう促され、躊躇《ためら》いつつも馬車に乗り込むと、すぐに扉が閉められた。

「えっ？」

ジークフリートだけを乗せた馬車は、やがて静かに動き出した。窓を開けて後ろを振り返ると、もう一台の馬車がすぐ後ろを付いて来ている。セルゲイは、あちらの馬車に乗り込んだようだ。

行き先も知らされずに、強引に乗せられた馬車で過ごすこと一時間。いつまでも走り続けている馬車に、ジークフリートはだんだん焦りと苛立ちを感じていた。

――殿下は私をどこへ連れて行こうというのだ？

次第に閑散としていく景色。門の外へ出た様子がないことから、恐らく宮殿内を移動していることが予想できる。それにしても遠い。あまりに遠すぎる。一体いつになったら着くというのだろう。

苛立ちがピークに達したとき、ようやく馬車が停車した。

外へ出ると、見覚えのない建物がそこにあった。

「ここは……？」

「ジークのために作った離宮だ」

同じく馬車から降りたセルゲイがそう答えた。そういえば以前、離宮を建設していると告げられたのを思い出した。

「ここにエルマーがいるのですか？」

その質問を無視するように、セルゲイは無言で離宮の中へと入っていった。

ジークフリートも仕方なしにあとを追う。

離宮内には灯《あか》りが少なく、昼だというのに薄暗かった。静まりかえった邸内を、セルゲイはなんの躊躇《ちゅうちょ》もなく進んでいく。早足に歩く背中を必死に追う。

やがてセルゲイはある部屋の前で止まると、ゆっくりと扉を開けた。

「ここは？」

「ジークの寝室だ」

「私の？」

「あぁ。ジークには今日からここで生活をしてもらう」

「それは構いませんが……エルマーはどこに？」

「エルマーはおらん」

「えっ？」

セルゲイが何を言ったのか、ジークフリートは咄嗟に理解できなかった。

「エルマーは人族の騎士らと共に、ロンデスバッハへ帰した」

「はっ……？」

衝撃的な発言に、ジークフリートは絶句した。

「ジークが拉致された件。あれにロンデスバッハの護衛騎士が深く関与していることがわかってな」

綿密な調査の結果、件の男に金を握らされた護衛騎士らが、ジークフリートを庭へと誘い出したことが判明したのだ。

普段はジークフリートの側に必ず誰かがいるため、なかなか誘い出せなかったのだが、あの日たまたまセルゲイが側を離れ、次いでヴァルラムも姿を消したため、計画が実行できた――と護衛騎士は自白した。

「金に目が眩《くら》んで、皇太子妃を危険に晒すような者は必要ない」

「たった数人、よからぬことを企てた輩が出ただけでしょう。何も護衛全員を帰す必要などありますまい」

「あやつらが護衛だと、本当に言えるのか？　訓練場に出ても何もせず、ただダラダラと過ごしているだけの騎士に、ジークが守れるとは到底思えないがな」

「それは……」

セルゲイの発言と同じことを、ジークフリートも感じていた。いくらアムール族に力で負けるとはいっても、最低限の訓練もせずに護衛が務まるとは思えない。

「これからジークの護衛は全て、アムール族の兵士が行う。よいな」

「承知いたしました。ですがエルマーはなぜ？　あの子は何もしていないはず」

「本当にそう思うのか？」

「え……？」

「知らぬは主人《あるじ》ばかりなり……か。あいつはな、ロンデスバッハからやって来た人間の中で、一番の危険分子だ」

「まさか、そんなはずは」

エルマーがジークフリートの不利益になることをしていたなど、到底考えられない。セルゲイは何か勘違いしている。早く誤解を解いて、エルマーを連れ戻してもらわなければ。焦る気持ちでセルゲイに食い下がった。

「殿下は何か誤解しておられる。エルマーの行動は全て、私を思ってのこと。あやつは罪を犯すような人間ではございません。どうか呼び戻してください」

「いや、これ以上ジークの側に置いておくのは罷《まか》りならん」

「殿下！」

「よく聞け、ジーク。エルマーはな、お前の妃教育の最中に何者かと接触を図っていたのだ」

言われてみれば確かに、ミラナとの最後の授業中、エルマーは部屋を出てどこかへ行っていた。

そして先日、語っていた。この国で大切な人間ができたと。その者に出会って、考えが変わったと。

そのときは恋人ができたのだろうと思っていたが、セルゲイの考えは違ったらしい。

「狗に調査させたが、詳しいことは全くの不明だ。いつも途中で撒《ま》かれてしまい、行方がわからなくなるらしい。つまり、狗をもってしても追跡できない相手と密会していたということだ」

これのどこが怪しくないというのだと吠え立てられ、ジークフリートは沈黙した。

エルマーに狗を撒けるような特技はない。

身体能力よりも、口八丁で切り抜けるタイプなのだ。

それが狗を翻弄するなど、ジークフリートには到底信じられない。

「密会相手が国家転覆を目論むような者という可能性もある。本来ならば拷問にかけてでも何をしていたかを聞き出すところなのだが、あれはジークが特別目をかけていた者だからな」

ゆえに国外追放で手を打ったのだとセルゲイは語った。

「エルマーの件も含めて、全て処理済みだ。そしてジーク。お前は今後、この離宮から出ることを禁ずる」

「そんなっ!!」

「ジークを狙っている男どもがうじゃうじゃいるうえ、エルマーが誰と会っていたかわからない以上、お前を守るための手段はこれしかないのだ。わかってくれ」

「横暴だ！　私は指示に従うつもりはない。今すぐ宮殿に……いや、エルマーを追わせていただく！」

「絶対に許さんっ!!」

セルゲイの咆吼に窓ガラスがビリビリと震え、パリンと割れた。

「過日のことを忘れたか！　お前は今、危険な状態なんだぞ！」

「武器さえあれば、私とて獣人に引けは取らん。しかしエルマーはそうではないのだぞ！」

エルマーは今、主人を主人とも思わない者どもの中にいる。そんな奴らだ。ただでさえ憎々しく思っているエルマーを、苛立ちのままに害そうとすることは、容易に想像がつく。

「エルマーは私の大切な」

「あんな男のことなど忘れろっ!!」

尋常ならざる殺気に、部屋の空気が張り詰める。あまりの気迫に、ジークフリートの腰が引けた。

しかし怖じ気づいてはいけない。絶対に怯むものかと、腹にグッと力を込めて踏ん張った。

チラリと室内を見渡すと、テーブルの上に一輪挿しが置かれている。クリスタル製の、頑丈そうな花瓶だ。鈍器の代わりになるだろう。

距離はそう遠くはない。これを武器にして戦えば、あるいは勝てるかもしれない。

ジークフリートは一瞬のチャンスを、虎視眈々と狙った。

「俺と戦おうと思っても無駄だぞ」

ジークフリートの考えることなど、セルゲイにはお見通しだったのだろう。彼は長い尻尾をムチのように振るって、花瓶を床に叩き落とした。頑丈そうに思われた花瓶はガチャンと音を立てて割れ、カーペットにジワリと水たまりができていく。

「人族が獣人に敵うわけがない。そろそろそれを理解してくれ」

「何事もやってみなければ、わからないというもの」

後ろに飛び退《しさ》って距離を取り、腰を低くして拳を構える。

「俺はお前と戦う気はない」

「エルマーを戻してくれるまで、私は何度敗れても、たとえ殺されそうになっても戦い続けてやる」

「そんなにエルマーが大事か」

エルマーはジークフリートにとって、従者というよりも弟のような存在。兄が弟の心配をするのは当然だ。

「何を当たり前のことを」

その答えに、セルゲイの髪と尾がブワッと逆立った。

ジークフリートのエルマーに対する想いを、兄弟愛ではなく恋愛や性愛と受け取ってしまったのだ。

怒りを顕わに、ジークフリートに突進してくる。

「それほどまでに大事な男を、まさか嫁入りに同行させるとはな」

なぜセルゲイがこれほどまでにエルマーを敵視しているのか、彼の気持ちを知らされていないジークフリートには、全く理解できない。

「ジーク、お前は俺の妻だ。将来この国を背負《しょ》って立つ皇太子妃として、軽率な行動は控えろと言ったはずだ」

セルゲイの忠告に、ついにジークフリートの堪忍袋の緒が切れた。

「何が皇太子妃だ！　そんなふうに考えていないくせに」

「なんだと？」

ジークフリートに触れる寸前のセルゲイの足が、ピタリと止まった。

「私を軟禁しておいて、公務をミラナに代行させていたそうだな」

ジークフリートの発言に、セルゲイは目に見えて怯んだ。

「どこで、それを」

「私に狼藉を働いた男と、それから皇帝・皇后両陛下から、全て聞かせてもらった。私がこの国に来る前の騒動も、全部な！」

「俺はジークの身の安全を考えて」

「そんな言葉、もう聞き飽きたわ！　私は自分の身は自分で守れると言っているだろうが!!」

「それは無理だと、何度も言っている！」

刹那、セルゲイは疾風のごとき速さで、ジークフリートに足払いをかけた。

「あっ！」

不意を突かれて無様に転倒――する寸前に、セルゲイがジークフリートを抱き止めた。

「これしきのことすら防げないではないか。言っておくが俺は全然本気を出していないぞ」

「今のは少し油断していただけだ」

「そんな言い訳が通用すると思うか。正攻法でやってくる敵ばかりではない。むしろ裏をかいて襲ってくることのほうが多いだろう。少しの油断が命取りになる場合だってあるのだぞ」

セルゲイの言うことが正論すぎて、ジークフリートは返す言葉もない。

「こうして腕を拘束して、自由を奪ってしまえば」

ジークフリートの腕を片手で拘束したセルゲイは、もう片手でシャツのボタンを外し始めた。

「何をする！」

必死に身をよじるも、両手を拘束されているせいで全く逃げられない。

セルゲイの前に、白い首筋と胸元が顕わになる。

「この肌に、容易にくちづけできる」

セルゲイの唇が、眼前に晒された首筋をなぞる。

「んあっ!!」

ゾクゾクとした刺激に、思わず甘い声が漏れる。

ジークフリートが喘いだのを聞いたセルゲイの目が、冷たく光った。

「どうした。抵抗してみろ」

楽しげなその声は、ともすれば弱者を甚振《いたぶ》る強者のそれに似ている。ジークフリートが動けないことを承知で、わざと挑発するようなことを言っているのだとわかり、怒りでカッとなる。しかし依然、体を動かすことはできない。

「くそっ、離せ!!」

ひたすらに悪態をつくジークフリートを尻目に、セルゲイは子猫がミルクを舐めるがごとく、チロチロと舌を這わせ続けた。

「くぅっ……」

ざらついた舌が、肌の上を縦横無尽に這い回る。甘露を味わうかのごとく、丹念に繰り返される愛撫に、体の芯がジワジワと熱を孕み始めた。

「やめ、ろっ……やめてくれ……どうせまた、この前のように途中でやめるつもりだろう？　ならば最初から、こんなことはするな！」

「今日は最後までするつもりだ」

セルゲイはジークフリートの懇願を一蹴した。

「なん、だと……？」

「あのときは、狼藉者と同じことをして、ジークを悲しませるのは本意でないと思って身を引いたが、お前を狙っている男が大勢いるとわかった以上、もう我慢して堪るものか」

奪われるくらいなら、俺が全て奪ってやる……セルゲイはそう宣言した。

「初夜のことはきちんと考えていたが、もうそんなものどうでもいい。今すぐ契って、体の奥まで俺の匂いを付けてやらねば気が済まん。そうすればもう、ほかの雄がジークを狙うことはないだろうかrな」


狂気に満ちた目で恐ろしいことを語るセルゲイ。それはまさしく、執着だった。

彼の本気を悟り、ジークフリートの背筋が凍り付く。

セルゲイはなおも唇を彷徨《さまよ》わせ続けている。ときどきチクリとした痛みが走り、肌の上に赤い花が咲いていくのが見えた。

そのたびに得も言われぬ快感がジークフリートを襲う。心底恐ろしいし、本当に嫌で堪らない。しかし拒絶する心とは裏腹に、どんどん高ぶっていく己の体に、ジークフリートは絶望した。

――なぜこんなにも、優しくするのだ。

せめてもっと乱暴に、物のように扱ってくれればいいものを。そうすればもっと必死に抵抗して、逃げ出してやるのに。

どうせセルゲイは、自分のものを奪われかけて傷ついたプライドを、回復させたいだけ。なのにこんなふうに優しくされたら、勘違いしてしまう。

――愛してなど、いないくせに。

ジークフリートの胸が、激しい痛みを覚える。

感じたりするものか。たとえ今、体を征服されたとしても、心だけは絶対に渡さない！

大きく息を吐きながら、高まっていく熱を吐き出そうと必死になった。

必死に耐えるジークフリートを無視するように、セルゲイはなおも肌を舐め回し続けている。その動きはやがて、晒された乳首の上で一瞬止まった。

ようやく終わったか……？　そう思った瞬間。

セルゲイはなんの躊躇いもなく、乳首を口に含んだ。

「んあぁっ!!」

ビリビリとした刺激が全身に走る。すでに立ち上がっていた小さな突起は、セルゲイの口の中でさらに硬度を増した。

しかもセルゲイが舌をチロチロ動かすたびに、たしかな快感をジークフリートに伝えてくれる。

「やっ……ひぃっ！」

セルゲイもそれに気付いたのだろう。ニヤリと笑って、さらに激しく乳首を苛み続ける。

「くうっ……はぁっ……」

「これが好きか？」

乳首を甘噛みしながらそう問う顔が憎たらしくて、ジークフリートは唇をギュッと引き結んで顔を背けた。

「素直に快楽を求めればいい。身をくねらせて喜んでいるではないか。体は正直だな」

「違うっ、これは」

「嘘をつくな」

「うぁっ、あっ、やめっ……！」

セルゲイは意地悪く嗤うと、下半身に向かって手を伸ばした。

「……っ、やめろっ!!」

「もうこんなに硬くなっているじゃないか。そんなにも気持ちいいか」

大きな手が、ジークフリートの雄をゆっくり撫でる。刺激されると反応してしまうのが男というもの。しかもこれまで散々甚振《いたぶ》られてきたジークフリートが、布越しの曖昧な刺激とはいえ過剰に反応してしまうのは、当然のことで。

「ここと同じく、心も素直になってしまえ」

そう言って、仄暗い笑みを向けるセルゲイ。その表情がまた腹立たしくて仕方ないのに、自身の意思とは反対に体はさらなる刺激を求めて、彼の手の動きを追い始める。

「どうした、腰が揺れているぞ。もっと気持ちよくしてほしいか？」

「そんなことは……」

「いつもは清廉で謹直なジークが、こんなに厭《いや》らしい一面を持っているとは誰も思うまい。この姿を知っているのは俺だけだろうな？　いつぞやの男の前でも、こんな姿を晒したのか？」

「馬鹿を言うなっ！」

「ならばよかった。もちろんあの孺子《こぞう》にも見せたことなどないだろうな」

エルマーのことを言われ、ジークフリートはハッと我に返った。

快感に流されている場合ではない。こうしている間にも、エルマーは……。

渾身《こんしん》の力を振り絞ったジークフリートは、なおも乳首をむしゃぶり続けているセルゲイに思い切り頭突きを食らわせた。

ガゴン！

大きな音が鳴ったのと同時に、目の前に星がちらつく。力の加減を誤ったようだ。思わぬダメージに、クラクラと目眩がした。

だがそれはセルゲイも同じだったようで「ぐぁっ！」と小さな悲鳴を上げて、思わずといったように腰を少しだけ浮かせた。

——今だ！

もう一度頭突きをかますと、その衝撃でセルゲイの体が僅かに仰け反った。その隙を突いて、腹をめがけて思い切り膝を突き上げる。

「〜〜〜〜〜〜っ!!」

膝は偶然にもセルゲイの股間を強打。激しい痛みに目を白黒させている間に体をよじり、ジークフリートはついに巨体の下から脱出することに成功した。

「そ、こは……卑怯《ひきょう》だろう……」

呻きながら抗議するセルゲイ。ジークフリートも同感だ。

同じ男として、そこへの攻撃はどうかと思う。しかし。

「少しの油断が、命取りになる場合だってあるのだろう？」

先ほど言われた言葉を、そっくりそのまま返すと、セルゲイは「ぐぬぬぬぬ」と唸り声を上げた。人族にやられるとは思っていなかったのだろう。額に脂汗を滲ませて、悔しげな表情でジークフリートを睨みつけている。

初めての勝利に、ジークフリートは胸がすく思いでいっぱいだった。

「ともかく、今すぐにエルマーを返していただこう」

「それは、できない相談だ」

「どうあってもエルマーを戻さないと」

「当然だ！」

「ならば私が迎えに行く。今ならそう遠くへは行っておるまい」

今すぐ宮殿へ戻ってシンメルを駆れば、一行に追いつくだろう。セルゲイが回復すれば、また行く手を遮られてしまう。その前に急いで行動に移す必要があった。

扉に向かって駆け出したジークフリートだったが、それより一瞬早くセルゲイの尾が足首に絡みつく。思いも寄らない事態に、咄嗟に反応できなかったジークフリートは、そのまま床の上に転倒してしまった。

「くっ、何をする！　離せっ!!」

「行かせてなるものか！　ヴァルラム、ヴァルラム！　そこにいるんだろう!!」

「セルゲイさま、何か……」

扉を開けて中を窺ったヴァルラムは、二人の様子を見て酷く驚いた顔をした。

「これは一体？　いかがなされたのです！」

「いいから今すぐにジークを捕縛しろ！」

「ふざけるなぁぁぁっ!!」

がむしゃらに暴れて、足に絡みついた尾を振りほどこうとするも全く緩むことなく、結局ジークフリートはヴァルラムに拘束されてしまった。

「離せえっ!!」

「主命に背くことはできません。どうかご容赦を」

手際よく縄を打つヴァルラムに、ジークフリートの怒りが最高潮に達した。

「ふざけるな！　なんの権利があって私を拘束するのだ！」

「こうしなければお前は、ロンデスバッハの者どもを追っていくだろう？」

股間の痛みからようやく解放されたセルゲイが、ユラリと立ち上がりながらジークフリートを睨みつけた。

「当たり前だ！　私が行かねばエルマーが」

「まだ言うか!!」

二人の間で、再びバチバチと火花が飛ぶ。

一触即発の空気を破ったのは、ヴァルラムだった。

「恐れながら」

「今から向かったとしても、追いつくのはまず無理です。ロンデスバッハの騎士たちは、軍の精鋭部隊が率いる馬車に乗せられて移動しております。その速さは国内でも群を抜いており、付いていける者は私とセルゲイさま以外にはいないでしょう」

つまり、ジークフリートが今から追いかけても無駄だと、ヴァルラムは告げたのだ。

ジークフリートの胸に、絶望が過る。

「ヴァルラム、頼む。私を連れて行ってくれ。エルマーを取り戻さねばならぬのだ」

「それはできません」

一縷《いちる》の望みをかけて頼んでみたが、結果はやはり無理だった。

「なぜ俺ではなくヴァルラムを頼るのだ!!」

耳元で喚《わめ》くセルゲイを、ジークフリートがギッと睨み付けた。

「うるさい！　今はそれどころではないのが、わからんのか！」

空気を読まない馬鹿虎に、苛立ちばかりが増していく。

「もしもあなたに頼んだら、願いを聞き入れてくれたのか？」

「絶対に駄目だ！」

「だから初めから聞かなかったのだ!!」

なんだこの不毛な会話はと、地団駄を踏む。本当に、こんなことをしている場合ではないのだ。

「エルマーは騎士たちから嫌がらせを受けていたのだ。このまま黙って行かせれば、道中どんな目に遭うことか」

「それならご安心ください。エルマーでしたら騎士たちとは別の馬車に乗せ、安全を確保しております」

「……それは真《まこと》か」

「剣に誓って」

真剣な眼差しで語るヴァルラム。どうやら嘘はついていないようだ。

強張っていたジークフリートの体から、力が一気に抜けた。

「エルマーの安全が確保されているのならばよい。だが、私になんの断りもなく勝手に帰すなど言語道断!!」

「だからそれはジークのことを思って」

「何が私のことを思ってだ！　本当に私のことを考えたら、エルマーを帰すなど絶対にあり得ない！」

「ジーク、少しは俺の話も聞いてくれ」

「出て行け！　お前の顔など、もう二度と見たくない。今すぐ私の前から消えてくれっ!!」

セルゲイは顔面を蒼白にしながら、なおも言い訳を繰り返してきたが、背を向けたジークフリートは、それを全て無視した。

「セルゲイさま。妃殿下が冷静におなりあそばすまで、しばらく距離を置いたほうがよろしいかと……」

「しかし」

「押すばかりではいけません。ときには引くことも肝心です」

「ぐぬぬぬぬ」

全く納得をしていない様子ながらも、取り付く島もないジークフリートを見て、セルゲイは諦めて部屋を出ることにしたようだ。

「明日また来るから」

「来なくていい！　二度とその面《つら》見せるな!!」

「そんなっ!!」

ジークフリートの言葉に固まって動けなくなったセルゲイは、ヴァルラムに引きずられるようにして扉の外へと消えていった。

――これで邪魔者は消えた。

ジークフリートは離宮からこっそり抜け出して、エルマーを追うことに決めた。

宮殿から港に到着するまで一ヶ月はかかる。いくら精鋭部隊とはいえ、簡単に着けるとは思えない。

――待っていろ、エルマー。必ずや私が助け出してやるぞっ!!

決意を胸に、ジークフリートはベッドのシーツを引きちぎってロープを作り始めたのだった。


****

それから二週間。

ジークフリートはまだ、離宮の中に囚われていた。

彼とて本当は、こんなところから一刻も早く抜け出したい。しかし扉の前はもちろん、離宮の外にも大勢の兵士がいるため、一歩も外に出られないのだ。

一度窓から抜け出して強行突破を試みたものの、あっという間に捕まってしまった。しかもその後はさらに警備が強化されて、全くもって抜け出せなくなってしまったのだ。

しかし彼は諦めなかった。

必ずやエルマーを助ける。そう熱意を燃やしていた。

しかし。

「ロンデスバッハの騎士らを送り届けた精鋭部隊が、本日無事に帰還いたしました」

「はっ？」

ヴァルラムの報告を聞いたジークフリートの手から、ティーカップが滑り落ちた。

カシャンと澄んだ音を立てて砕け散ったカップと、膝の上に零れた茶を気にする余裕もなく、ジークフリートは目を見開いたままヴァルラムを見つめることしかできなかった。

むしろヴァルラムの方が慌てふためいて、新たに皇太子妃付きとなった老侍女を大声で呼んだほど。すぐに駆けつけた侍女に着替えを促されたが、今のジークフリートはそれどころではない。「あとでいい」と断って、ヴァルラムに話を続けるよう促した。

「精鋭部隊からの連絡によると、ロンデスバッハの一行を港に送り届け、船の出航を見届けたとのことにございます」

「ちょっと待て。あれからまだ二週間しか経っていないぞ!?」

つまり精鋭部隊は、ジークフリートたちが一ヶ月かけて通った道のりを、片道一週間で走り抜けたということになる。

「大陸最強を誇る精鋭部隊が本気を出せば、あの程度の距離は三日で駆けることができます。ただ今回は人族に配慮してこまめに休憩を取った分、到着が遅くなったのかと」

「あれだけの距離に三日しかかからない……だと？」

まさか、という思いが頭の中を駆け巡る。

獣人とはかように凄まじいものなのかと、改めて実感せざるを得ない。

「ではエルマーも……」

ヴァルラムは無言で首肯した。

それはつまり、エルマーもまた船に乗せられて、祖国へ戻ったということで……。

全身の力が抜け、ガクリと椅子から転げ落ちた。

彼とて何もしなかったわけではない。この二週間、必死になって離宮を抜け出そうとしていたのだ。

しかし部屋の外に出た瞬間、侍女か従者に必ず見つかってしまうのだ。

『妃殿下、どちらへ』

『うむ、離宮内を散策しようかと思ってな』

『それではわたくしもお供いたしましょう』

常にこのような具合で付き従ってくる。

二人とも見た目は随分と年老いているし、撒くのは簡単だろうと高《たか》をくくっていたのだが、これが案外しぶとい。

本気で走って振り切ろうとするも、同じスピードで走ってくるので、全く振り切れない。

これでもかとばかりに全速力で駆けてふと後ろを振り返ると、無表情のまま静かに付いてくるのを見たときは、軽く恐怖を感じたほどだ。

侍女や従者とは毎日追いかけっこを繰り返したが、ジークフリートが勝ったことは一度もなく、最後はいつも部屋に連れ戻されるのだ。

ならば窓からと考えるも、離宮の外には屈強なアムール兵が大勢見張りをしていて、外からの侵入はもちろん、中から脱出することも不可能。

――詰んだ……。

それでもまだ、一行が港に到着するまで二週間の猶予がある。その間になんとか外に出て……と思っていた矢先の、まさかの帰還報告。

「エルマー……」

ロンデスバッハとグレハロクワトラス・シエカフスキー帝国は、あまりにも遠い。

一度離ればなれになったら容易に会うことはできないし、エルマーが再びこの地を訪れたとしても皇太子妃とただの平民が気軽に会うなど、到底不可能なこと。

つまりエルマーとはあれが今生の別れになる可能性だって、十二分にあるというわけで……。

『じゃあ僕、行ってきますね！』

そう言って笑顔を浮かべながら去って行ったエルマーを思い出し、ジークフリートは全身を戦慄《わなな》かせた。

「……報告はもういい。下がってくれ」

「では最後にこちらを」

ヴァルラムが差し出してきたのは、真っ白い封筒。

封蠟《ふうろう》に捺《お》された印璽《いんし》は、セルゲイのものだった。

「ぜひともお読みいただけますよう……」

「絶対に読まないぞ」

「そこをなんとか」

「くどい」

「お願いいたします」

「……わかった。しかし返事は書かんぞ」

「妃殿下のご随意に。それから本日はもう一つ」

「まだ何かあるのか」

ヴァルラムはもう一通、薄紅色の封筒をジークフリートに手渡すと、静かに一礼して部屋を出て行った。

裏を見ると、そこにはミラナの名が書かれている。

セルゲイとは別の意味で見たくなかった名前を目にして、思わず眉が寄る。

――ミラナが私になんの用だというのだ。

苛立つ心を抑えながら、まずはセルゲイの手紙を開封する。真っ白い便箋いっぱいに書かれた、少し角張った男らしい文字。内容は今までのことを謝罪する内容だった。

しかし、ただ謝るばかりでエルマーを祖国に帰した理由や、二人の今後に関した話など、肝心のことは何一つ書かれていない。

そして最後に、判で押したように綴《つづ》られている言葉。

『もう一度ジークに会いたい。頼むから会うと言ってくれ。ジークがそう言ってくれる日を心待ちにしている』

ジークフリートは手紙をぞんざいに机の上に放った。

会いたいのなら、勝手に会いに来ればいい。最後に会ったとき、ジークフリートはたしかに「二度とその面を見せるな」とは言ったが、まさか本当に顔を見せなくなるとは思わなかった。

何しろ相手は、人の話を全く聞かないセルゲイだ。

こんなときばかりジークフリートの言葉に従うなんて、考えられなかった。

おおかた職務が忙しいんだろうと、ジークフリートは予想した。今までだってそうだった。セルゲイは職務を優先させて、自分の元に来ても数分で帰ることもしょっちゅうあったのだから。

来ようと思えば夜遅く、公務が終わってからだって来られたはず。

それをしなかったということは、つまり……。

ジークフリートは、眉間に皺を寄せて大きなため息をついた。

――どうせ殿下は、私を必要としていないのだ。

虚しさで、胸が苦しい。

なぜこんな思いをしなければならないのだ？

いつになったらこの苦しみから解放されるのだ？

皇后とエルマーにはセルゲイと話し合うよう言われたが、とてもそんな気になれない。

先の見えない状態に、ジークフリートの精神は疲れ果てていた。

胸に宿った思いを振り切るように、読み終えた手紙を引き出しにしまい、次にミラナから送られた手紙の封を切った。

中から現れたのは、女性らしい華麗な文字で綴られた、謝罪の言葉であった。

突然のお手紙を失礼いたします。

お兄さまが妃殿下と仲違いされたと聞き、急ぎ文を認《したた》めた次第にございます。

妃殿下がお聞きになられましたとおり、僭越ながらわたくしが妃殿下の公務のお手伝いをさせていただいたことは事実です。

しかしそれは、止むに止まれぬ事情があってのこと。実際は妃殿下の公務を代行された皇后陛下の、補佐を務めさせていただいただけのことにございます。

お兄さまといたしましても、苦渋の決断であったことだけはご理解いただけますよう、切にお願い申し上げます。

ですが、それを内密にしておりましたばかりに、妃殿下の負われたご心痛はいかばかりだったことか……それを想像するだけで、涙が零れる思いでいっぱいです。

まずは書中をもちましてお詫び申し上げます。


本来ならばすぐにでもお目にかかり、事情をご説明させていただきたいところではございますが、とある事情から今全てをお話しすることができず、心苦しい気持ちでいっぱいです。

数ヶ月後には事態が好転して妃殿下にも全てお話しできるかと存じますので、それまでお兄さまを信じてお待ちいただけますよう、何卒《なにとぞ》お願い申し上げます。

ミラナ・エルマコヴァ

手紙の文字は女性らしい美しさではあったが、よく見ればところどころ急いで書き殴ったような形跡が見て取れる。

恐らくセルゲイかヴァルラムにジークフリートの現状を知らされて、慌てて筆を取ったのだろう。

全てを読み終えたジークフリートは、二度目のため息をついた。

結局はミラナも皇后も同じ。

『今はまだ話せない。いつか必ず真相を明かす。だから信じてくれ』

なぜ、すぐに明かそうとはしない。

帝国に住まう全ての人間から、弄ばれているようだ。

——あぁ、イライラする。

腹の虫が治まらない。

苛立つ心を隠しもせずに、二通の手紙を引き出しにしまうと、机の上に置いてあった便箋に手を伸ばした。

宛先はセルゲイやミラナではない。ロンデスバッハの母だ。

エルマーの乗った船は一週間ほどでロンデスバッハの港に到着する。ということは、そろそろ帰国していてもおかしくないはずだ。

ジークフリートの側を離れたエルマーにとって、王宮は辛いだけの場所だろう。

母にはぜひともエルマーの後ろ盾になってもらい、できれば新たな職務に就けるよう手を貸してほしい——そう認《したた》めたのだった。

できればエルマーが怪我などしていないか、この目で確かめたいところだが、現状では絶対に無理だ。

ともかく母からの返信をひたすらに待つしかない。


そうして待つこと二ヶ月。

待ちかねていた返信に書かれていた一文を見て、ジークフリートは目を疑った。


エルマーのことだけど、帰国した一団の中にあの子の姿はなかったの。

戻ってきた騎士たちに聞いてみたんだけど、大陸の港でエルマーを見かけた人はいても、船の中で姿を見たと言う者が誰もいないのよ。

あの子は本当に、ロンデスバッハに戻ってきたの？


「エルマーが、ロンデスバッハに戻っていない……だと？」

セルゲイは、エルマーを騎士たちと一緒にロンデスバッハに帰したと言っていた。

それがなぜ……？

ジークフリートは激しい目眩を覚えて、ソファに倒れ込んだ。

港での目撃情報は上がっている。ということは、たしかにエルマーは港まで行ったということになる。そしてその後の足取りが、全くわかっていない。

――まさか港で誰かに拐《かどわ》かされたのでは……。

嫌な想像が、頭の中をグルグル駆け巡る。

「いや、逃げ足の速いあいつのことだ。皆の目を盗んでこっそり逃げ出して、私の元へ戻っているのでは？」

その方がよっぽどあり得る話だろう。

しかし問題がある。

馬車を使って一ヶ月の道のりを、果たして無事に歩いてくることができるのだろうか。

水は？　食料は？

第一、金は持っていたのか？

職務中は金を持ち歩いていなかったはず。自室に戻って荷物を用意する余裕はあったのだろうか。

そんな暇《いとま》もないままに、着の身着のまま連れ去られたのだとしたら。

ジークフリートの元に戻ってくるなど、絶対に不可能である。

結婚後、不平不満だらけの状況を耐えに耐え抜いてきたジークフリートだったが、ここに来て完全に心が折れてしまった。

「エルマー……お前は今、どこに……」

消えてしまったエルマーを思い、ジークフリートの心に深い闇が広がっていったのだった。

結婚334日目

そして現在。

ジークフリートは離宮の奥に籠もったまま、ひっそりと過ごしていた。

もう何もする気になれない。生きた屍《しかばね》も同然だ。

屍と言えば、この離宮も同じようなものだろう。

完成には至っておらず、内装はまだ三分の一程度しかできあがっていない。柱や壁の彫刻は中途半端に彫られたまま。壁紙が貼られていない部屋のほうが多いくらいだ。

まともに使えるのは、ジークフリートの寝室と衣裳部屋だけという有様で、まるで所有者の心をそのまま写し取ったように、寒々しい空間が広がっている。幽霊屋敷のようだと苦笑するしかない。

工事が続行されればまた違ってくるのだろうが、その気配はない。急遽ジークフリートが住むことになったため、これ以上の作業ができなくなってしまったのだ。

ここに住まうのは、ジークフリートのほかに老従者と老侍女だけ。日々の食事は離宮近くに建設された兵士たちの詰め所で作られるため、料理人などは存在しない。清掃などのお端仕《はした》事も全て二人が行っているのだが、物音一つ立てずに行うため、普段は咳払いすら躊躇われるほどの静けさに包まれている。

当初はこの二人すらおらず、ジークフリートがたった一人でポツンと取り残されていた。しかしそれはあまりに不憫《ふびん》だと、皇后が直属の従者と侍女を一人ずつ派遣してくれたのである。

彼らはとても無口で、用がない限り一切口を開こうとはしない。

たった二人で離宮中をピカピカに磨き上げ、ジークフリートの身の回りの世話まで行ってくれる。非常に有能で、エルマーよりも数段上の使用人であることはたしかだ。

しかしやはり、ジークフリートにはエルマーが必要だった。

彼は、主人《あるじ》が落ち込んでいるときに励ましてくれたり、ときに憎まれ口を叩いて奮い立たせてくれることもあった。ただ側にいてくれるだけで、心が温かくなる、ジークフリートにとってはたった一人の家族……エルマーを思い出すたびに、ジークフリートの胸は痛む。

――孤独だ……。

独りぼっちと言っても過言ではない状況に、虚しさだけが募っていく。

セルゲイはどうあっても、この状況を変える気はないらしい。

どれだけ虚仮《こけ》にすれば気が済むのやら。ジークフリートの怒りはどんどん高まるばかり。

自覚したばかりの恋情は、あとかたもなく吹き飛んだ。

向こうがその気なら……と、ジークフリートもまだ残っていた妃教育を全て放棄した。

あれほど望んでいた公務も、必要最低限のものしか行っていない。本当はそれすらやりたくないのだが、ミラナがナチャーロへ旅立ってしまったため、皇后の補佐ができる人間がいなくなってしまったのだ。ゆえにどうしても外せないパーティーのときのみ参加する程度で、あとは完全引きこもり生活である。

ナチャーロ。

皇太子妃が必ず視察に訪れると言う場所。

今、ミラナはそこにいる。

ジークフリートの……皇太子妃の代わりとして。

『ミラナ嬢はそこで皇太子殿下と落ち合って、妃殿下の代わりにお子を儲けるつもりなのでしょう』

いつぞやジークフリートを襲った男の言葉が蘇る。

もう、二人のことなどどうでもよかった。廃妃にするなら今すぐしてくれとさえ、願ってしまう。

皇太子妃の座など、ミラナに喜んで明け渡そう。

――その代わり、エルマーを私に返してくれ……。

未だ行方がわからないエルマーを思うたびに、胸が激しく軋む。

何もせずにじっとしていると、エルマーのことばかり考えてしまい、悲しいやら悔しいやら腹が立つやら、とにかく気分が落ち着かなくなってしまうので、日がな一日読書三昧の日々を過ごすようになった。

本に没頭している間だけは、全てを忘れることができるのだ。

「妃殿下」

ドアの向こうから、老侍女の声がした。

「ヴァルラムさまがお越しにございます。お通ししても、よろしゅうございますか？」

あれから毎日、ヴァルラムはジークフリートを訪ねて離宮にやって来る。

外の様子や、宮殿内で起こったことなどを報告するためだ。そんなもの聞きたいとも思わないが、ジークフリートに情報を伝えるようにと皇后の命《めい》が下ったとかで、飽きもせず日参しているのである。

「会いたくない」

いつもと同じ返答をする。

しかしどんなに拒否しても

「皇后陛下からの命にございますれば」

そう断言されて、結局は扉は開かれる。

「妃殿下におかれましては、ご機嫌麗しく……」

「……」

ジークフリートが無言を貫いていても気にすることはなく、ヴァルラムは淡々と宮殿での出来事を勝手に伝え始める。お前の意思などどうでもいいと言われているようで、ジークフリートはそれもまた業腹だ。

窓の外を眺めながら、ただ時が過ぎるのを待つ。

ようやく報告を終えたヴァルラムは少し躊躇ってから「御髪《おぐし》がだいぶ伸びましたね」と切り出した。

その物言いに、苛立ちが湧いて出る。

髪なんて、伸ばす気はなかった。祖国にいた頃は常に短くしていたし、第一頬や首筋にかかると擽《くすぐ》ったい……というか、痒《かゆ》くてイライラする。

こんな鬱陶しい髪などバッサリと切ってしまいたいくらいなのに、刃物は危険と取り上げられて、髪を自由に切ることすらできない。

髪だけではない。爪だってそうだ。

結婚した直後、セルゲイから長く伸ばすよう命じられたのだが、そのような爪ではボタンをはめるのに苦労するし、ペンやカトラリーを持つのに邪魔になる。老侍女の手によって、常に美しく磨き上げられた爪を見るたびに、嚙み千切ってしまいたい衝動に駆られて仕方がない。

セルゲイはなぜ、わざわざ伸ばすよう命じたのか。

最初は不思議で仕方なかったが、今のジークフリートにはその理由が痛いほどよくわかる。

――伸びた髪や爪にイライラさせて、私をストレス地獄に落としたいのだ！

全くもって、卑怯な奴め!!

すっかり怒りっぽくなったジークフリートを見て、ヴァルラムは心配そうな顔をした。

「なんだ。言いたいことでもあるのか」

「セルゲイさまが……最近、妃殿下の御髪が傷んでいるようなので、香油を贈られようかと思案なさっておりまして」

「……ちょっと待て。殿下はなぜ、私の髪が傷んでいることをご存じなのだ」

たしかに彼の髪は傷んでいる。離宮に来て以降、何もかもが嫌になって碌に手入れをしていなかったためだ。

だがしかし、離宮に一切顔を出さないセルゲイがそれを知っているのはおかしい。

「実は……セルゲイさまは物陰から妃殿下のご様子を窺っておられるのです。しかもわりと、頻繁に……」

様子を窺う……？　しかも頻繁に……？

「なんだか今、とてつもなく気持ちの悪いことを聞いた気がするのだが」

「ご不快な思いをさせてしまい、大変申し訳ございません」

「では今のは私の聞き間違いではなく」

「真実です」

こっそり覗かれているとわかり、ジークフリートは怖気《おぞけ》が走った。なぜそんな気持ちの悪いことをするのだろうか。

「それだけ妃殿下を大切に思われていると、ご理解いただけますれば」

「いや、無理だ」

「……ごもっともですな」

香油など要らないと拒否したのだが、ヴァルラムは押しつけるようにそれを手渡すと、足早に去って行った。

「フン、こんなもの」

香油の瓶をぞんざいに投げ捨てる。

空中で放物線を描いた瓶は、ソファの上に落下して、何度か弾んだあとようやく止まった。

日の光に反射して、中の液体がキラキラと輝いている。目を眇めて瓶を眺めていたジークフリートだが、それを再び手に取った。瓶の中で、薄紫色の液体がトロリと波打つ。

「……いっそこれが香油でなくて、毒ならよかったのに」

小さな呟きだったが、思いのほか静まりかえった部屋に大きく響いた。

「エルマーだって、生きているかわからないのだ」

むしろ状況を考えると、死んでいる可能性の方が高い気がする。

「こんな息の詰まる生活を続けるくらいなら……」

けれどヴァルラムの言葉が真実ならば、この中に入っているのは紛うことなき香油ということになる。飲んだところで死ねはしない。腹を下す程度で終わるだろう。

そうとわかっていても……鬱々とした気持ちを抱えたジークフリートは、ついそんなことを考えずにはいられないのだった。


****

「ただいま戻りました」

「ヴァルラム！　ジークの様子はどうだった⁉」

「自分が答えずとも、どうせまた兵舎の中から覗き見していたんでしょうに」

ヴァルラムの言葉に、セルゲイはウッと言葉を詰まらせた。

彼の言うとおりセルゲイは今、離宮の真向かいに立てられた兵舎から、二人の様子をジッと見守っていたのである。

兵舎と離宮はだいぶ距離があるうえに、双方の建物の間に植えられた若いタマツバキが絶妙な具合で視界を遮るようで、覗き見をジークフリートに気付かれたことは一度もない。しかし人族には見えない距離も、獣人の視力をもってすれば可能なこと。セルゲイからは、ジークフリートの姿が見放題！　獣人に生まれてよかったと、セルゲイは神と両親に心から感謝した。

「しかし話までは聞こえないからな。して、ジークはなんと？」

「やはり『無理だ』と」

「今日も駄目だったか」

ガックリと肩を落として、セルゲイは力なく項垂れた。

「あの調子では、一生お目にかかるつもりはなさそうにも思えます」

「なぜだっ!!」

「無礼を承知で申し上げますが、セルゲイさまはそれだけのことをしてしまったのですよ。せめてエルマーをこの国に残していれば、こんなことにはならなかったかと」

「エルマーは駄目だ！　というかお前、今の発言は半分以上、私情を交えていないか？」

「それが何か」

「お前なぁ……」

あの一件以降、エルマーを殊《こと》の外《ほか》気に入っていたヴァルラムは、辛辣な態度になった。主人《あるじ》であるセルゲイの命《めい》に従わざるを得なかったものの、やはり本心ではエルマーをどこにもやりたくなかったのだろう。

「ミラナの手紙を読めば少しは態度が軟化して、俺と会ってくれると思ったんだがなあ……」

ジークフリートはエルマーの件だけでなく、ミラナに皇太子妃の公務を手伝わせたことも、酷く怒っていた。

それをミラナに伝えたところ、慌ててジーク宛てに謝罪の手紙を書いたのだ。それを読めば、少しは心を開いてくれるだろうか……と若干期待をしたものの、ジークフリートの心は固く閉ざされたまま。

「手紙よりもミラナが直接会いに行った方が、効果はあっただろうか」

「今すぐは無理だということは、セルゲイさまが一番よくおわかりでしょうに」

「ぐぬぬぬぬ」

八方塞がりな状況に、酷く気落ちしてしまう。

「会いに行かれればよろしいではないですか。今から駆ければ五分以内に妃殿下とご対面が叶いますよ」

「だがジークが俺には会いたくないと」

「そんなもの無視するに限ります」

「もっと嫌われたらどうする！」

「とっくの昔に嫌われているんですから、今さら気になさる必要もございますまい」

「お前、最近嫌みが多くなったよな……」

「自業自得でしょう」

エルマーの件で相当恨んでいるらしい。ヴァルラムも存外しつこい性分である。

「はぁ……それにしてもジークに会いたい……」

「妃殿下に、今すぐ全てを伝えるとしたら、お会いになられるかもしれません」

「真《まこと》か？」

「エルマーの件もそうですが、セルゲイさまが全てを隠していたことにもご立腹でいらっしゃいましたから」

「全てを……か。それなら簡単だ」

なぜならもうすぐ全てが終わる。ジークフリートに不埒なことをしようと目論んでいた男たちの取り調べが済み、あとは裁判にかけて刑に処すだけ。思っていたよりも数が多くて、とにかく時間がかかったのが悔やまれるが、それでもなんとか終わったのだ。

「あとはミラナの件さえ片付けば、全てが終わる」

それも、もう少しで準備が整うと連絡が入っている。ゴールは間もなくだ。

「では、妃殿下にはそのようにお伝えいたしましょう。さすれば会っていただけるやもしれません」

「本当か！」

「タイミングを見計らって、お伝えしてみます。少なくとも今はお聞き入れいただけないでしょうし、事を焦ってしくじれば妃殿下と一生会うことはできなくなるでしょう」

ジークフリートの性格を考えれば、その可能性は充分に高そうだ。

「しかも必ず会えると確約はできません。決してご期待なされませぬよう……」

それでも今は、ヴァルラムの提案に縋《すが》るしかない。

「頼んだ」

そう伝えて、ジークフリートの返事を待つことにした。

＊＊＊＊＊＊＊＊

「妃殿下」

いつの間にか、部屋の隅に侍女が立っていた。

「そろそろご入浴のお時間にございます。用意が調いましたので、どうぞ浴室に」

促されるまま入浴を済ませ、籐籠の中に置かれたタオルで体を拭こうと手に取った瞬間。

タオルの間に挟まっていたらしい布が、ヒラリと床に落ちた。

「なんだ、これは」

拾い上げてみるとそれは、一枚のハンカチだった。それを見た瞬間、雷に打たれたような衝撃が走る。

「おいっ、これはなんだ!!」

浴室前の廊下に控えているであろう侍女を、大声で呼んだ。

「お呼びでご……恐れながら妃殿下。前をお隠しあそばしますよう……」

ソッと顔を背ける侍女の姿に、興奮しすぎてうっかり全裸のまま呼んでしまったことに気付いた。

しかし今はそれどころではない。

「このハンカチはどうしたのだ!!　これはっ……」

紛れもない、エルマーのハンカチだ。

見間違えるはずがない。なぜならこれは、ロンデスバッハを旅立つジークフリートとエルマーに、母イザベラが贈ってくれた刺繍入りのハンカチなのだから。

図案こそ簡単なれど、一針一針丁寧に刺された刺繍。ジークフリートのものにはＳｉｅｇｆｒｉｅｄのＳを、エルマーのものにはＥｌｍａｒのＥの文字が入っている。

『頑張って作ったんだけど、あんまり上手くできなくてごめんねぇ』

困ったように笑いながら渡してくれた母の手には、無数の絆創膏《ばんそうこう》が貼られていた。母の愛に感動したジークフリートとエルマーは、このハンカチを一生大切にしようと心に誓い、いついかなるときも肌身離さず持ち歩いていたのだ。

手の中にあるハンカチに刺繍されているのは、たしかにEの文字。

間違いない。イザベラが作ってくれたものだ。

「そちらの品でしたら、所用があって国境付近へ参りました折に、落ちていたものを拾ったのでございます。刺繍の見事さに、そのまま捨てるのが惜しくなりまして、持ち歩いていたのですが」

「国境へはいつ行ったのだ」

「二週間ほど前でしょうか」

ということは、エルマーは二週間前に国境付近にいた可能性がある。

――エルマー！

ようやく摑んだ手掛かりに、全身が震えた。

「ほかにも何かあったりはしなかったか？」

「いえ……ですが、何やら小さな子どもが逃げていく姿を見かけた気がします」

子ども!?　まさかエルマーか？

ジークフリートの胸が早鐘を打つ。

「その子どもというのは？　一体どのような者だった」

「私の姿を見た瞬間、風のように逃げて行きましたので、ハッキリは……恐らく孤児か野党の類いだろうと」

野党などではない。

アムール族に捕まれば、ロンデスバッハに送り返されてしまうかもしれない。それを危惧して逃げたのだ。

――エルマー!!

こうしてはいられない。エルマーを助け出しに行かなくては！

離宮に来て初めて、ジークフリートの胸に希望の火が点《とも》った瞬間だった。

「このハンカチを、私にくれないだろうか」

「それは構いませんが、そちらは少し汚れておりますので、新しいものを用意いたしますが」

「いや、これでいい。これがいいのだ」

「でしたらぜひ、お持ちになってください」

「悪いな。そなたには今度、新しいハンカチを用意しよう。それから夜食は用意できるか？」

「これからでございますか？」

「無理なら諦めるが」

「いいえ、すぐにご用意いたしましょう」

侍女は一礼すると、足音もなく去って行った。

――やらねばならないことができた。

頭の中のモヤがサッと晴れていく。死にたいなんて考えていたのが嘘のように、ジークフリートは決意を五体に漲らせていた。

エルマーを探すために、体を作る必要がある。

自暴自棄になりすぎて食事も満足に取らず、筋トレも一切行わなかったせいで、体力、筋肉共に落ちてしまった。もともと筋肉の付きにくい体だったこともあってか、離宮に来てからあっという間に痩せ衰えてしまったのだ。

この体では、エルマーを探して旅をするのは不可能だろう。

今から国境へ向かったところで、すぐに出会えるとは思えない。エルマーを探して、何ヶ月も彷徨う可能性だってある。

体力がなければ、途中で生き倒れてしまうかもしれない。最悪、倒れているところを発見されて、離宮に連れ戻されてしまうだろう。

そうならないためにも、飯を食って体を作る。そして筋トレに励む。

エルマーを見つけたら、二人揃ってロンデスバッハに帰るのだ！

「ふっ……ふふふふふ……はははは!!」

ようやく摑んだエルマーの足取り。

ハンカチを握りしめながら、ジークフリートの心はこれまでにないほど、高揚したのだった。

それからの彼はというと、出された食事を全て平らげるように心がけた。

数ヶ月間、碌《ろく》に食事をしていなかったせいで、胃がすっかり小さくなっていた。最初は少し食べただけで満腹になったものだが、その分回数を増やして実質的な増量を図る。

それから、ひたすらに体を虐め抜いた。

とはいっても外へ出ることは叶わないため、室内でできる限りのことをするのみだったが。

――早く以前の体に戻らなければ。

一刻も早くエルマーを迎えに行けるように、少しの時間も惜しんでは運動に励むことにした。

そんなジークフリートを見て、定例報告に来たヴァルラムは非常に驚き、また戸惑いの表情を浮かべた。

「妃殿下……何かございましたか？」

「何かとはなんだ」

スクワットをしながら返答する。

昨日まではヴァルラムがいるときは運動を止めていたのだが、今はその時間すら勿体ない。ゆえに彼がやってきても、スクワットを止めなかった。

どうせ話を聞くだけ。運動しながらでも構わないだろうと思ったのだ。開き直りともいう。

「いえ……少し驚いただけです」

「私は元軍人だ。ただ無為に過ごすより、体を動かしている方が性に合う」

運動を始めてからは、余計なことを考え込まずに済むうえ、気分があまり落ち込まなくなった。体を動かすことが、精神的な安定にも繋がるとは思わずいいことを学習したとほくそ笑むジークフリートだった。

「あの……一度出直して参りましょうか」

「いや、私に構わず続けてくれ」

「では……」

ヴァルラムはジークフリートから少し目を逸らしながら、報告を始めた。内容はいつもとほとんど変わらない。

ただ最後に一つ、いつもとは違うことを言い出した。

「セルゲイさまが、妃殿下にお会いしたいとおっしゃっておいでです」

セルゲイの名を聞き、ジークフリートの眉がギリリと吊り上がった。

「会いたいのなら、勝手に会いに来ればいいだろうが」

「ですが妃殿下のお言葉を、未だ気にされておられまして……」

「私の言葉？」

「顔も見たくない、と言ったあれです」

「まさか」

あのセルゲイが人の話を聞くとは……にわかには信じられない。

「いえ、真実にございますれば」

「あり得ない」

「妃殿下は誤解されていらっしゃるようですが、セルゲイさまは真実、妃殿下のことをお想いになっていらっしゃいます。お願いですからセルゲイさまと、会ってはいただけませんでしょうか」

「会ってどうする」

「一度、腹を割ってじっくりお話しなさってください」

「嫌だ」

「そこをなんとか」

「殿下は私に何一つ真実を語ってくれないではないか。話し合ったところで無駄だ」

「お話できる……と言ったら、どうなさいます」

「……まさか」

「間もなく全てが解決いたします。今ならば、妃殿下が疑問に感じていたことを、全てお話できるかと」

「真《まこと》か？」

「剣に誓いまして」

胸の前で剣を掲げ、厳かに言うヴァルラムに、ジークフリートはついに折れた。

「……わかった。話を聞こうではないか。殿下に伝えるがよい。会いたいのなら、勝手に来いとな」

かくして二人の面会が、決定したのだった。

期待半分、不安半分。なんとも複雑な気持ちで、ジークフリートはセルゲイを待つのである。

結婚360日目

そしてついに、セルゲイが離宮にやって来た。

ジークフリートはソファに座して、彼の訪れを待つ。

時が経つにつれ、彼の胸に広がっていくのは不安だった。

——話せる内容とは、一体なんなのだろう。

ミラナと一緒になる準備が整ったから、離婚してくれという内容だとしたら……。

そう考えただけでギリリと胸が痛み、息が上手く吸えない。

胸を押さえてソファに倒れ込んだ。

――どうしたというのだ。それこそが私の望みだろうが。

離婚を切り出されたら、すぐに快諾してエルマーを探す旅に出る。

そう決めていた。

しかしたしかに感じる、切ない痛み。

セルゲイとの別れが間近に近付いていると思っただけで、心がズタズタに引き裂かれそうな思いがする。

「今さらだな」

そう、全て今さらだ。自分たちはもはや修復不能である。

エルマーの件がなければ、もしかしたら許していたかもしれない。

しかしあんなことをされた以上、ジークフリートはセルゲイを許す気になれなかった。

――とにかく、全ては殿下に会ってから。

鬱々とした気持ちを抱えながら、セルゲイの到着を待つジークフリートだったのだが。


「ジーク！　ナチャーロの離宮へ行こう！」

久方ぶりの邂逅《かいこう》を果たしたセルゲイは、部屋の扉を開けるなり突拍子もないことを言い出した。

思わずポカンと口を開いたまま、絶句するジークフリート。

両手を広げて脳天気にニコニコ笑うセルゲイの顔を見て、陰鬱な気持ちが一転、苛立ちがフツフツ湧き上がってきた。

――なんだこの馬鹿虎は。

あれだけ深刻な状態だったにもかかわらず、開口一番いきなりこれか？

しかも、よりにもよってナチャーロ。今聞きたくない地名ナンバーワンの場所。

「なぜそこへ行かねばならんのだ」

地獄の底から這い出たような低い声を全く気にする様子もなく、セルゲイは満面の笑みを浮かべて浮かれたように言葉を紡いだ。

「ようやくジビ休暇に入れそうでな。休みは明日から二週間。その間はナチャーロでゆっくり羽を伸ばそう！」

「ジビ休暇……？」

聞き覚えのない単語に、首を傾げる。

しかしセルゲイは答えてくれなかった。あまりの浮かれ具合に、ジークフリートの言葉が聞こえていなかったようだ。

「あちらまでは馬車で一日半ほどかかる。あまり時間をかけたくはないからな。急で申し訳ないが明朝すぐ発《た》てるように、旅支度を調えてくれないか」

なぜ、今、この状況で、旅行の話になる。

ジークフリートのこめかみが、ギリギリ痛む。

ヴァルラムは『全て話せる状態』と言っていた。だからこそ、セルゲイと会う気になったというのに。

それがどうして、明日から二週間、セルゲイと二人で旅行するという話になる？

――冗談じゃない！

怒りの感情が、大波となって押し寄せてくる。

ジークフリートは拳を戦慄《わなな》かせながら、セルゲイの話を聞いた。

「会えなかった間、ずっと考えていた。そして改めて俺は、自分が本当に不実な番《つがい》だったという結論に達した。反省、したんだ」

「反省……ねぇ……」

それがなぜ旅行に繋がるのだと、激しく問い詰めたい気持ちになる。

「俺はジークを蔑ろにしたつもりはなかった。しかしジークがそう感じていたのなら謝る」

その言葉にますます怒りが増し、腸《はらわた》がグラグラと煮えくり返りそうだ。

「ナチャーロで、ジークとの仲を改善したい」

「それで全てが収まるとでもお思いか？」

「あぁ、もちろんだ！　あそこは皇太子の直轄地。代々の皇太子は、あの地で初夜を迎え、子作りに励むのだ。だから俺《おれ》たちも」

晴れ晴れしい笑顔で下衆《げす》なことを言うセルゲイに、ジークフリートの堪忍袋の緒がついにブチ切れた。

「ふざけるなあぁぁぁぁぁぁぁぁっ!!」

ソファから勢いよく立ち上がり、声の限りに叫んだジークフリートを見て、セルゲイは目を丸くして驚いた。その間抜け面にますますカッとなる。

「ナチャーロへ行ったところで、私たちの仲が改善できるわけがなかろうが！」

「ジーク、落ち着いて話を」

「これが落ち着いていられるかっ！　いいか、私はヴァルラムに『全て話す』と言われたから、あなたとの面会を決意したのだ。それがなんだ。ナチャーロに行くだと？　ふざけるのも大概にしろ！」

「ふざけてなどいない！　あちらに行った方が、話が早いと思ってだな」

「ミラナのいるナチャーロにか？」

そう、ナチャーロには今ミラナがいる。代々の皇太子が小作りに励んだというナチャーロに。

妃であるジークフリートよりも先に、ナチャーロに滞在しているのだ。

ミラナにしかできない仕事をするために。

それはすなわち、子作りではないかと、ジークフリートは結論づけた。

「よくもまぁそんな所に、私を連れて行く気になったものだ。まさかミラナと仲睦まじい姿を見せつけようという魂胆ではないだろうな！」

感情をむき出しにして罵声を浴びせるジークフリートに、セルゲイはなおも追い打ちをかける。

「ミラナは関係ない！　ただそろそろ真剣に世継ぎのことを考える時期だ。これは俺だけでなく、父上や帝国民全ての願い。だから早急に問題を解決してだな」

「これのどこが早急だ！　しかも言うに事欠いて世継ぎを儲けるだぁ？　そんなこと、ミラナと二人で相談すればよかろうに!!」

「だから、なぜミラナと？」

「彼女を次の皇太子妃にと考えているのだろう？　いつぞや私を拉致した男が言っていたぞ。貴様は白い結婚の末に私と離縁することを目論んでいると！」

この発言に、セルゲイはギョッとした顔になった。

どうやら白い結婚発言に関して、件の男は話していなかったらしい。

ジークフリートもまた事情聴取の際、その辺りに触れることはしなかった。

セルゲイにとっては寝耳に水だったのだろう。

「ちょっと待て！　一体なんのことだ!?」

「我らが閨を共にしなければ、一年後には大手を振って別れることができる。ミラナと結婚できなかった貴様は、それを狙って私と性交渉しないのだと、貴族どもがそう噂しているそうだ」

「それは違う!!　同性とは結婚できない国にいながら私の元に嫁いで来てくれたジークに、せめて最高の初夜を体験させてやりたいと思って、ずっと我慢していてだな」

「最高の初夜だかなんだか知らないが、そんなくだらない考えのせいで、私は大勢の男どもに狙われたのだぞ！　こちらのほうが、よっぽど問題だとは思わないのか！」

「だからもう二度と拉致されないように、住まいを離宮に移して護衛も増やしたわけで」

「離宮よりもまず、大事なことがあるだろうが！　貴様が来る日を待ち続け、毎晩下準備までしていた自分が哀れでしょうがない！」

「ジーク……俺をずっと待ってくれていたのか？」

頬を上気させ、上目遣いで尋ねるセルゲイ。尻尾がピンと立ち上がり、目の奥が興奮でユラリと揺れている。

「こ、言葉のあやだ！　うっかりだ！　つい漏れてしまっただけだから忘れろ!!」

「嫌だ、絶対に忘れない！　あぁ、ジークに求められていただなんて……っ!!」

「頬を赤らめるな。巨体をクネクネさせるな。鬱陶しい！　とにかくこれ以上の話し合いは無用だ。さっさとここから出て行ってくれ！」

「それはできん！　世継ぎはジーク以外と作る気がないし、第一、話はまだ終わっていない。少し落ち着いてくれ」

「落ち着いてなどいられるものかっ！　我慢ももはや限界。私は貴様と婚姻関係を続ける気は毛頭ない。今すぐ離縁させていただく！」

「ちょっと待ってくれ！　今までのことは謝る。悪いところは全て直すから、離縁なんて言わないでくれええぇ！」

「言い訳無用!!」

話し合いは平行線を辿ったまま、しばらく睨み合いが続いた。

「どうあっても、俺と離縁したいと言うのか？」

「当然だ。今まで自分が何をしてきたか、胸に手を当ててよーっく思い出すがいい」

「深い事情があったのだ。今日はそれを説明しに来た」

「もういい！　聞きたくない！」

「いいや、どうあっても聞いてもらう！　誤解されたまま、関係を破綻させたくない」

「すでに破綻しているのがわからんのか」

キッパリと断言するジークフリート。セルゲイはクッと唇を噛んだ。

「俺が欲しているのは、真実ジーク一人だけなんだ。お願いだから、それだけは疑わないでくれ」

「嘘だ」

「お前しかいらない。だからほかの者と子を儲けろなんて、悲しいことは言わないでくれ」

「絶対に信じられない」

「ナチャーロ行きは諦める。その代わり、黙って俺の話を聞いてくれ」

深々と頭を下げて、セルゲイはジークフリートに懇願した。

「ならばミラナを連れてきてくれ。ナチャーロまでは一日半の距離なのだろう。話はそれからだ」

「ミラナは王都に戻ってきている。しかし今は動けない状態なのだ」

「なぜ」

「まだ言えない」

「この期に及んで隠し事か！　私に秘密にするのがよっぽど好きなのだな」

「違う。この情報が万が一にもほかに漏れたら、今までの苦労が水の泡と化してしまうから、たとえジークであろうとも、今はまだ話すことができない」

「ならば話し合いは終わりだ」

「ジーク!!」

言っていることがむちゃくちゃだと、なぜ気付かないのか。ジークフリートは不思議でならない。

セルゲイは今にも泣きそうになっているが、そんな顔をされても絆されないぞと、気合いを入れ直す。

「あなたとて、もともと女性しか愛せない質《たち》なのだろう？　政略結婚した相手が同性であることは同情しよう。私のことは忘れて、好いた女性と愛し合えばいい」

「過去はそうだった。今だって男を抱く気にはなれない。だが俺は、ジークならば間違いなく抱ける。絶対に、だ」

抱ける——その言葉に、胸がドクンと高鳴った。

「な……にを、馬鹿なことを」

「おかしなことを言ったつもりはない」

ジリッとにじり寄るセルゲイ。

まさか今この場で目合《まぐわ》うつもりではないだろうな……身の危険を感じたジークフリートは、後退《あとじさ》って距離を取る。

「安心しろ。今ここで手を出す気はない」

「あ、当たり前だ。今さら出されては困る」

「ジークはまだ閨を共にする心構えができていないだろうし、俺自身もまだ本気を見せられる状態ではない」

「本気……？」

嫌な予感がした。

「初夜を行うのは明後日《あさって》だ」

「は？　勝手に決めるな」

「明後日、ついに私の想いが本物であると証明できる」

「別に見せなくてもいい」

「いや、むしろ見てくれ！」

鼻息荒く迫ってくるセルゲイに、危機感を抱いたジークフリートは、改めて明後日また来いと言って、彼を離宮から追い出した。

「明後日！　明後日を楽しみにしてくれえええ!!」

セルゲイの大きな声が廊下に響き渡り、部屋の中にいてもハッキリと聞こえてくる。

しかしそれもすぐに聞こえなくなり、離宮が完全に静寂を取り戻した頃、ジークフリートは水差しの水をコップに注いで一息で飲み干した。

久しぶりに喋りすぎて、喉がカラカラになっていた自分に気付き、自嘲にも似た笑みを零した。

さっきは思わず、我を忘れて怒鳴り散らしてしまった。しかも怒りのあまり、思わず本音がダダ漏れだった。

――もしも前からこんなふうに本音で会話を交わしていたら、私たちの仲は変わっていただろうか。

「……いや、それはないな」

ポツリ、独りごちる。

自分は最初から、蚊帳の外だった。セルゲイが全てを隠し通すと決断したときから、決まっていたのだ。二人は決して交わることなく、いずれは離ればなれになるという未来が。

セルゲイがどう証明してくれるのかはわからない。けれどジークフリートの気持ちを完全に覆せるような話をするとは思えなかった。

「話し合うだけ無駄だな」

となると、すぐにでも逃げ出した方がいいと、ジークフリートは心に決めた。

「旅支度を始めるとするか」

ただしナチャーロに行くためではない。

この離宮から密かに逃げ出すためだ。

蟻の子一匹逃さないほどの見張りも、明け方には若干の緩みが出ることを、長い離宮生活でジークフリートは学んでいた。

早朝になると、老従者と老侍女のどちらかが、必ず離宮を離れる。

宮殿の方角に向かっていることから、恐らく皇后に会いに行くのだろう。あの二人はもともと皇后の下で働いていた。ジークフリートの様子を報告しに行くのかもしれない。

その間もう一人は朝の準備をするため、離宮の内外を何度も行き来する。

つまりジークフリートの部屋に、張り付く時間が減るということだ。

また外の警護に関しても、その時間帯に兵の交代が行われている。鉄壁を誇る警備もその間だけは少しバタつくので、そこを狙えば抜け出すことが可能なはずだ。

決行は夜明け前。

すぐ出立できるよう、着替えや宝石を入れた鞄《かばん》を枕元に用意した。

宝石類はセルゲイから贈られたものだが、旅の途中で金に換えようと思っている。もらった宝石を突き返さないで本当によかったと、ジークフリートはつくづく思った。

それから、セルゲイに宛てた手紙をテーブルの上に置く。中身はもちろん三下り半。

慰謝料などについては、ロンデスバッハとグレハロクワトラス・シエカフスキー帝国の間で、上手く調整してくれればよい。

ジークフリートはその間、全力でエルマーを探すつもりだ。

離宮で最後の夜は、こうして更けていったのだった。

翌日は雨も降らず穏やかな天気だった。

日はまだ昇っていないが、空が少しずつ色を変えている。あと一時間もすれば、朝日が昇るだろう。

ジークフリートは人の目を掻い潜り、厩舎にやってきた。

気配を察知したのか、シンメルが前足をカツカツと地面に叩きつけながら、ジークフリートを歓迎する。

「シッ、静かにしてくれ。まだ早い時間だが、これから共に旅立とう」

ジークフリートの言葉が理解できたのだろうか。シンメルはさらに喜びを顕わにし、さぁ乗って！と言わんばかりの顔をした。

「いい子だ。少し待っていろよ。今、扉を開けてやるからな」

しかしそのとき、聞き覚えのある艶めいた声が、辺りに響いた。

「そこまでだ、ジーク」

闇の中に光る琥珀色の双眸が、ジークフリートをヒタリと見つめている。

セルゲイだ。

「……貴様、なぜここに」

「ジークが不穏な動きをしていると報告があったのでな。逃げられる前に捕まえに来た」

ギラギラと、まるで獲物を狙う獣のような目で、にじり寄ってくるセルゲイ。

——いや、これは……。

獣、そのものだと、ジークフリートは悟る。

セルゲイが虎獣人だったことを、今さらながらに思い出したのだ。

ジリジリと迫るセルゲイ。歩み寄られただけ距離を置こうとするが、狭い馬房で逃げられる場所はない。

気を抜くのは危険だ。一気に飛びかかられて、そして頭からガブリと食われることだろう。

隙を狙って脇を突破し、一気に駆け抜ければ、あるいは逃げられるかもしれない。

勝負は恐らく一瞬。

それで捕まったら最後。脱出の機会は二度と訪れないだろう。

早朝の馬房に、異様な緊張感が走る。

先に動いたのは、セルゲイの方だった。

突然跳躍したかと思うと、ジークフリートめがけて一気に襲いかかる。

「くっ!」

すんでのところでそれを躱し、横に逃げた。ジークフリートの危機を察したシンメルが嘶《いなな》きを上げる。

外へ向かって走るジークフリート。しかしセルゲイは、驚くべきスピードで前に回り込む。

さして広くもない馬房で始まった、戦闘訓練さながらの攻防は、留まるところを知らない。

「逃げるなっ!」

ジークフリートを羽交い締めにせんと、棍棒《こんぼう》のように太いセルゲイの腕が伸びてきた。それをしゃがんで躱し、股の間を潜って逃げる。

勢いの止まらないセルゲイは、そのまま目の前の柵《さく》にブチ当たり、大きな音を立ててひっくり返った。

チャンスとばかりにジークフリートは、全速力で駆け出した。

「待ってくれ、ジーク!!」

「誰が待つものか！」

荷物とシンメルを馬房に残したのは気掛かりだったが、戻る暇などない。そんなことをすれば、セルゲイに捕らえられてしまうだろう。

身一つで逃げるジークフリートの背後から、絶叫が轟いた。

「ジーク！　俺は自分の〝半身〟であるお前を手離すことなんてできない」

「……は？」

〝半身〟という言葉に、ジークフリートの足が止まる。

それは肉体や感情ではなく、魂そのものが惹かれ合い結びついた、唯一無二の伴侶。魂の番《つがい》。

セルゲイは今たしかに、ジークフリートが〝半身〟であると叫んだ。

「嘘、だ……」

そんな話をされたところで、信じられるわけがなかった。

「貴様の〝半身〟はミラナなのだろう？」

「誰がそんなことを。俺の〝半身〟はジーク、お前に間違いない。先祖返りのおかげで、獣性の強い俺は、出会ってすぐにジークが俺の〝半身〟であるとわかったぞ」

「勘違いに決まっている」

「絶対にそれはない。初めてジークを見たとき、胸に宿ったのは歓喜だった。お前と添えると思っただけで、泣きたいくらいに嬉しくなった。ジークはどうだった。俺に会って、心が酷くざわめいたりはしなかったか？」

初めて会った瞬間――たしかに今まで経験したことのないような、激しい衝動を感じた。

これまで経験した恋とはまるで違う、甘く切ない感情。

嬉しくて、切なくて、泣き出したくなるような不可解な感覚に包まれたことを、今でもハッキリと覚えている。

「ではあれが……いや、しかしまさか……」

「やはりジークも感じたのだな」

セルゲイは嬉しそうに破顔して、ジークフリートの元に歩を進めた。それに対してジークフリートは、その場を一歩も動けずにいる。言われたことの重大さに思考が停止してしまったのだ。呆然とした面持ちで、セルゲイをひたすらに見つめ続けた。

次第に近付く二人の距離。

目の前まで来たとき、セルゲイは両腕を伸ばしてジークフリートを抱きしめた。

アニスの香りが、鼻腔《びこう》いっぱいに広がって、クラリと目眩がした。

「海の向こうからやって来た番が〝半身〟だとわかった瞬間、俺はこの運命をくだされた神に感謝した。そして誓ったのだ。お前を生涯守り抜くと」

「……そのわりには、随分と扱いがぞんざいだったが」

「それは本当に悪かった。あの頃は、何も知らせないほうがジークの幸せに繋がると本気で考えていたからな。けれど全て話そうと思ったときにはいろいろと事情ができて、今度は話すことができなくなってしまった。その結果、ジークを傷つけることになってしまって、本当に申し訳なかったと思っている」

「事情とやらは結局話してくれないのか」

「いや。もう話せる状態まできた。今日全てが終わる。そのための手はずを、ミラナが整えてくれたからな」

聞きたくもない名前を耳にし、一瞬で気分が急降下する。

「なぜそんな悲しそうな顔をする」

「……別に」

「そういえば少し前からミラナのこととなると、やけに突っかかってきていたが……まさか、嫉妬《しっと》していたのか？」

「違う！」

「では、なんだ？」

「……私を蚊帳の外に置いて、ミラナと何やらコソコソとやっていたことに対して、怒っていただけだ」

「それで思わず嫉妬したと？」

「していない！」

「本当は？」

「…………知らん」

「したのだなっ!!」

刹那、電光石火の勢いで唇が奪われた。強烈なキスの洗礼に驚いている間に、セルゲイの舌が口内にスルリと潜り込み、縦横無尽に暴れ回った。

大きくて肉厚な舌は燃えるように熱く、動くたびにゾクゾクとした刺激が全身を駆け巡る。

「んーーーっ!!」

大きな手に後頭部を押さえ込まれ、顔を離すことはおろか背けることすらできない。もう片方の腕でジークフリートの上半身をガッチリと固定して、隙間もないほど体を密着させてくる。引き剝がそうとするもビクともしない。

ジークフリートは身動き一つ取れないまま、荒々しいキスを受け続けるよりほかなかった。

「んっ……ん―――っ!!」

上顎や頰の内側を擦るように、ザラついた舌を執拗に絡めながら吸い付いてくる。

口内を荒々しく蹂躙されるたびにクチャリと水音が立ち、淫らな響きに羞恥心が募った。

「んっ……ふぁっ……」

吐息に混じり、甘い声が漏れる。

くちづけが激しくなるほどに、セルゲイから漂うアニスの香りも濃さを増した。自身もまた、その身からハーバルノートを吹き上げていることを、人なる身のジークフリートは知らない。

互いの香りを嗅ぎ続けたことで体に欲望の炎が点り、次第に思考が苛まれていく。頭の芯がボゥッと白く霞《かす》み、ただキスをされているだけなのに、得も言われぬほどの快感に包まれ始めた。

「気持ちいいか?」

否定の意味を込めて、何度も首を横に振るも、セルゲイはジークフリートの嘘などお見通しだったらしい。

「そんなに蕩けた顔をしているくせに？」

嬉しそうに笑み零し、セルゲイは再びジークフリートの口内に舌を潜り込ませた。

「んっ……」

キスをしながら、セルゲイはジークフリートの髪に指を絡めた。口内の激しさとは裏腹に、優しくゆっくりと髪を撫でていく。

その甘やかな指の感触に、思わずうっとりと……うっとり……。

――って！　流されてどうするっ!!

キスの途中で我に返ったジークフリートは、己の痴態に叫びたくなった。

おおかたキスで私を惑わせて、うやむやにする作戦なのだろうと結論づける。

――しかし甘いな。このくらいで私が惑わされると思ったか!!

今すぐキスを止めさせようと、思い切り足を踏みつけた。

ダンッ!!　ダンッ!!

何度も何度も、それこそ骨を砕くつもりで踏んでいるにもかかわらず、セルゲイは平然な顔をしてキスを続けている。

そればかりか舌の動きは激しさを増す一方。

――クソッ、軍靴を履いていればよかった!!

長旅を想定して、履き慣れた靴にしたのが失敗だった。

舌は奥の奥まで入り込み、喉に届きそうな勢いだ。

——まさか、食われる……⁉

快感が一転、恐怖で全身に冷や汗が浮かぶ。

食われて堪るかと、舌に思い切り嚙みついた。

「ぐあっ！」

小さい悲鳴と共に舌が引き抜かれ、拘束がようやく解けた。

口の中いっぱいに広がる、不快な血の味。それを唾と一緒に吐き出して、ついでに唇を手の甲で何度も擦り、唇の感触を消し去ることに必死になった。

「な……にを、するんだっ……！」

ゴシゴシと力を込めて擦っていると、その腕をセルゲイがガシッと押さえた。

「やめろ。唇が腫れているぞ」

「貴様がキスなんてしなければ、私の唇が腫れることはなかったんだ！　大体こんな早朝に押しかけてきて、一体なんのつもりだ⁉」

「さっきも言っただろう。〝半身〟であるお前を手離せないと」

まだ舌が痛むのだろうか。口元に手を当てて、ぜぇぜぇと荒い息を吐きながらも、セルゲイはハッキリとそう告げた。

「だとしたら私は随分と安い男に見られたものだ。キスくらいで簡単に許すわけがなかろう。無理に押し切ればコロッと落ちるとでも思ったか！」

「キスだけじゃない」

「は？」

「今度こそ、お前と一つになりたい。愛してる……愛しているんだ、俺の番《つがい》。命よりも大切な〝半身〟……」

再び唇が降ってきた。それは先ほどのように荒々しいものではなく、小鳥が啄《ついば》む程度の優しいキスだった。

あっという間に離れた唇は瞬く間に冷たくなって、もっと温めてほしいと感じてしまう。いいようもない色気を迸らせて、ペロリと唇を舐めるセルゲイ。欲に濡れた眼差しがジークフリートを射貫く。

アニスの香りが一段と濃度を増し、背筋がゾクリと震えた。

逃げられない……そう覚悟したとき。

「二人とも、そろそろその辺でいいかしら？」

徐々に白み始める空の下に、凛とした女性の声が響いた。

「皇后陛下……」

いつの間に、そんなところにいたのだろう。隣には皇帝も立っていて、二人を見守っている。

「母上、なぜここに」

「お前のことですから、どうせ説得に失敗してジークフリートに逃げられるだろうと思って、加勢に来たのですよ」

「ともかくここにいては体が冷えてしまう。中に入って茶でも飲みながら、これまでの話をしようではないか」

「しかし……」

「ここに来る前、ミラナにも連絡を入れておいたから、じきにやってくるだろう。全員が揃ったら、そのときこそ事の真相を詳《つまび》らかにしよう」

「全てを知ったうえで、それでも納得できなかったら、逃げてもよいのですよ。あとのことは、わたくしが全て責任を負いますから」

「母上!?」

皇后の言葉に、セルゲイが悲鳴を上げる。

真剣な眼差しの彼女を見て、ジークフリートはコクリと頷いた。


離宮に戻ると老侍女が、すぐさま茶を持って現れた。脇には数種類のジャムと軽食も用意されている。冷えていた体が温まり、腹が満たされた頃、コンコンとノックの音が響いた。

「お待ちかねの方、お越しにございます」

老侍女の声に続き、扉がゆっくりと開かれる。

そこに見えたのは。

「ミラナ……」

「お久しゅうございます……」

ミラナは以前と変わらぬ、美しい所作で礼をした。

よく見ると少し痩せたようだ。頬がこけて、顔色があまりよくない。医師だろうか、傍らに付き添う男に肩を支えられながら、ゆっくりと室内に入ってきた。

「本日は同席の許可をいただき、ありがとうございます」

「お座りなさい。それよりも大丈夫なの？　顔色がよくないわ」

「少し緊張してしまって……でも、大丈夫です」

気丈に微笑むものの、窶《やつ》れた姿が痛ましい。なぜか妙に庇護欲をそそる。

「どうした、ジーク」

「ようやく役者が揃ったのだなと思いまして」

「そうだな。ではそろそろ、話を始めるか」

皇帝の一言で、その場の空気が一瞬にして変わった。

思わずゴクリと息を飲む。

「そもそもの発端は数年前、セルゲイとミラナが恋仲であるという噂が流れたことです」

「真実ではなかったと？」

「絶対にない！　俺もミラナも、互いを兄妹のようにしか思っていないのだから」

「そのとおりです。それが証拠に、わたしはセルゲイさまをずっと〝お兄さま〟と呼んでおりますでしょう？」

ミラナは困ったように微笑んだ。その言葉に嘘はなさそうだ。

「ではなぜ二人が恋仲だなんて噂が？」

「ミラナの両親がわざと流したのですよ。二人を結婚させるためにね」

前皇帝の妹が愛しい男に嫁いだ際、一つの取り決めが交わされた。

それは妹の夫を、政治の中枢に引き入れないというもの。

血縁だからといって、なんの才覚もない者が権力の座に就くことを、前皇帝は禁じたのだ。

妹とその夫は前皇帝の命《めい》に従い、田舎の片隅で愛に溢れた慎ましい暮らしを送っていたのだが、息子であるミラナの父は、なんの権力も持たない暮らしを相当不満に思っていた。

しかし自分でのし上がるだけの才覚はなく、田舎で鬱々としていたときに生まれたのがミラナだったのだ。

娘を九歳離れた皇太子の妃にすれば、この生活から抜け出せるのではないか――そう考えた父親は、セルゲイの伴侶候補として生まれたばかりのミラナを差し出したのだった。

「その申し出があまりに不快だったので初めは突っぱねていたのだが、マルティーナが『このままミラナを二人の手元に置いておくのは、却って可哀想ではないか』と言い出したのでな。そこでこの子を引き取って、手元で育てることにしたのだ」

親元を離れ、すくすくと成長するミラナ。

皇帝、皇后を本当の両親のように慕い、兄代わりの殿下との仲も良好だったそうだ。

「物心ついたときには二人とも、互いが〝半身〟ではないとわかっていました」

「〝半身〟は魂の片割れを激しく求めるもの。無理に別の人間を宛がったところで、その者と番になることは決してありません」

だからセルゲイとミラナが互いを〝半身〟ではないと聞いた皇帝と皇后は、二人を結婚させる気にならなかったと、皇后は語った。

「互いが〝半身〟でないと、幼い頃からわかっていたのですか？」

「ええ。先祖返りしたお兄さまはもちろん、わたしにもハッキリとわかっていました。なぜならわたしも……先祖返りした人間だからです」

「えええっ⁉」

ジークフリートを襲った男が、セルゲイは先祖返りしていると言っていたが、まさかミラナもだったとは……。

「では皇后陛下が以前言っていた、ミラナの事情というのは」

「このことです」

皇后はジークフリートの疑問に答えると、安堵の表情を浮かべた。ようやく打ち明けることができて、ホッとしたようだ。

「子だくさんで純血の人族は獣人垂涎《すいぜん》の的だけれど、逆に先祖返りをして獣性が濃く出ている者にもまた、獣人は憧れを抱くのですよ」

それこそ、何がなんでも相手との間に子孫を残したいと、熱望するほどに。

子を儲けるために、男性で皇太子のセルゲイを無理に奪おうとする者はいない。

しかしミラナはアムール族の中では小柄である。実際は人食い熊をも退治できる実力なのだが、子どもの頃はまさかそこまで強くなると予想できた者はいなかった。しかも皇族の末席に名を連ねる血筋の良さもある。彼女が先祖返りしていると知られれば、不届き者が湧いて出るだろう。不埒な男に狙われたジークフリートのように、ミラナもまた卑劣な者に狙われる可能性が高かった。

そのためセルゲイがミラナを常に側に置き、彼女を狙う男共の魔の手から守っていたのだが、それを恋仲であると勘違いする者が続出。ミラナの両親が流した根も葉もない噂に、信憑性を持たせる結果となったのである。

先祖返りの件は特秘事項となり、ゆえにあのときは、ジークフリートにも内密にするしかなかったというわけである。

「生まれつき獣性が強かったわたしは、〝半身〟を求める心もまた強かったのです」

「それは俺だって同じだ。戯れの恋ならいざ知らず、伴侶に迎えるならばやはり〝半身〟でなくては」

互いに顔を見合わせて、頷き合う二人。

ジークフリートにはよくはわからないが、先祖返りした者同士だけに通じる、何かこだわりのようなものがあるのだろう。

「わたしは両親に再三そう伝えたのですが、全く相手にされず……しかも、十五の歳に皇太子妃の選定に入るよう、周囲の貴族も巻き込んで声高に訴えたのです」

「余もマルティーナも、初めはそんなもの無視しようと思ったのだが、これは逆にミラナを皇太子妃候補から外す絶好のチャンスなのかと考え直したのだ」

未来の皇后となる皇太子妃の座を狙っている貴族は多く、そのためミラナをセルゲイから遠ざけようと企む者も、山のように存在していた。そういった輩が、挙《こぞ》って反対してくることは目に見えている。

皇帝は、それに賭けたのだ。

実際、皇帝直属の狗に調べさせたところ、ミラナ派よりも反ミラナ派の方が圧倒的な数を誇っていることがわかった。これならば、ミラナが皇太子妃に推薦されることは万に一つの可能性もない。

そして臨んだ選定会議。

皇帝の読みは見事に当たり、ミラナは皇太子妃候補から外されることとなる。

「わたしが候補から外されたことで、両親も一時は大変落ち込んでいたのですが、すぐさま考えを改め直して、今度は有力貴族に嫁がせようと行動し始めたのです」

毎日山のように送られてくる、見合い用の肖像画と釣書。それを無視していると、今度は宮殿に押しかけて来て「結婚しろ」「伴侶を作れ」と何時間でも説得にかかる始末。

ミラナを妻にと望む貴族たちからも追い回されるようになり、ミラナは次第に苛立ちを募らせていったのだという。

「それでイライラを解消するために、軍に所属することにしたのです」

「なぜ軍に」

「だって、思い切り大暴れ……コホン、体を動かせば、日頃のストレスを解消できると思いませんこと？」

たしかにそれはわかると、ジークフリートは激しく頷いた。肉体強化を好む彼は、ミラナの言葉に納得せざるを得ない。

入隊したミラナは、持ち前のパワーと格闘センスを遺憾なく発揮し、あっという間に皇帝、セルゲイ、ヴァルラムに次ぐ実力の持ち主になった。

「軍にいた頃は本当に楽しゅうございましたわ。だって、その時間は両親や貴族たちから離れていられますし、鬱憤も解消できますでしょう？　それにどれだけ暴れても、誰も何も言わないのも面白かったのです」

コロコロと笑いながら、楽しげに話すミラナ。一部物騒な発言があった気もしたが、そこは敢えて聞かなかったことにした。

「日々の訓練に没頭していたわたしは、地方に遠征に行った際に一人の男性と巡り会いました。あれはまさに運命の出会い。その方は……わたしの〝半身〟だったのです」

「〝半身〟が見つかったのですか？」

「彼はその地方に住む植物学者でした。ある日植物の採集をしに山に入ったところ、人食い熊に遭遇してしまったのです。襲われて、あわやというところをわたしどもの部隊が発見して……彼を見た瞬間わたくしは雷に打たれたような衝撃を受けました」

そして〝半身〟に襲いかかる熊が憎らしくて、思わず一人で退治してしまったのです……と、ミラナは告白した。

モジモジとするその仕草は実にかわいらしいが、発言が残念すぎてなんと返事をしたらいいのかわからない。

「魂の番《つがい》である〝半身〟との素晴らしい出会いに、わたしは酔いしれました。そしてそれは彼も同様で、わたしたちの恋の炎はすぐさま燃えさかったのです。当然のように結婚を誓い、皇帝、皇后両陛下、そしてお兄さまにもご報告したのですが……」

三人はミラナと〝半身〟の結婚を喜んで祝福したが、それに猛反対した者がいた。

ミラナの両親だ。

彼らは〝半身〟が平民ということを激しく非難して、貴族のミラナとは身分が違うから結婚は許さないと騒ぎ立てたのである。

「あの二人はミラナの実の両親でしょう？　わたくしたちはミラナを養育したとはいえ、養女として迎えたわけではありませんから、あの方たちに強く出られると立場が弱いのですよ」

「大帝国の皇帝、皇后両陛下でもですか？」

「ええ。わが国では婚姻は当人の意思が最優先されますけれど、未成年に関しては両親の判断が第一とされます。たとえどのような立場の者――わたくしや陛下であったとしても、親の意向を無理に覆そうとすることは、法律で禁じられているのです」

　両親から猛反対を食らったミラナ。

　しかし彼女は諦めなかった。

「いざとなったら〝半身〟と駆け落ちをしようかと思ったのですが、さすがにそれは……と、皇帝陛下が両親に対し、一つの提案をしてくださったのです」

　それは、〝半身〟が己の実力だけで見事地位と名誉を掴み取ることができたら、ミラナとの結婚を許してやってはどうかというものだった。

「具体的には、わたしが成人を迎える二十歳までに功績を挙げ、爵位を賜ることが条件でした。ただの植物学者で、しかも平民である彼がたった数年で爵位に就くなど到底無理だと踏んだ両親は、一つの条件を提示したうえで陛下のお申し出を受けたのです」

「それは？」

「わたしが二十歳を迎えても〝半身〟が爵位を賜れなかった場合はお兄さまの妻に……皇太子妃にすると約束するならば、その申し出を飲むと言ったのです」

　ものになるかわからない男を待つ間に、ミラナはどんどん歳を重ねていく。その分婚期が遅くなり、幸せな結婚を逃す羽目になったらどうしてくれるのだ……というのが、ミラナの両親の言い分だった。

「当時ミラナは反対したのだがな、〝半身〟がその条件を飲むと言って聞かなかったので、最終的にはミラナの両親の申し出を承認したのだ」

「そして彼は一刻も早く爵位を得るため軍に入隊して、ナチャーロへと旅立ったのです」

「ナチャーロ!?」

そこは皇太子の直轄領であるだけでなく、国境を守る要塞都市という一面も持ち合わせている。大きな森を挟んで、帝国と敵対する隣国と接しているため、小競り合いがたびたび起きる危険地帯なのだ。

そのため、帝国軍の中でも最強の兵士たちが配備されている場所でもある。

「彼は体力や運動神経は少しばかり劣っていましたが、その代わりずば抜けた頭脳を持っていましたから、北では参謀本部に配属されました」

「ちょっと待ってくれ。一介の植物学者がいきなり参謀本部だなんて、そんな無茶な話がまかり通っていいのか!?」

「そこはお兄さまのお力で……うふふ」

軍の総大将たるセルゲイが強引にねじ込んだらしい。越権行為も甚だしいこと、このうえない。

「初めはとても苦労したそうです。妃殿下のおっしゃるとおり、それまで軍経験が一切なかった人間がいきなり参謀本部入りですからね。やっかみから酷い嫌がらせなどにも遭ったそうです」

それでも〝半身〟は必死になって体を鍛え、寝る間も惜しんで兵法や戦術を学びに学んだ。そして少しずつ野獣狩りや盗賊の殲滅作戦などに携わり、それらを見事成功させて、自らの地位を固めていったのだ。

その後、隣国と小競り合いが起こった際には、素晴らしい作戦を打ち立てて階級を上げるに至った。

このことにミラナの両親は、このままでは娘がなんの権力も持たない若造の嫁になってしまう、と焦りを覚えたのだ。

しかし皇帝との約束がある以上、今までのように大っぴらに見合いを勧めたりすることはできない。

八方塞がりの状態に苛立ちを感じた頃、宮中でとある噂が蔓延《まんえん》していることを知った。

『皇太子殿下とミラナさま、愛する者同士が引き裂かれてしまうなんて、本当にお可哀想……』

それは他愛もない貴婦人たちの噂話。

しかしそう語っていたのは、一人二人だけではない。多くの貴婦人がそう言って、ミラナに同情していることがわかったのだ。

これは使える……そう考えたミラナの両親は、再びミラナを殿下の妃候補にするべく、暗躍を始めたのだった。

「両親は貴婦人たちを焚《た》きつけて、外堀を埋めていこうとしたのですわ。有力貴族たちがこぞってわたしを皇太子妃に推せば、皇帝陛下も無下には断れないと踏んだのでしょう。前回の皇太子妃候補選定の際には反対票が上回りましたから、今度こそ両親が勝てるよう少しでも票を多く集めようと必死になったのです」

「ミラナの両親の行動に、ここにいる全員がうんざりしていた頃、とある情報が齎《もたら》された」

それこそが、ロンデスバッハ開国の報《しら》せだったのだ。

「セルゲイさえ結婚してしまえば問題解決するのではないかと、余は考えたわけだ。ロンデスバッハとの話し合いも纏まり、これでひとまずは騒ぎが収まると思ったのもつかの間、そこからがまた怒濤の展開でな」

「何を人ごとのようにおっしゃってるんですか。それもこれも、全ては父上のせいなのですよ。あのな、ジーク。俺がこの結婚について初めて話を聞いたのは、二国間の協議が締結されたあとだったのだ」

「はぁっ!?」

「陛下はこんな大切なことを、セルゲイ本人はおろか妻であるわたくしにまで内緒にしていたのですよ」

皇后の手の中で、扇がギリギリと嫌な音を立てた。

「昔から人の話を全く聞かないし、物事はなんでも独断で推し進めて、わたくしには事後報告で済ませる人でしたが、まさか息子の結婚まで勝手に決めるだなんて……」

ワナワナと震える皇后の隣で、顔を青くする皇帝。

「だけどあのときは、これが一番最善の方法だと思ったわけであってだな」

「国中をさらなる混乱に陥れただけではないですか!!」

バキッと大きな音を立てて、ついに扇が折れた。

「あの、ですが結婚は、当人の意思が最優先されると、先ほどお聞きした気が」

「皇帝の子に限っては除外されるのです。国のため、政略結婚の駒となってもらう場合も大いにあり得ますからね」

「しかも今回は、花嫁はすでにこの国に向かって出発してしまっている。ここまで来たらもう、拒否することは不可能だろう。だから俺も腹をくくって受け入れたのだ」

「……私との結婚は、やはり嫌だったのですね」

「顔を見る前は……正直、な」

セルゲイだってもともとは、異性しか愛せなかったのだ。それを皇帝の独断で、男の嫁をもらうことになってしまった。ジークフリートと同じく、被害者と言っても過言ではないだろう。

その点に関しては、ジークフリートも大いに同情してしまう。

しかしセルゲイの口からハッキリと、結婚は嫌だったと聞くと心が痛む。

ションボリと項垂れたジークフリートに、セルゲイは慌てて言葉を続けた。

「しかし出会った瞬間、その気持ちは吹き飛んだぞ！　ジークが俺の〝半身〟だと即座にわかったからな。あのときは本当に、神に、そしてほんの少しだけ父に感謝したものだ」

「余の決断に間違いはなかっただろう！」

「あなたは黙らっしゃいっ!!」

皇后の鋭い声に、少しだけ元気を取り戻しかけた皇帝が、またすぐにシュンと体を縮こませる。

「と、とにかく話を元に戻すとだな……。ジークフリートも知ってのとおり、セルゲイがしきたりに従わず婚姻式を強行したことを理由に、そなたを廃妃にして新たに皇太子妃を選出すべきという輩が溢れた。しかもその声に乗じて、ミラナの両親まで再び暗躍を始める始末」

「両親は相当焦っていたのでしょう。皇帝陛下が自分との約束を反故《ほご》にして勝手に皇太子妃を迎えてしまったと非常に憤慨し、支援者の前で『皇太子妃に瑕《きず》を付けて廃妃に追い込んでやる』などと宣言していたそうなのです」

その話を聞いて、ミラナは非常に迷った。

皇帝の意に背き、未来の皇太子妃を疵《きず》ものにしようと企んでいるのだ。反逆したと取られて、断罪されてもおかしくない。

ミラナはいっそ皇帝に、両親を捕縛してもらおうかとも考えた。

「けれど、結局は決断できませんでした。だってあんな人たちとはいえ、私とは血の繋がった、実の両親なのですもの……」

ミラナの気持ちを知った皇帝一家は、彼女の両親を逮捕せず、黙殺することに決めた。

「あの二人は余の縁戚だからな。そのような出自の者が起こした醜聞が原因で、よからぬことを企てる輩が出てきては困る。国中がセルゲイの結婚で揉《も》めて不安定になっている中、それだけは避けなければならなかった」

だからこそ、全てを隠して秘密裏に事を運ぶ必要があったのだ、と皇帝は語った。

実際に被害に遭っているのは、ミラナとセルゲイの二人だけ。当のセルゲイは、噂くらいどうってことはないと豪語したため、事を明らかにして騒動を巻き起こすのは得策でないと、結論づけたのだ。

そしてミラナの両親が諦めるのを待つことにしたのだが、そうは問屋が卸さなかった。

よりにもよってセルゲイが、慣例に則った婚姻式を行わなかったのである。しかも閨を共にしていない。

それを逆手に取ったミラナの両親は、セルゲイとジークフリートを離婚させるべく、次の手に出た。

甘言に唆された貴族の男が、ジークフリートを誘い出した事件だ。

「妃殿下に危害を加えようなど、赦されることではございません。ここでようやく、わたしも決心がついたのです。諸悪の根源である両親を断罪して、極刑に処すのもやむなし……と」

「何もそこまで……」

結論からいえば、ジークフリートは無事だった。何も極刑に処さずとも、流刑程度で済ませてもよいのではないだろうかと思ったのだが。

「いえ。これは第一級の大罪です」

ここでミラナの両親の処分を甘くすれば、ジークフリートを狙っている輩がつけ上がり、ひいては国に徒《あだ》なす者が出てくるかもしれない。そのために厳しい処罰を下すことが必要と、一同は結論したのだ。

「肉親の情からなかなか決断を下せず、妃殿下には不愉快な思いばかりさせてしまいましたこと、誠に申し訳ありませんでした」

「あなたのせいではない」

「いいえ。私がもっと早く心を決めていれば、お兄さまと妃殿下の仲が拗れることにはならなかったのです」

ミラナの両親の逮捕は、敢えて人目に付くよう、大々的に行われることが決まった。これは今もなおジークフリートを狙う者どもの、動きを封じる意味も含まれている。

皇太子妃に手出しした者は、このような末路を辿るのだ……と、アピールする狙いがあった。

「して、ご両親は今……？」

「今頃は何も知らずに、高いびきをかいていることでしょう」

「では捕縛は」

「今日、この話し合いが終わった後、行う予定です。陣頭指揮は、わたしが執ります」

「ミラナが!?」

実の両親を、娘が捕縛する。

運命の過酷さにジークフリートは絶句したが、ミラナは涙一つ見せなかった。

「両親がしでかしたことの後始末を、娘の私がするのは当然のこと。あくまで強欲を貫いた、両親が悪いのです」

初めからわたしを皇太子妃にすると考えず、田舎の領地で慎ましい生活を送っていればよかったものを、権力を高望みしてしまうから……と呟いて、ミラナは遠い目をした。

捕縛を決行するまで、ミラナはナチャーロで静養することとなった。両親のことで、心が疲れ切っていたのだ。

ナチャーロを選んだのには二つの理由があった。

一つは当然〝半身〟がいる地ということ。

そしてもう一つが。

「両親の捕縛に、ナチャーロにいる辺境軍を動員することが決定しましたので、将軍らと打ち合わせを行うために、彼《か》の地へ赴いたのです」

いくら罪人とはいえ、辺境を守る軍隊を動かすなど、少しやりすぎではないかと思ったジークフリートであったが、そのくらいのパフォーマンスをしない限り、第二・第三の両親が現れるだろうとミラナたちは危惧したらしい。

「半年という長い期間をナチャーロで過ごし、すっかり心も癒えたというのに、いよいよ両親に縄を打つと思うと、やはり緊張してしまいますね」

そう語るミラナの手が、小さく震えている。

決断したとはいえ、やはり両親に引導を渡すと思うと、心がくじけそうになるのだろう。

そんな彼女の手を、横に座る医師らしき男がソッと包み込んだ。

「……ん？」

なぜその男が、ミラナの手を握りしめるのだろう。しかも皇族の一員のミラナに対して、あまりに気安い態度と雰囲気。なのに皇帝らは何も言わず、むしろ微笑ましい眼差しを向けている。

はてな、とジークフリートは首を傾げた。

「そういえば、ご紹介が遅くなりました。こちら、わたしの〝半身〟です」

「えええええ!!」

人懐っこい笑みを浮かべながら、ペコリと頭を下げる男。本当に軍に所属しているのかと思うほど、線が細い。

衝撃の事実に、ジークフリートはミラナの〝半身〟をマジマジと見つめることしかできない。

「本当に、ミラナは殿下の〝半身〟ではないのか……」

「だからそうだと言ったただろう？　ミラナとの結婚は絶対に考えられないし、一度たりとて恋愛関係になったこともない」

「では全て、私の勘違いだったのか……」

社交界に蔓延《はびこ》る噂を鵜呑みにし、事態をますます混迷させてしまった。いくら何も知らなかったとはいえ、讒言に惑わされたのは私の失態だと、ジークフリートは激しく後悔した。

「殿下は違うと言っていたのに、私は信じようともしなかった……」

「それは仕方のないことでしょう」

苦しい心の内を吐露したジークフリートに、慰めの言葉をくれたのは皇后だった。

「真実を全て隠されたうえに何ヶ月も軟禁状態。わたくしだったらとっくの昔に故郷に帰っていたところでしょうに、ジークフリートはよく我慢をしたと思いますよ」

「いえ、嘘を鵜呑みにするような者は、皇太子妃に相応しくありません。かくなるうえは身分を返上して、ロンデスバッハに帰らせていただきとうございます」

「まさか俺と離婚するつもりでは！」

「そのとおり。こんな未熟者、大帝国の皇太子妃に相応しくないだろう」

「ジーク！　そんな悲しいことは言わないでくれ!!　もう隠し事は一切ないし、これからも絶対にしない。全てお前に話す。だから」

必死になって食い下がるセルゲイではあったが、ジークフリートの心はもう決まっていた。

「それ以外にもエルマーの件があることを忘れたか」

「そんなにもエルマーが心配なのか!?」

セルゲイは悲痛な叫びを上げたが、エルマーに関してジークフリートは一歩も引く気はない。

「先ほども言ったとおり、エルマーは私の弟同然の者。弟が異国で行方不明となれば、心配しない方がおかしいではないか」

「本当に弟としか思っていないのか？」

「くどい」

「だってお前たちは……あまりにも距離が近かったし、愛を囁き合っていたり、逃げる計画を立てていたり……」

「愛!?」

そんなことをした覚えのないジークフリートは、驚くしかない。

「いつぞやなど、エルマーがジークに抱いてくれなどと迫っていたし、そんな場面を見たら誰だってそう思うだろう？　なぁ、ヴァルラム」

ヴァルラムもまた顔を強張らせて首肯する。

しかしジークフリートには心当たりがない。あのエルマーが自分に迫るなど、あるはずが……。

「あ」

そういえば以前、閨の誘い方についてエルマーに相談したことがあったのを思い出した。

身振り手振りの体験談。

セルゲイはあれを、エルマーがジークフリートを誘ったのだと、勘違いしたのだ。

まさか、あれがそんなふうに見えていたとは……ジークフリートは激しく動揺した。しかしそう見えても仕方ない。ジークフリートは全くグッとこなかったが、エルマーの演技力は真に迫っていたのだから。

何をしているのか問われた際、下手にごまかしてしまったのはジークフリートである。

これらを総合して、セルゲイが誤解してしまったのも無理のない話なのだ。

「あれは違う。そういう意味ではなくて」

「ではなぜエルマーがジークに迫っていたのだ」

「あれは、つまり」

しかしそんな恥ずかしいことを、打ち明けられるわけがない。

「何もやましいことがないのなら、素直に言えるはずだろう!?　やはりエルマーとジークは！」

「……黙秘する」

「違うと言っているだろう！　あれはエルマーに閨への誘い方について相談していただけだ!!」

カッとして、つい口を滑らせてしまったジークフリート。

恐る恐るセルゲイを見上げる。呆れただろうかと不安になったが、当のセルゲイは鳩《はと》が豆鉄砲を食らったような顔をした後、一気に相好を崩した。

「俺を誘う気でいてくれたのか！」

「だからそれは、皇太子妃としての義務が」

「ああああああ、ジ――――クッ!!」

「グエェッ！」

「セルゲイ、そんな馬鹿力で抱きしめたらジークが圧死しますよ……」

「あああ、ジーク！　すまなかった、嬉しさのあまり、つい！」

「つい……じゃない！　骨が軋んだぞ、折れたらどうしてくれるんだ!!」

「本当に、本当にエルマーのことはなんとも思っていないのだな？」

「頼りになる従者であり、かわいい弟としか思っていない。兄が弟の心配をするのは当然のこと。エルマーの無事を確認するまで、私は貴様を絶対に許さない」

「そんな！」

「私はここを出て、エルマーを探すつもりだ」

「ジーク！　それだけはっ!!」

セルゲイは顔を紙のように白くして狼狽えているが、ジークフリートはエルマーの件に関して、自分の意思を曲げる気はない。

「本気、なのか？」

「もちろん」

「エルマーは俺が責任を持って探すから、この離宮から出ていかないでくれ」

ガックリと項垂れながらも、そう約束したセルゲイは、早速ヴァルラムにエルマーの捜索を指示した。

「しかしエルマーは本当にロンデスバッハに帰っていないのか？」

「あぁ」

祖国からの手紙には、たしかにそう書かれていた。

自由奔放で予測不能な母ではあるが、決して嘘をつくような人ではない。ということは、エルマーは本当に帰国していないということになる。

「ロンデスバッハ人を国外退去させてから半年。この国に出入りした者の情報は全て押さえてあるが、エルマーが入国したという報告は受けていない。となるとエルマーが無事でいる可能性は低いと言わざるを得ないだろう」

帝国に来るためには、ジークフリートたちが馬車で一ヶ月かかった距離を歩かなければならない。しかもその間、食事は必要だし夜には宿に泊まらなければならない。

だが職務中に連れ去られたエルマーは、金を持ちあわせていないはずだ。

旅の途中で野生動物に襲われることだってあるだろうし、夜盗に遭遇すればあっという間に捕まって、売られてしまうかもしれないのだ。

「頼むから、諦めてはくれないか」

「しかし国境沿いでエルマーらしき子どもを見たという目撃情報があるのだ。そういった話がある以上、私は諦めきれない」

「国境沿いで……？　そんな報告は聞いていないが」

セルゲイは慌ててヴァルラムを振り返るが、そのヴァルラムも目を見開いて驚いている。

「妃殿下、その情報はどちらで？」

「先ほど茶を運んできた老侍女に聞いたのだ。彼女が見たそうだ」

「その者の見間違いではないのか？」

しかしあのハンカチは、たしかにエルマーのものだった。だからエルマーは絶対に生きて、この国のどこかにいるはずなのだ。

「第一ロンデスバッハ人は目立つから、エルマーが入国していた場合は目撃談はもっと増えるだろう。しかしそのような噂すら俺の耳に入らないことを考えると、エルマーは入国を果たしていないか、果たしたとしても途中で斃れた可能性が高い。もしくは誰かに捕らわれてしまったか……」

「ではエルマーは」

「今頃は……」

最悪の事態が頭を過る。

「エルマー……」

こんなことなら体を鍛えてから探しに行こうなどと、考えなければよかった……後悔の念に襲われ、全身の力が抜けていく。

「ジーク、しっかりしてくれ！　ヴァルラム、急ぎ情報を集めるのだ」

「その必要はありません」

慌てて指示を出すセルゲイの声を制したのは、皇后だった。

「母上……？」

「エルマーの行方を捜す必要はありません。あの子なら、ずっとわたくしの元におりましてよ」

「えぇぇっ⁉」

にこやかにそう話す皇后の声に、その場にいた全員が驚いた。

なぜエルマーが皇后の元に……？

こんなに近くにいたのに、なぜエルマーはジークフリートの元に戻ってこなかったのか。

全員の頭の中に、疑問が渦巻く。

「母上が、どうして……」

「理由を話す前に、エルマーをここに呼びましょう。ジークフリートも会いたいでしょう？」

「それはもちろん！」

エルマーに会える。思いも寄らない言葉に、心臓がバクバクと大きく音を立てた。

ほどなくして、軽やかなノックの音が聞こえ、ジークフリートは勢いよく腰を上げた。

老侍女と共に中に入ってきたのは。

「エルマー‼」

「ジークさまっ‼」

互いに駆け寄り、ヒシッと抱き合うジークフリートとエルマー。

実に半年ぶりの邂逅である。

「ジークさま、ジークさま、ジークさま!!」

何度も主人の名を呼びながら泣きじゃくるエルマー。

柔らかい髪を何度も撫でながら、ジークフリートもエルマーの名を呼び続けた。

「お前、無事だったのだな」

「はい。ずっと皇后さまに保護してもらってました」

保護されていたと言うだけあって、肌艶もよく窶《やつ》れた様子もない。

「ジークさまは随分痩せましたね」

「そうか？　これでも筋トレはしていたんだぞ」

以前よりは筋肉量も落ちたが、驚かれるほど痩せてはいないはずだとジークフリートは考えていた。

しかしエルマーはゆるゆると首を振って
「これからは僕がお側にいて、しっかり体調管理もしますからね」

そう言って以前と変わらぬ笑顔を浮かべた。

「体調管理くらい自分でもできる。だがもうどこにも行くな。私の側から離れないでくれ」

「ジークさま……」

見つめ合う二人。

涙と感動の対面である。

「お前らそれで本当に、恋仲じゃないと言えるのかっ!?」

セルゲイの怒声が、感動の再会に水を差す。

「どう聞いたって、愛を囁いているようにしか聞こえないじゃないか！」

「だから違うと言っているだろう？　なぁエルマー」

「ジークさまのことは敬愛してますけど、僕たち男同士ですよ？　恋愛感情なんて全くありませんから」

「ほら、エルマーもこう言っているだろうが」

「全く信用できんっ!!　大体俺の目の前でイチャイチャするとは何事だっ!!」

物凄い力で体を引かれ、あっという間にエルマーと離されてしまう。

「エルマー！」

「ジークさま！」

ジークフリートに駆け寄ろうとするエルマーの前に、ヴァルラムが立ちはだかった。

「エルマー」

「げぇっ」

ヴァルラムが壁となってはだかっているせいで、ジークフリートにはエルマーの表情が見えなかったが、その声音から再会を心底嫌そうにしていることが窺える。

しつこくされて、仕事が捗《はかど》らないと憤っていたエルマーだ。ヴァルラムのことがよっぽど嫌いなのだろう。

ヴァルラムはというと、巨体を激しく震わせながら
「ずっと、会いたかった……また会えるとは思ってもみなかった……！」

と絞り出すように言葉をかけた。

その声音はまるで歓喜に溢れているようで……。

「ん？　なんでこいつは、こんなにも喜んでいるのだ？」

嫌な予感がジークフリートの胸を過る。

「会いたかったぞ、エルマーッ!!」

疾風のごとき速さで、迫るヴァルラム。

思い切り抱きしめたら、エルマーが本気で圧死しそうな勢いである。

「エルマー！」

助けに入ろうと駆け寄ろうとするも、セルゲイの腕に捕らわれているせいで、動くことができない。

「やめろ離せ、エルマー!!」

ヴァルラムの腕がエルマーを捕らえようとしたとき。

どこかから現れた見慣れぬ若い侍女が、エルマーたちの間に割り込んだかと思うと、ヴァルラムの手を払った。

「うぉっ!?」

突然の出来事に大きく飛び退《の》くヴァルラム。侍女は短刀を握りしめ襲いかかる。

一体何が起こっているのだ？　突然の展開に、頭が追いつかない。

「退《ど》け！」

殺気の籠もった声で侍女を威嚇するヴァルラム。しかし彼女はフッと笑って「退きません」と即答した。

「この俺に勝てると思ったか」

「さすがにそれは無理でしょう。長引かせれば勝てる見込みはありません。ですが一撃必殺なら私の方が上ですよ」

侍女の言葉にヴァルラムの殺気が一気に膨れ上がる。目の前で死闘が繰り広げられるのかと息を飲んだが、それは実現しなかった。

「二人とも、おやめなさい」

皇后が二人を制したのだ。

「全くあなたたちときたら。ジークとエルマーが怯えているじゃないの」

「私は別に怯えてなど」

「ああ、さぞ恐ろしかっただろう、ジーク！」

「怯えておらんし、どさくさ紛れに頭を擦《なす》りつけるな、鬱陶しい！」

「とにかく皆の者、静まりなさい。ヴァルラムはセルゲイの後ろに控えて。エルマーはわたくしの元に来なさい」

皇后に言われ、渋々といった様子で従うヴァルラム。それに対してエルマーはニコニコとしながら、皇后の真横に立った。随分と懐いているように見える。その様子に、この半年間辛い目に遭っていないことが察せられて、胸を撫で下ろすが釈然とはしない。

「ジーク。あなたの大切なエルマーは」

「やっぱりエルマーのことが大事だったのか！」

「セルゲイ！　いい加減にお黙りなさい!!」

皇后に一喝され、セルゲイはビクリと体を震わせて口を閉じた。

「エルマーはロンデスバッハ行きの船に乗った直後から、わたくしが保護しておりました」

「そんなに以前から……」

「セルゲイがロンデスバッハ人を捕らえ、国に帰還させると聞いたわたくしは、すぐにわたくし専属の狗を使ってエルマーを助け出そうとしました」

皇后はセルゲイを再三諫《いさ》め、考え直すよう説得を繰り返していた。しかしセルゲイは一向に聞く耳を持たない。結局エルマーは捕らえられて、護衛騎士たちと共に港まで送り届けられてしまった。

その後は皇后の狗に保護、すぐに下船すると、セルゲイにも悟られぬよう宮殿へと戻って来ていたのだ。

「なぜ、皇后陛下が？」

「見知らぬ土地に嫁いだにもかかわらず、夫に蔑《ないがし》ろにされ苦しんでいるジークフリートが、この国に嫁いだばかりのわたくしを思い起こさせたからです」

蔑ろになんて！　と喚くセルゲイと皇帝をギロリと一瞥し、皇后は話を続けた。

「特にジークフリートはずっと軟禁状態で、エルマーの存在が心の支えになっている部分が大きいと感じたのです。この子がいなければ、ジークフリートは負の感情に潰されてしまったことでしょう」

実際にジークフリートは鬱々として何も手に付かず、屍同然の生活を送っていた。毒を呷りたいと考えたこともある。

「エルマーを保護していたことは大変ありがたく思います。ですが、すぐに私の元にお連れいただければよかったのに」

思わず愚痴が口を突く。

それに対して皇后は首を横に振った。

「あのままではまたセルゲイに捕まって、今度こそロンデスバッハに戻されたでしょう。最悪の場合、人知れず処分されたかもしれません」

横に立つセルゲイをギロリと睨むジークフリート。

処分された、はさすがに言いすぎだと思ったが、その反面「こいつならやる」と思えて仕方なかったのである。

「俺はそんなことしないぞ！」

「それはどうだか。エルマーに随分嫉妬していたようだしな」

ジークフリートの言葉に頷く一同。セルゲイだけは憮然とした表情を浮かべているが、これまでの彼の態度を考えれば仕方がない。自業自得である。

「だからずっと隠していたのだけれど、ジークフリートの気力が持つかわからなくなってしまったでしょう？　ですから一度だけ、偶然を装ってエルマーの無事を知らせることにしたのです」

「まさか、あのハンカチ……？」

考えてみたら、あのハンカチはあまりにも不自然だった。

あのときは頭が上手く働いていなかったから全く疑問に思わなかったが、タオルの中に偶然挟まっていたなんて、いくらなんでもあり得ない。

「あのハンカチが僕のものだって知ってるのはジークさまだけ。ジークさま以外の人に見られても、僕の存在に気付かれることはないだろうと思って、皇后さまにお願いしたんです」

「わたくしの子飼いの侍女……に扮した狗に、さりげなく渡すよう託したのですよ」

いやいや、全くさりげなくなかったぞと、内心激しく反論する。

アムール族のさりげないとは一体……と考えるジークフリートである。

しかしあのハンカチがあったからこそ、彼は生きる気力を取り戻したのだ。

「エルマーを保護していただいたこと、感謝いたします。あとであの侍女にも礼を言わねば」

「では、今言ったらどうかしら」

「え」

「あなたの目の前におりますでしょう？」

目の前……？　しかしどこを見てもあの年老いた侍女はいない。いるのは皇后とエルマー、それからヴァルラムに襲いかかった年若い侍女だけだ。

パチリと目が合うと、彼女はニコリと微笑んだ。

「あの老侍女はね、実はこの者なのですよ」

「えっ!?」

皇后の言葉に、ジークフリートは耳を疑った。

あり得ない。どう見たって別人だ。大体年齢が違いすぎる。

目の前の侍女はどう見ても二十代前半くらい。しかし離宮の侍女は五十代、いや、もしかしたら六十代かもしれない。

体つきも声も全く違うし、二人が同一人物だとは、ジークフリートもさすがに信じられない。

「お戯れはおやめください」

「あら、信じてくれませんのね。仕方がないわ」

皇后は背後の侍女を振り返って目配せすると、彼女はコホンと咳払いをして
「妃殿下、ヴァルラムさまがお越しにございます」

と言った。その声は確かに年老いた侍女のもの。

「ま、まさか!?」

「もしもセルゲイがあなたに無体を働こうとしたら、身を挺《てい》して阻止させようと思って、この者を側に置かせたのですよ」

狗ならばただの侍女よりも腕が立つし、長期戦となれば敵わないが、油断させたうえで一撃を食らわすことくらいは可能だろう。煙幕や暗器などの武器も携帯しているし、見た目はただのか弱い老婆。帝国最強を誇るセルゲイも、油断して隙が生まれるかもしれないということで、彼女が任に当たることになったらしい。

ちなみに老従者も皇后の狗で、正体は彼女の妹らしい。

「妹」

「さようでございます。いつ正体を見破られるか、いつもハラハラしておりました」

侍女…もとい、狗はコロコロと笑って言った。

全く気付かなかったジークフリートが愚鈍なのか。

それだけ変装が完璧だったのか。

どちらにせよ、狗は本当に精鋭揃いなのだと、感心せざるを得ない。

それからもう一つ。侍女が皇后の密偵だとセルゲイに悟られて、そこから芋づる式にエルマーの居

場所が発覚したら一大事。だから念には念を入れて、正体が絶対にバレないような変装をさせることにしたと、皇后は語った。

「だから老婆の扮装を……」

聞けば侍女は変装と隠密行動の達人らしい。

だからいつも、足音一つ立てずに近付いてくることができたのかと納得した。

それにしても半年間側にいたのにもかかわらず、全く気が付かずにいたとは。

皇后直属の狗、恐るべし、である。

「もっと早くに教えてあげられたらよかったのだけれど……本当にごめんなさいね」

皇后はジークフリートに深々と頭を下げると
「それで、これからどうしますか？」

と問うた。

「どうする……とは？」

「今後もこの国に留まるか。それともエルマーと共にロンデスバッハに帰るのか。あなたはどちらを選択するのかしら」

「母上っ!?　何を言い出すのです！」

「セルゲイ、落ち着きなさい。ジークフリートのためを思ってのこととはいえ、わたくしたちのやり方はあまりにも悪手すぎました。ジークフリートがこの一年味わった苦痛は相当なもの。もしもジークフリートが帝国に見切りをつけて祖国に帰りたいと言うならば、その希望を叶えてあげるのが筋というもの」

「嫌だ！　せっかく巡り会った〝半身〟を手放せるわけがない！　ジーク、お前はどうなのだ。ロンデスバッハに戻ったりはしないだろう？」

「私は……」

戸惑うジークフリートに、エルマーがポツリと囁いた。

「ジークさまの本心を聞かせてください」

「エルマー……お前はどうするのだ。ロンデスバッハに戻りたいのか？」

「もしも僕が戻るって言ったら、ジークさまも一緒に行きますか？」

「ジークッ!!」

絶望の声を上げて縋り付くセルゲイの髪を、ジークフリートはスルリと撫でた。グズって泣く子どもをあやすように、ゆっくりと、優しく。

セルゲイの体から、少しだけ力が抜けた。

「ジーク……？」

「エルマー。私は……この国に留まるよ」

「ジークさま……あんなことをされて、アムール族を恨んでいないんですか？」

「恨んでいないと言えば嘘になる。この一年、嫌になるほど恨んださ」

「じゃあなんで」

「それでも私はここを離れられない。殿下の元にいたいと、心が叫ぶのだ」

「ジーク……」

「おかしなものだな。一時期はあんなに嫌って、あんなに恨んでいたというのに。真実を知っただけでそんな気持ちも吹き飛んでしまうとは、我ながら現金なものだ」

セルゲイを見限ったとき、ジークフリートの胸にあったのは言いようのない喪失感だった。

戦闘さながらの大喧嘩をし、この国を出ると決意したとき胸に去来したのは、解放感よりも喪失感だった。

澱《おり》のようにドロドロとした感情で胸の中が満たされ、絶望に彩られたのだ。

エルマーの件があったから出奔のための準備もできたが、そうでなければきっとどれだけ傷つけられても、セルゲイの側を離れようとは思わなかったに違いない。

「殿下は本当に馬鹿で、傲慢で、独りよがりで、酷い男で、こんな人の側にいたら苦労しどおしの人生を送ることになるのはわかっている。だが、それでも私は」

セルゲイを失ったらもう生きていけないと、心が……本能が叫ぶ。

それは魂そのものが惹かれ合い結びついた、唯一無二の伴侶——〝半身〟だからなのだろうか。

ようやく見つけた魂の片割れを失って、生きていけるはずがない。

怒りが失望に変わり、逃げる決意をしたものの、結局はセルゲイを赦して受け入れることを良しとする自分に気付いた。

ジークフリートの告白を聞いたセルゲイは、縋っていた手をゆっくりと離した。そしてジークフリートの頬にソッと触れた。

優しく撫でる指先は酷く温かくて、歓喜が湧き上がってくる。ジークフリートは抵抗せずに、ただただそれを甘受した。

「ジークは俺を、好いてくれているのか」

「……そういうことではない」

なんとか絞り出した言葉は、自分でも呆れるほどに弱々しいものだった。

「では、どういうことだ。俺は母が呆れるほど馬鹿な男らしい。ジークの口から、ハッキリと言ってくれ」

「だから」

「うん」

「それは」

「うん」

「だってあなたは女性が好きで」

「今はジークだけだ」

「でも……お似合いだった」

パーティーで見たセルゲイとミラナは、本当に一幅の絵画のように美しかった。微笑み合い、楽しげに話をしながら踊る二人から目が離せなくて。

私では敵わないと、素直にそう思ってしまったのだ。

「だからミラナの件に固執していたのか？」

優しく尋ねられ、素直にコクリと頷く。

「嫉妬してくれたのか」

違う……とは言えなかった。

「私は男で、それに私たちは政略結婚で。だからせめて、皇太子妃の職務を立派に果たそうと。そうすれば……」

「そうすれば？」

「この国でも、生きていていい理由ができる」

なんの後ろ盾もない第六王子として生まれ、周囲から冷遇されて育った子ども時代。

乳母や教育係は常に一線を引いてジークフリートに接し、心に寄り添ってはくれなかった。自由奔放な母は優しかったが、放っておかれることも多く、心の中は孤独感でいっぱいだった。

なぜ自分は生まれてきてしまったのかと自問自答する毎日は、その後エルマーに出会うまで続いた。

『自分が存在する意味がわからないなら、作ればいいんですよ』

エルマーは事もなげにそう言った。

『僕はまだ子どもだし、ほかの大人に比べてできることも少ないんです。だからいつもみんなに馬鹿にされて、虐められちゃうんですよ。酷いと思いませんか？　でも今の僕のままじゃ、きっといつまで経っても皆の鬱憤晴らしで終わっちゃいます。だけど見ていてください。僕はなんでもできる立派な人間になって、誰からも虐められない人生を摑み取りますから！』

『……なんでお前はそんなに強いんだ？』

『だって僕の人生は僕のものですから。誰かに虐げられるだけの存在で終わるなんて嫌ですよ。ジークさまだってそうは思いませんか？』

『何もせず、静かに生きていく方法だってあるじゃないか。目立ちさえしなければ、誰にも虐げられずに済むのだから』

『せっかく生まれてきたっていうのに、人目を忍んで死んだように生きるなんて勿体ないですよ！

僕の人生は僕だけのものですからね。他人のことなんて気にしちゃいられません。ジークさまはそうは思わないんですか？』

『私は誰からも必要とされていないから、大人しく生きていくのが相応しいんだ』

『そんなことはありません！　僕にとってジークさまは、しがない掃除夫を救い上げてくれた神さまも同然なんですよ！　神さまが引きこもっててどうするんです』

『神さまは言いすぎだ』

『これでもかなり控えめに言ったんですけどね。今はたしかに、ジークさまを必要としているのは僕だけかもしれません。だけどきっと、今に大勢の人がジークさまが必要だって思うに違いないんです』

『本当に……？』

『これからの行い次第でしょうけど。でもジークさまにはその素質がありますよ。だって見知らぬ子どもが暴行されているのを見て、助けようって思う強い心を持ってるじゃないですか。だからきっと、大丈夫です』

　この言葉がきっかけで、ジークフリートは変わった。

　自分の居場所を自分で作ることに決めたのだ。

　誰かの役に立つことで、自分の存在意義を確立させる。もう二度と、いてもいなくてもいい人間だなんて嘲笑されないよう、努力してきたのだ。

「私がグレハロクワトラス・シエカフスキーとの……殿下との政略結婚を受けたのも、国民の役に立つため。ロンデスバッハの第六王子として生まれてきた意味を、ようやく作り出せたのだ。だから次はこの国で生きていけるだけの理由を作らねばならなかった。それなのにあなたは……私から全てを取り上げた」

ジークフリートの安全のためだと行われた数々の行為は、同時に彼から存在意義を奪うものだった。

「もう二度と、死んだように生きたくない。それなのに、あなたという人は……」

「ジークを守るため必死になっていたことが、お前の心を殺してしまっていたのだな。本当にすまなかった」

セルゲイはそう言って、ジークフリートを再び腕の中に閉じ込めた。

たしかな熱とアニスの香りが、ジークフリートを包み込む。

「だが一つだけ、ジークは思い違いをしている。人は生きていくために、相応の理由なんて必要ない。ジークがジークであるだけで、俺には充分だ」

「殿下……」

「ジークがいいんだ。心からお前だけを求めている。だから、お前の全てを、俺にくれないか」

「……本当に、私でいいのなら」

ミラナではなく、ほかの誰でもなく、自分だけを欲してくれているのなら。

──全てを捧げてもいい。

両腕をセルゲイの背中に回す。ギュッと力を込めると、彼もまた力強くジークフリートを抱きしめ返してくれた。

「もちろんだ。俺にはジークだけ。……愛しているんだ、お前だけを」

その言葉で歓喜に震えた。

──私はずっと、その言葉を待っていたのだ。

ジークフリートも心の奥底ではずっと、セルゲイを求めていたのだ。

己の〝半身〟である、この男を。

蔑ろにされ続けた結果、やがて心は憎しみへと変わっていった。恋しければ恋しい分、嫌悪感が増すのは早い。

どうせ手に入らないのなら、絶対に求めたりなどしない。

恋する心に蓋をして、離縁を決意したというのに。

セルゲイの本心を聞いて、あれほど抱いていた恨みがサラサラと消えていく。

――殿下を馬鹿だと思ったが、私の方こそ大馬鹿者だ。

愚か者同士、案外似合いの夫夫《ふうふ》になれるかもしれないと、ジークフリートは内心で独りごちた。

「エルマー。こういうことだから、お前がこの国と私に見切りをつけて、ロンデスバッハに帰りたいと願うなら、無事に送り届けてやろう。母上にお願いをして、お前の住む場所も就職先も手配していただくつもりだ」

「それは結構です。だって僕はロンデスバッハには帰りませんから。いつまでもジークさまのお側にいます」

「エルマー……お前、本当にそれでいいのか？」

「正直言うと、こんな国も、皇太子さまもヴァルラムも大嫌いですけどね。でも僕が在るべき場所は、ジークさまの元だけなんです。ロンデスバッハを発つ前にも言ったじゃないですか。たとえ死んだってジークさまのお側を離れませんって」

それは故国で語り合った、二人だけの誓い。

「だからジークさまも、あのときと同じようにもう一度命じてください」

エルマーは一点の曇りもない表情でジークフリートを見つめた。

「お前は相変わらず頼もしいな。『共に参ろうぞ』……今度こそ、ちゃんと守るからな」

「もう二度とアムール族の奴らに負けないように頑張りましょうね。僕は以前とは違いますよ。皇后さまの元で、いろんな勉強もさせてもらいましたから！」

「勉強？」

「はい。狗になる訓練を、いろいろと！」

「なっ!?」

実は皇后、情報収集能力に長けたエルマーに、前々から目を付けていた。しかしエルマーはジークフリートの従者。下手に関わればセルゲイがまた面倒なことを起こしかねないと思い、秘かに声をかけることにした。つまりセルゲイが以前ジークフリートに告げたエルマーが接触を図った人物とは、皇后とその狗だったのだ。その後皇后は、エルマーを保護したのを幸いに隠密行動のいろはを叩き込んだのである。

「これまでのことを考えると、ジークフリートにも直属の狗を付けたほうがいいと思ったのです。エルマーは幸い才能があったし、もう少し仕込めば素晴らしい狗になりましてよ」

「今度は僕がジークさまをお守りしますから、安心してくださいね」

ドンと胸を叩いて、豪語するエルマー。

随分と逞しく成長して……と感動するジークフリートは、もはや母の心境である。

「おいこら、ジークを守るのは俺の役目だ！」

感動のシーンは、またしてもセルゲイによって遮られた。

この男はどうしてこうも水を差すのかと、睨まずにいられない。

「ジークさまは許されたようですけど、僕は違いますよ。今回のようなことがまた起こったら、ジークさまを連れてそのときこそ、こんな国出てってやりますからね！」

「勘違いするな、エルマー。私の方こそお前を許したわけではないぞ」

ジークフリートを挟んで睨み合う二人。エルマーとセルゲイが和解することは、天地がひっくり返ってもないかもしれない。

火花をバチバチと散らす二人に呆れ返りつつも、ジークフリートはエルマーに加勢することにした。

「そうだそうだ」

「ジーク!?」

まさかの言葉に、セルゲイは慌てふためいた。

最愛の〝半身〟が、ほかの男の援護をするとは思いもしなかったのだろう。

「お前まさか、エルマーの味方をするのか？」

「私を守るという大義名分があったとはいえ、扱いがあまりにも酷すぎる。本当に最悪だ。完全にやり直せるなんて甘い考えは、早々に捨てていただこう」

「えっ、うあっ……!?　でも、ジークは俺のことを好いてくれているんだよな？　さっきそう言ったものなあ!?」

「覚えていないな」

「嘘だああああぁぁぁぁぁ!!」

顔の色をなくして絶叫するセルゲイに、ジークフリートはうんざりとした表情を浮かべた。どうでもいいがうるさい。耳元で喚《わめ》かないでほしいものである。

セルゲイへの想いは真実なのだが、しかしそれを簡単に認めれば、この男はまたつけあがるかもしれない。

だから当分、本心を隠しておくのが一番だろうと決心した。

「じゃ、じゃあなんでこの国に残ろうと思ってくれたのだ？　俺のことを愛しているからではないのか？」

「エルマーを匿《かくま》い、訓練を積ませてくださった皇后陛下の恩に報いるために決まっているではないか。おかげでエルマーも、多少は自分の身を守れるようになったことだろうしな」

「戦闘はからっきしですけどね。でも逃げ方のコツなんかも教わったし、毎日走り込みの訓練もしましたから、二度と簡単に捕まるようなことはありませんよ！」

「凄いじゃないか、エルマー」

「えへへ、それほどでも」

「だからお前ら、俺の前でイチャつくなと、何度言ったらわかるんだああ!!」

セルゲイの絶叫が再び響く。

「ジーク、この国に残る理由は、本当にそれだけなのか？」

「あぁ。だからあなたを許したなどと勘違いいたしませぬよう」

「クッ！　しかし今はそれでもいい。お前に許してもらえるよう努力する！　絶対だ！　神に誓う！だからいつか、俺のことを好きになってくれるか？」

「……今後の行動次第では、そんな未来も待っているかもしれません」

「ああっ……ジークフリート!!」

感極まったセルゲイが、ジークフリートを力強く抱きしめる。

驚異的な分厚さの大胸筋を押しつけられてかなり苦しいのだが、激しく鼓動する心臓が嬉しくて、ジークフリートは身動《みじろ》ぎせずにその腕に囚われ続けた。

「だが現時点であなたの評価はマイナスだ。それを忘れぬよう」

「そんなもの、あっという間に覆してみせる」

ジークフリートの頭頂部に顔をグリグリと擦りつけるセルゲイは、やけに自信たっぷりだ。憎らしいほど厳《いか》つい巨体で、自分勝手で、馬鹿な男だというのに、妙にかわいらしく感じてしまう。

セルゲイの子どもっぽい行動にも心が擽られてしまうのは、愛するがゆえか。だとしたら〝半身〟の効果とは、本当に恐ろしいものだと言わざるを得ないと、ジークフリートは苦笑した。

ふと周りを見回すと、ニコニコと微笑む皇后、皇帝、ミラナとその〝半身〟、それから呆れ顔のエルマーが目に入った。

本当にいいんですか？　と言いたげな顔をするエルマー。

その気持ちはジークフリートにもよくわかる。何せ相手はセルゲイなのだ。多少の不安は残るが……そこはまぁ、これからなんとかすればいいだろうと、ジークフリートは結論づけた。

猛獣の調教を行うがごとく、ビシバシ教育する所存。

そして今度こそ、セルゲイと本当の夫夫《ふうふ》を目指そう。夢にまで見た、温かな家庭を手に入れるのだ。

なおもジークフリートを抱きしめるセルゲイにクスリと小さく笑いながら、その広い背中にソッと腕を回して、きつく抱きしめ合ったのだった。

結婚363日目

話し合いが終わった後、ミラナはナチャーロの精鋭たちを引き連れて、両親の住む屋敷を急襲。突然のことに彼女の両親はなすすべもなく捕らえられた。屋敷からはさまざまな貴族たちと交わした密約書が発見され、多くの貴族が次々と捕縛されることとなる。

派手派手しい捕り物劇はあっという間に国中の話題となり、結果ジークフリートに手を出そうと考える貴族はいなくなった……とは、後日エルマーから聞かされた話である。

両親に縄をかけたミラナは涙一つ見せず、まるで戦女神のように凜とした姿だったという。

同時に彼女が先祖返りしていることや、自らの〝半身〟を見つけていたこと、両親捕縛に至るまでの経緯が克明に公表され、セルゲイと恋仲であったという噂は瞬く間に消え去った。

生まれた直後から権力闘争の駒として使われ、〝半身〟との愛を引き裂かれそうになったミラナの話は、貴婦人たちを中心に広く喧伝されることとなり、彼女をモデルとした小説や戯曲が数多く制作されたのは、もう少し後の話。

「しかしあんな赤裸々に暴露してしまって、ミラナは本当によかったのだろうか」

この調子では、今回の醜聞は長く社交界で噂されることだろう。大半の者はミラナに好意的な感想を抱いているが、中には悪意をぶつけてくる者もいるだろう。そうなったとき、彼女が傷ついてしまうのではないだろうか。

ミラナの今後を考えると、ジークフリートは同情を禁じ得ない。

「いいじゃありませんか。おかげでジークさまの株も上がっているわけですし」

「ちょっと待て。私は何もしておらんぞ」

「ジークさまは恋に悩むミラナさまを、皇太子さまと共に励まして、支えた心優しき皇太子妃という噂が出回ってまして」

「なぜそんな根も葉もない噂が!?」

むしろミラナを疑い、嫉妬すらしていたジークフリートは、エルマーの言葉に居心地の悪さを感じてしまう。

「いいじゃないですか。真実をそのまま知らせる必要なんてないんです。とにかく今は、幻の皇太子妃とまで言われて、その人となりがよくわからないと評判だったジークさまが、どれだけ素晴らしい人物であるかを広めることの方が重要だと思うんですよ」

「お前、それは訓練で学んだことなのか？」

「そうですよ」

皇后の元に預けられたことで、エルマーもだいぶ成長したようだ。

その方向性が若干、腹黒方面に舵《かじ》を切っている気がしないでもないが、全ては自分を守るために学んできたことなのだと、ジークフリートは自身を納得させた。

「噂のおかげでジークさまの評判もうなぎ登り。民衆に愛される皇太子妃と呼ばれるのも、時間の問題でしょうね」

「だといいが」

「きっと大丈夫ですよ。そんなことより、そろそろ準備を進めてください。モタモタしてたら皇太子さまが来ちゃいますよ？」

「う、うむ。それはわかっているのだがな」

「んもー、ここに来て怖じ気づいてるんですか？　ジークさまってば変なところで肝っ玉が小さいですよね」

「お前な、何度も言うが身分が上の者に対してその口の利き方は、処罰されてもおかしくないぞ」

「大丈夫です。ジークさま以外にこんな口の利き方はしませんから」

「おまっ、私のことを軽んじるにもほどがあるぞ！」

「はいはい、無駄口を叩いてないで、早く準備してくださいってば」

ジークフリートの言葉を軽く流したエルマーは、白木の箱を手渡した。

「しっかり下準備しないといけませんよ？　何しろ今夜は初夜なんですから！」

そう。エルマーが言うとおり、今宵はセルゲイとジークフリートの初夜が行われるのだ。

婚姻式後、約一年経っての初夜である。

いくら和解したとはいえ、あまりにも早すぎる初夜に、ジークフリートははじめ抵抗を示した。

急には無理だ。もう少し心構えをする時間を与えてくれと粘ったのだが、セルゲイはそれを許さなかった。

明日までにどうしても閨を共にせねばならぬと詰め寄られ、仕方なく同意したのであった。

もとより子を儲けるために帝国に嫁いだジークフリートである。どうしてもと言われれば、否やを唱えることはできない。

しかし彼には不安があった。

——尻が裂けたらどうしよう!!

帝国に来た当初は、念のためにと毎晩腸内を洗浄し、棒を使って拡張していた。しかし離宮に来たことで全くその気がなくなってしまい、半年ほど何もしていなかったのだ。

尻穴は元の固さに戻っている。試しに小指を入れてみたのだが、すぐに激しい痛みを覚えて、第一関節も入らなかったのだ。

男根を受け入れられる自信がない。ましてや抜き差しするなど絶対に無理だ。

これから起こるであろう惨劇を予想してジークフリートはブルリと震えた。

「……今日は中止にするわけにはいかないだろうか」

「んもう、いい加減覚悟を決めてくださいよ」

「せめて一番太い拡張棒を難なく飲み込めるようになるまで、待ってもらいたい」

でなければ、尻が死ぬ。

「そこはほら、『優しくして』っておねだりすればいいんですよ」

「お前は相変わらずじじ臭いことを言いおって」

「なんとでも言ってください。それより早くしないと、本当に皇太子さまが来ちゃいますよ?」

「むうっ」

「じゃあ僕は下がらせてもらいますから。ご武運をお祈りします！」

にこやかな笑顔でエルマーは部屋を後にした。

一人残されたジークフリートの盛大なため息が、室内に木霊する。

いつまでも、グダグダと考えても仕方がない。いくら強く請われたからといって、了承したのはジークフリート本人なのだから。

「……よし、やるか」

いつまで悩んでも仕方ない。ようやく腹をくくったジークフリートは、気合いを入れ直し下剤と共にトイレへと向かったのだった。


****

セルゲイがやって来たのは、深夜になってからのこと。

ミラナの両親の処遇を決めるため、彼は忙しくしていたらしい。おかげで遅くなってしまったと、ションボリした顔をするセルゲイに、ジークフリートの心が温かくなる。

「そんなに早く来たかったのですか」

「当たり前だ」

「焦らずとも、私は逃げはしませんよ」

「それは信じ………ているぞ」

何やらおかしい間があったような気もするが、そこは敢えて無視をする。あれだけ国を出る、離縁すると言い続けたのだ。セルゲイにしてみたら、いつまたジークフリートの気が変わるか、戦々恐々としているのだろう。

「そんなことより、一刻も早くジークを抱きしめたかった」

セルゲイの腕が、ジークフリートを優しく包み込む。触れ合ったところがいつもより熱い気がした。アニスの香りに、酩酊しそうになる。

セルゲイもまたジークフリートのハーバルノートを胸いっぱい吸い込んで、股間を滾らせた。

「一つ、お聞きしていいですか？」

「なんだ。隠していたことは全て話したはずだぞ」

「いえ、まだ聞いていないことがあります。なぜ、初夜を遅らせようと考えたのです」

同性婚に嫌悪感を抱いていたジークフリートの気持ちが整うため……とは聞いたが、それだけとは思えない。ジークフリートはそれがずっと引っかかっていたのだ。

「〝半身〟とはいえ、殿下が男である私を抱けないと思うのであれば、初夜など無理に行う必要はありません」

「俺はジークならば抱けるぞ！　本当に無理ならば、ここがこんなにはなっていない」

セルゲイがより体を密着させると、ジークフリートの腹にゴリッとしたものが触れた。すでに完勃ちしている。

「初めて会ったときからずっと、ジークフリートの中に入りたくてウズウズしていた」

「ならばなぜ」

「……初めて出会ったときは、発情期が終わったばかりだった」

「発情期……あの、動物なんかにやってくる？」

大昔の獣人には、発情期というものが存在していた……というのは、お馴染み『せかいの獣人』から得た知識だ。

しかし混血が進んで獣性が薄れた現代、発情期を迎える獣人はいなくなってしまった。代わりに人族同様、年がら年中交尾が可能となったのである。

「俺もほかの獣人同様、いつでも劣情を催して交尾することができる。しかし先祖返りの影響か、発情期がやってくるのだ」

アムール族の祖先は年に一度、しかも二日間だけしか交尾のタイミングが訪れなかった。発情期間は特に性欲が激しく湧き上がり、血が滾る。その際に行った性交は、得も言われぬほどの快感をもたらしてくれるのだとか。

「発情期のセックスほど、素晴らしいものはない。最高で最上のセックスをジークにも味わってほしくて、初夜を一年遅らせることにしたのだ」

「……馬鹿だろう」

「それは両親やミラナにも言われた」

「だろうな」

そんなくだらない理由で初夜が遅れたばかりか、余計な妄想に囚われる羽目になったのだ。ジークフリートが万感を込めて「馬鹿」と呟いたのも、仕方のない話。

「して、発情期はいつなのだ」

「今日だ」

やたら体温が高いのは、発情期の影響らしい。

体臭だと思われていたアニスの香りも、実はフェロモンと聞き、ジークフリートは驚いた。

「フェロモンを嗅ぎ取った相手は、つられて発情するようになるのだが……ジークもだいぶ感じてくれていたようだな」

気付けば下半身が、痛いほどに張り詰めている。

少しばかり気恥ずかしい。

「理由はわかった。しかし自分の気持ちよりもまず、国家のことを考えるべきではないのか？ 世継ぎを儲けることもまた、セルゲイとジークフリートの大事な仕事だ。それを差し置いてまで自分の気持ちを優先させるなど、ジークフリートには到底理解ができなかった。

「しかし父はちゃんとわかってくれたぞ。だからこそ、これまで私のやることに口を挟まず、ジビ休暇だって簡単にくだされた」

また謎の単語。聞いたことのない言葉に、ジークフリートは首を傾げる。

「それは一体なんですか」

「孳尾《じび》休暇。つまり交尾のための休暇ということだ」

「こっ……身も蓋もない言い方はやめてください！」

「でも聞いてきたのはジークだろう」

「ぐっ」

全くもってそのとおりであるから、返す言葉もないのだが、それにしたって言い方がある……と、ブチブチ文句を言い続けるジークフリートの頤《おとがい》を、セルゲイがクッと持ち上げた。

「ジーク」

セルゲイが熱っぽい目でジークフリートを見つめる。

「今夜、お前と契りたい……いいか？」

「嫌だ」

「……っ⁉」

「なんて今さら言いませんよ」

ニヤリと意地悪く笑い、自らセルゲイの唇を奪った。

一瞬体を震わせたセルゲイだったが、すぐにジークフリートの髪をサラリと撫でて、キスに応じる。

大きくて温かい手がやけに心地よい。

ただ重ねるだけのキスなのに、心が湧き立っていく。

すぐさま入り込んできた舌を、無我夢中で貪った。

唾液さえも甘く感じる。

この上ない幸福を、ジークフリートはたしかに感じていた。

――これだ……。

これがずっと、欲しかった。

互いの呼吸が乱れに乱れきった頃、セルゲイはゆっくりと離れていった。

これだけでは足りない。もっと欲しいのに。なぜ離れていくのか。

喪失感に心が痛む。

「もっと……」

そうねだるジークフリートに、セルゲイはクスリと笑って「少し待ってくれ」と答え、触れるだけのキスを落とした。

自ら欲しがるなんて、はしたなかっただろうか……僅かに羞恥を覚えるが、しかしどうしてもセルゲイが欲しかった。目を瞑ったまま、次のキスを待ちわびる。

キュポン。

この場に相応しくない音が響いたのは、そんなときだった。

目を開けると、セルゲイが満面の笑みを浮かべながら、薄紅色の液体が入ったグラスを手にしていた。

「それは？」

「ベスウームナ……子を成す薬だ」

「……っ！　これがあの」

怪しい薬かっ!!

という言葉は、寸前で飲み込んだ。

この薬が存在するおかげでセルゲイは〝半身〟を見つけられたし、ジークフリートも愛する伴侶を手に入れることができた。

二人の縁を結んだとも言える薬に対して、失礼な口を利いたら罰が当たりそうな気がしたのである。

「飲んでくれるな？」

差し出されたグラスを無言で受け取り、僅かに躊躇ったものの、一息にグラスを呷った。

トロリとした甘苦い液体が、喉の奥を通っていく。

「……あまり美味いものではないな」

良薬は口に苦しと言うが、この薬もその類いなのだろうか。口の端に残った液体をペロリと舐めて、グラスをセルゲイに返す。

「これで準備は完了した。ああ、夢のようだ」

感極まったように呟いて、セルゲイはジークフリートの後頭部に手を回し、再び唇を奪った。

空いている手はサラリと頰を撫で、そのまま首筋を通り、胸元へ。

寝間着の上から乳首を軽くつねられた瞬間、全身に電流が走った。

「うわっ⁉」

以前触られたときよりも激しい疼きと、火照りを感じる。

体の奥から沸き立つ熱が、触れられた乳首を中心にジワジワと膨れ上がっていく。

――なんだ、これは……？　体が、おかしい……。

「早速、薬が効いてきたようだな」

綺羅綺羅《きらきら》しい笑みを向けるセルゲイ。

「随分と、効き目が早いのだな」

「本来ならば、服用して二日ほど経たないと効果は現れないのだがな。今回は時間がなくて非常手段を取らせてもらったから、効果が早く現れたのだろう」

「……ちょっと待て。本来、とはなんだ」

嫌な予感に襲われる。

しかもこれは、最大級に嫌な予感だ。

「この薬は十五倍に希釈して服用することで、二日ほど経つと疑似子宮ができあがるのだが、その頃には俺の発情期が終わってしまう。だから今回は原液のまま、いかせてもらった」

「原液っ!? そんなおかしい薬を薄めずに飲んで、本当に大丈夫なのか!?」

「まあ大丈夫だろう、多分」

「信用ならないっ!!」

そんな恐ろしい薬を、いつまでも体内に留めておきたくなどない。すぐに吐き出そうと決意して、セルゲイを押しのける。

「ジーク、どうしたのだ」

「どうした、ではない！ 今すぐトイレで吐いてくる」

「そんなことをしたら、せっかくの薬が！」

ジークフリートを引き留めようとして、セルゲイが腕を掴んだ。

刹那《せつな》感じる、射精しそうなほどの快感。

「うぁっ!?」

あまりの刺激に、ジークフリートはその場に蹲ってしまった。

「な、なんだ、これは……」

突然しゃがみ込んだジークフリートに慌てたセルゲイだったが、何かを思い出したように「ああ」と声を上げた。

「それもベスウームナの効果だろう」

「まさか」

「いや、恐らくそうだ。男の尻は女と違って濡れることはないし、挿入にかなりの苦痛を伴う。ベスウームナには、それを解消する成分が配合されているのだ」

「つまり……？」

「服用して徐々に疑似子宮が形成されていく。子宮ができあがれば、そこから愛液が溢れ出すうえに、苦痛すらも快楽に替えてくれるのだ。俺はジークに苦しみを与えたくなかったから、この素晴らしい薬があって本当によかったと心から思うぞ」

「怪しすぎるの間違いだろうがっ…………うあぁっ‼」

背中にのしかかられただけで、体が勝手に快楽を拾ってしまうから始末に負えない。嬌声にも似た呻き声を上げながら、必死で身をよじる。

「後遺症なんかはないんだろうな」

「その心配はない。ただ……」

「ただ？」

聞いたら後悔する気がする。しかし聞かずにはいられない。

「原液を服用した場合はすぐに疑似子宮が完成して、愛液が溢れ出す。そして快楽は通常の十五倍増し」

「ふざけるな————っ‼」

ジークフリートは声の限りに絶叫した。

「馬鹿だ馬鹿だと思っていたが、貴様は本当に大馬鹿者だ‼　さっきまでの感動を返せ‼」

こんな男に付き合っていられるものかと身をよじった瞬間、寝間着が擦れてそこからまた快感が生まれた。

「あぁっ！」

　腰の辺りがざわめいて、下腹に妙な疼きを感じる。全身が性感帯と化していた。

　これが感度十五倍増しの威力……！

　恐ろしさのあまり、ジークフリートの意識が遠のきかける。

「ジーク、大丈夫か？」

「そんなわけないだろう」

「じゃあ、感じているのか？」

「ふざけっ……あっ！」

　怒鳴ろうとして腹に力を入れただけで、激しい快感が襲ってくる。

　こんなものを躊躇いなく飲ませるなんて……この男は危険だ！　本能がそう訴えまくる。

「ぐっ……はぁっ……もっ、貴様とは、ぜ……っいに、離縁するからな！」

「そんなっ!!　俺は絶対にお前を離さない。俺の愛の証を受け取ってくれ」

「こ……な薬、を盛る男、と……一緒にいら……んぅっ！　うぅっ!!」

「あぁジーク。随分と苦しそうだな」

「誰のっ、せいだ……と、あぁぁっ!!」

「ここも随分と腫れ上がってしまった」

　セルゲイの手が、天に向かって高く聳《そび》えるジークフリートの股間を、スルリと撫でる。

「うわあぁっ!!」

その一撫ででジークフリートの雄が、勢いよく精を噴き上げた。大量の白濁が止めどなく溢れて、寝間着をグッショリと濡らしていく。

「あっ……ひぃっ……」

全身がビクンビクンと大きく痙攣《けいれん》し、腰が何度も跳ね上がるのを止められない。

「たっぷり出たな。そんなに気持ちよかったか」

慈愛の目がジークフリートに注がれる。場違い甚だしい。

——これは薬のせいであって、私は決して早漏ではない！

そう訴えたいが、声を出すのも辛かった。

屈辱に顔を歪めるジークフリートを愛おしげに見るセルゲイ。

くっ、どこまでも憎らしい！　と、心の中で罵倒する。

「だが、このままでは気持ちが悪いな。服を脱いだ方がいい」

言うが早いか、いそいそとジークフリートの寝間着を剝ぎ取ると、自らも衣服を脱ぎ捨て全裸になる。そこには目を見張らんばかりの、逞しい肉体があった。

胸板などはジークフリートの倍以上はあるだろうか。三角筋も上腕二頭筋も憎らしいほど隆々として、腹筋はなんと八つに割れている。

これではジークフリートを華奢だと言うのも、納得できるというもの。

全身から流れ出た汗に光る肉体は、燭台《しょくだい》の明かりに照らされて艶々と光を放っている。壮絶ともいえるほどの肉体美に、ジークフリートは思わずゴクリと息を飲んだ。

そしてその下にあったのは。

「……っ！」

思わず二度見するほど赤黒くて巨大な陰茎が、股間に鎮座ましましていた。

あれはもはや、男根ではない。

まさに、化け物。

無理だ。あんなものが尻穴に入るわけがない。

ジークフリートにはそんな自信があった。

「待て、それは……」

入らない——その言葉を最後まで言うことはできなかった。

尻穴に突然、指がツプリと差し込まれたのだ。

「うぁっ！　いきなりっ、入れたらあっ……!!」

私の可憐な処女穴が傷ついたらどうするつもりだ！

そんな文句の言葉も出ない。代わりに出るのは嬌声ばかり。

「さすがに、狭いな」

「や、めろ……うっとりとした顔で、微笑む、な……」

半年前ならいざ知らず、今ではすっかり固く閉ざされている処女孔に、無体をされたら一発で裂けるはず……なのに。

「大丈夫だ。こんなにも濡れている。ほら」

中で指を動かすと、クチュリと生々しい水音がした。

「やっ、やめっ……ひぁっ!!」

グチュグチュと淫らな音は止むことなく、さらに激しさを増している。

自分の穴は、こんな淫乱ではなかったはず。これも薬の効果なのか⁉

戦慄《おのの》かずにはいられない。

「凄まじい威力。さすがはベスウームナ！」

何がさすがだ、感心するな！　ジークフリートは心の中で盛大に吠えた。

「くす、り、は、用法用量を守って、だな」

「次からはそうしよう」

「そうではなくてっ……んあぁっ、ああっ‼」

グニグニと動かされるたびに水音は激しさを増し、粘度の高い淫靡《いんび》な音が寝室に響く。

溢れ出た愛液が、尻の間を伝って腰まで流れるのがわかって、ジークフリートの血の気が引いていく。

「もう一本いくぞ」

指が二本に増やされて、快感がさらに増す。

「あっ、やめっ……あぁあぁあぁっ‼」

肉壁をネットリと擦るように動かされるたびに、みっともない声が口を突いて出る。

「ひぃっ、ああっ！」

女性のような喘ぎ声が自分の口から出ることに、激しい羞恥心を覚えたが、それもすぐに消えてなくなった。

与えられる快楽を甘受している自分に、ジークフリートは気付かない。

射精感が一気に高まった彼は、呆気なく二度目の絶頂を迎えてしまった。

これまで女性と肌を合わせたときも、自慰のときだって、こんなに早く果てたことはないのに。さすが十五倍。感度が良好すぎだ、もう死にたい。

帝国に来て二度目の自死を望むジークフリートだった。

「まだ狭いが……もう入れるぞ」

「えっ、ちょっと、待て」

「すまん、もう限界だ」

尻穴に、ピタリと化け物が張り付いた。

「いやだ、やめろっ！」

「大丈夫。優しくするから」

そう言われても信用できない。尻穴が壊れる恐怖に、体がみっともなく震え出す。

「どうした、そんなに震えて」

「怖いからに決まっているだろう！」

「俺のものを見たくらいで怖がるとは！　ジークはなんて初心《うぶ》でかわいらしいんだ‼」

「そんな巨根を見たら、誰だって震えるわっ！」

「巨根だなんて、照れるな」

頬を赤らめるセルゲイだが、ジークフリートとしては決して褒めたわけではない。

とにかくあの化け物を入れられないように、なんとかしなくては。彼の頭はその考えでいっぱいだった。

だがどうやって？　手と口で抜くか？

そうだ。一回出せばスッキリするから、入れられずに済むかもしれない。

自分ではやったことはないが、トライしてみる価値はあるだろう。

そこまで一瞬で考えて、恐る恐る提案する。

「あの。一度、出しましょうか」

思わず敬語に戻ってしまったが、それほど必死だった。

とにかく入れられるのは勘弁なのだ。

化け物を握ろうとしたジークフリートの手を、セルゲイはハシッと捕まえて
「それは今度で大丈夫だ。今は手でなく、ジークの中に入りたい」

死刑宣告にも似た言葉を吐くと、可憐な蕾《つぼみ》に化け物を押し当てて、グッと腰を沈めた。

小さな処女穴をこじ開けて入ってくる、巨大な男根。

「今はお前を堪能させてくれ」

「あ――――っ!!」

かなりの衝撃に、背が弓なりに仰け反る。焼けるような熱杭《くい》がグイグイと侵入し、腸壁を押し広げていく。

不思議と痛みはない。しかし違和感が酷くて、全身に鳥肌が立つ。

「あ、あ、あああ……」

「大丈夫だ、じきに慣れるから、もっと力を抜いて」

そう言われても、力はすぐに抜けない。

初めての感覚に全身が緊張して、毛穴という毛穴からブワッと汗が噴き出た。

シーツを握る手に力が籠もる。

「やぅっ……ぐっ、んんっ！」

もう、呻き声を上げることしかできない。

目を瞑って唇を嚙みしめるジークフリートを、セルゲイはギュッと抱きしめた。

「唇を嚙むな。辛いなら、俺の肩を嚙め」

「う……ゃ……でき、ない……」

この素晴らしい筋肉に傷を付けるなど、ジークフリートにはどうしてもできなかった。

フルフルと頭《かぶり》を振って拒否すると、またしても唇が降ってきた。

舌を絡め取られて唾液が混じり合うたびに、甘い痺れを感じる。男根を挿入されてから、初めて心地よい刺激を感じた。

「んっ……うぁっ……」

上顎を擦るように舐められる。微かにザラザラとする舌の感触が気持ちいい。

甘やかな刺激に気を取られて、体の力がフッと抜けた。

次の瞬間。

セルゲイが一気に腰を進め、ジークフリートの最奥めがけて一気に貫いたのだ。

「――――っ!!」

ヒュッと息が詰まる。突然の衝撃に、呻き声を上げることすらできない。

腸の奥まで叩きつけられた弾みで、屹立《きつりつ》の先端から零れたジークフリートの精液が腹を濡らした。

「はい……った……」

額に玉の汗を浮かべ、セルゲイがポツリと呟く。恍惚《こうこつ》としながらも欲情に濡れてギラギラした目で、ジークフリートを見つめている。

雄の獣が、そこにいた。

その眼差しから目が離せない。

不思議な感情が、胸の奥から湧き上がってくる。今までに感じたことのない甘やかな何か。

――この人と、一つになれた。

ゾクリと背中が震える。

逃げられなかった。捕まってしまった。

涙が一筋流れ落ちる。

けれどそれは悲観の雫ではない。温かで柔らかい感情。

言い知れぬ多幸感に、ジークフリートはしばし陶然と酔いしれた。

「そろそろ動くぞ」

すっかりと表情を緩めた番《つがい》に、セルゲイが声をかけた。

「はぃ……」

頭上でフッと笑った声がして、セルゲイの腰が激しく動いた。

「んぁあっ！」

慣らされてすっかりセルゲイの形に馴染んだ淫猥な肉が、それを柔軟に受け止める。

「はっ、あっ！」

二度三度と抽送を繰り返されて、ジークフリートの熱が再び高まっていく。

腰の辺りがザワザワとざわめいて、再びの絶頂を予感した。

が。

「ぐぅっ……！」

先に果てたのはセルゲイの方だった。

一声呻いたかと思うと、中の化け物がひときわ大きく膨らんで、子種を爆発させたのだ。

「………は？」

突然の射精に、ジークフリートの動きが止まる。

——もしかしてこれは、イってしまわれたのか……？

いくらなんでも早すぎるだろう。時間にして二十秒ほど。

凶暴な化け物と思いきや、まさかの早漏。超早漏。

ジークフリートはそれまで身を苛んでいた激しい快感を忘れ、覆い被さるセルゲイを真顔で見つめた。

一方のセルゲイはというと、晴れ晴れとした表情で「最高だった……」などと満足げに呟いているので、むしろジークフリートの方が戸惑ってしまう。

「ご満足いただけたなら……」

とりあえず化け物を抜こうと腰を引いた途端、セルゲイの両手がジークフリートの腰を鷲摑み、再び化け物が押し込まれた。

「え」

なんということだろう。

今しがた暴発したばかりの男根が、先ほどと同じ硬さに復活しているではないか。

「……さっき、イきましたよね？」

「あぁ。最高だった」

「じゃあ、なんで、また硬い」

「それはもちろん、復活したからだ」

「は？」

驚異の回復力。

「いくらなんでも早すぎる」

「アムール族の男は皆、出すのも早ければ、回復するのもまた然りでな」

それは祖先が虎だった頃の名残だと、セルゲイは説明した。

もっとも現在では、さまざまな種族の血が混じり合ったおかげで、太古の獣人のように超早漏ではなくなったらしいが。

「俺も普段はここまで早くないんだが、発情期のときに限り体が主たる獣の本性に立ち返って、一度の目合《まぐわ》いに要する時間が非常に短くなる」

たしかに早い。

秒だった。

「しかしそれを補えるほど、回数を多くこなせるのも特徴でな」

「じゃあ、もしかして、また？」

「もちろん。発情期間中は何度イっても、そのたびに華麗な復活を果たす。幸い体力も充分にあるからな。だからジークのことも存分に満足させてやれるぞ」

言うなり、化け物が再びジークフリートの中で暴れ出した。

「あぁっ！」

「ジーク、最高だっ!!」

「やめろ馬鹿っ!!　あっ、ああああああ――――――っ!!」

ちなみに、アムール虎人族の発情期は丸二日。

セルゲイの言葉は、決して誇張でも嘘偽りでもなく、ジークフリートはたっぷり二日間、尻に化け物を入れたまま揺さぶられ続けるという、地獄を見たのだった――。

新生活

地獄の二日間が終わり、ジークフリートがようやく動けるようになったのは翌々日のこと。

発情期が明けた翌日は指一本動かせなかった。食事や入浴、排泄など、日常生活の全てをセルゲイの世話になってしまい、ジークフリートは腹が立つやら情けないやら。

思うように体が動かせないのは初めての経験で、この二日間で何度消えてしまいたいと願ったことか。

帝国に来てからあまり鍛えられなかったとはいえ、元は頑健な肉体を持ち、体力にも自信があったのだ。そうそうダウンするはずがない。

そうなるとやはりアレが異常な行為だったのだと、ジークフリートは今さらながらに実感する。

――とにかく凄すぎた……。

二十秒ちょっとで果てたと思っても、精を吐き出した瞬間にすぐさま復活を遂げる化け物。

休息時間などは存在せず、入れっぱなしの動きっぱなし。

ジークフリートはというと、文字どおり翻弄されっぱなしだった。

『あっ……も、だめだっ、イくッ……、うあぁっ……!!』

堪えきれず、すっかり薄くなった白濁を少しだけ吐き出したのに、セルゲイの腰は一向に止まらない。

『や、やめっ……、イってるっ、イってるからっ!』

『お前の中は気持ちいいな。イくたびに俺をキュウキュウと締め付けて離さない。俺がそんなにいいか？』

『んぅっ……はっ、あぁっ……いぃっ……だがっ！』

『あーもう、お前はどうしてこんなに愛らしいのだっ!!』

『やめっ、あっ！　やめろぉぉぉ!!』

この会話の間にセルゲイは三度ほど果てているのだが、息が少し弾むくらいで疲れた様子はまるで見受けられない。

ちなみに初夜の目合いでジークフリートは、男でも吐精せずともイくことができるということを身をもって知った。

初めてその瞬間を迎えたとき、セルゲイが「雌イキ、雌イキ！」と呪文のように唱えながら、さらに腰をガツガツ振りまくったせいで、ジークフリートは人生初の失神を経験することとなった。

――あれから二日経ったというのに、まだ尻に違和感がある。

ずっと化け物を出し入れされていたのだ。尻穴がおかしくなっても仕方ない。この違和感がずっと続いて……ざっくばらんに言えば、穴が広がったまま閉じなくなったらどうしようと、内心恐怖していた。

「今までそんなことになった男はいないから、安心しろ」

「そうはおっしゃいましても……あなたのことはもう、信用できません」

「酷いな」

「どちらがですか。得体の知れない怪しげな薬を使ったうえに、二日間も激しい性交に及ぶほうが酷いではないですか」

うっ……とたじろいだが
「あの薬は怪しくないし、お前だって喜んでいたくせに」

と呟いた声を、ジークフリートは聞き逃さなかった。

「喜んでおりません」

「嘘だ。俺に縋りついて、啼《な》きながら何度もねだったくせに」

「あ……れはっ！」

「なんだ？」

「…………その場のノリです」

「嘘をつけ。あんな蕩けた顔でおねだりされたら、夫として応えないわけにはいかないからな」

「おねだりなど、しておりません。大体私は何度もやめてくれと」

「あれか？　『もうらめぇ！』って言ってたやつか？」

にやけきった間抜け面に、ジークフリートの拳が炸裂する。それを片手でいなし、ハハハと笑う馬鹿虎に殺意が湧いたのもまた、仕方のないことだろう。

「痴話喧嘩はその辺でやめてください」

ジークフリートの着替えを手にしたエルマーが、ジトリとセルゲイを睨みつける。

「夫夫《ふうふ》の語らいを邪魔するとは無粋な。大体、誰の許可を得て入った」

「ジークさまですけど」

「何っ？　ジーク、それは本当なのか!?」

「初夜が明けたらすぐに、着替えを持ってきてくれと頼みましたね」

「着替えなら俺が用意したのに！」

「朝からうるさい方ですね。ジークさまは疲労困憊《こんぱい》なんだから、そんな大声を張り上げないでください。それよりヴァルラムさんが廊下で待ってますよ」

「ヴァルラムが？」

「陛下がお呼びだそうです。ミラナさまの件で連絡事項があるとか、なんとか？」

それを聞いて表情を変えたセルゲイは、手早く着替えを済ませると部屋を出……ようとしてクルリと踵を返し、ジークフリートの元へと舞い戻った。

「いかがなされました？」

セルゲイの行動の意味がわからず首を傾げるジークフリートの頬に、啄むようなキスが降ってきた。

「行ってくる。またあとで」

そう言い残し、今度こそセルゲイは部屋を出て行った。

「うわっ、キザったらしい。ね、ジークさま」

しかしジークフリートは、棘《とげ》を含んだエルマーの言葉に反応できなかった。

今までのセルゲイとは違う、あまりにスマートな行動に、思い切り照れて撃沈したのである。

「ところでミラナの件はどうなったのだろう」

両親を捕縛したことは聞いている。

しかしその後すぐにセルゲイとの初夜を迎えたせいで、事件がどのように動いたのか、全くわからないのだ。

「僕のわかる範囲でお伝えしますと」

エルマー曰く、ミラナの両親は捕縛後すぐに牢《ろう》に入れられ、厳しい取り調べを受けることとなった。

皇帝の遠戚であることを理由に、不当逮捕だ、釈放しろなどと喚いていた二人だが、取り調べの過酷さに音《ね》を上げて、問われてもいないことまで全て白状したのである。

「宮廷内は今、蜂の巣をつついたような騒ぎです。実はミラナさまのご両親を陰で操っていた人物の存在が発覚して、その人まで逮捕されちゃったんですから」

「ではミラナの両親が黒幕ではなかったのか」

「はい。ご両親に甘い言葉を囁いて、実行犯に仕立てていたみたいなんです。こう言っちゃなんですけど、あの二人はミラナさまと本当に血が繋がっているのかというくらい単純で、考えなしで、おだてに弱いみたいなんですよね。だからいい感じに操られちゃってたらしくて」

「して、その黒幕とは一体誰なのだ？」

「驚かないでくださいよ。実は、宰相さまだったんです」

「なんだって!?」

　宰相といえば、セルゲイがしきたりを破って勝手に婚姻式を挙げた際、婚姻証明書がないことを理由に、結婚を認めないと言っていた人物である。

「どうやらご両親を手駒に引き入れて、ミラナさまを意のままに操ろうとしてたらしいんです。ほら、ミラナさまって肉親の情に弱い方でいらっしゃるから、ご両親の言うことなら聞くだろうって考えたみたいなんですよ」

　実は幼い頃に両親と別れ、宮殿に預けられていたミラナもまた、両親の愛に飢えていたのである。ゆえに両親の悪事を知りながら切り捨てることができず、一度は目を瞑ってしまったのだ。

　そうとは知らないジークフリートとエルマーだったが、意のままに操られそうになっていたミラナに、いたく同情した。なぜならジークフリートも、石炭目的に父であるロンデスバッハ王に売られ……もとい、政略結婚を強いられた身だったからだ。

「全く、どこの親も子どもをなんだと思っているのだ」

「そう考えると、イザベラさまが一番まともに思えるから、不思議ですよね」

　自由奔放に飛び回りながらも、なんだかんだと言ってジークフリートとエルマーの幸せを一番に考えてくれるイザベラに、ジークフリートは心の中で改めて感謝の念を送った。

「次に手紙を送る際には、何か贈り物も届けた方がいいかもしれないな」

「あ、それならいいのがあるじゃないですか！」

「何だ？」

「ジークさまの御子ですよ」

「ぐはぁっ！」

エルマーの言葉に、ジークフリートは思い切り噎せて咳き込んだ。

「あぁもう、大丈夫ですか？」

「お前が変なことを言うからだ！」

「えー、全然変なことじゃないですよ。イザベラさまは絶対に、お孫さまの誕生を心待ちにしてますから」

「……しかし子は授かりものだ。そう簡単にできるはずがなかろう」

と、考えていたのだが。

その一ヶ月後、ジークフリートの妊娠が発覚。

セルゲイは大いに歓喜し、初妊娠記念としてまたもや離宮を建設。無駄遣いをするな！　とジークフリートに叱られたのであった。

子ができにくい種族であるアムール族としては異例の事態に、皇帝は「さすが人族!!」と手放しで褒めちぎり、ロンデスバッハ王からも祝いの手紙と品物が山のように届いた。

母からは『そのうち孫の顔を見に行くねー』という手紙が届いたのだが、後宮から出られるはずのない彼女が、どうやってグレハロクワトラス・シエカフスキー帝国まで来るというのか。

「でもイザベラさまなら、どんな手を使ってもやって来そうな気がしませんか？」

「同感だ……」

母が来たら、それはそれで大騒動になるのでは……と、嫌な予感がしてならないジークフリートだったが、ひとまず考えるのはやめにした。


そして二ヶ月後。セルゲイとジークフリートの、初めての仔《こ》が誕生。人族なら十月十日《とつきとおか》かかる妊娠期間も、アムール族はたった三ヶ月で済むらしい。

獣人恐るべしと、ジークフリートは密かに戦慄《おのの》いた。

生まれてきたのは全部で三人。仔猫ほどの大きさで生まれてきた仔は、二人が虎耳と尻尾が付いた獣人系で、一人は一見人族にしか見えない容貌だった。

「こんなに小さくて、無事育つのでしょうか」

「獣人の仔というのは皆、このように小さく生まれるものでな。あとひと月もすれば、だいぶ大きくなるぞ」

セルゲイの言葉どおり、一ヶ月後には人族の赤子と同じくらいの大きさまで成長し、ジークフリートを驚愕の渦に叩き込んだのだった。


一ヶ月の休養期間を経て、ジークフリートは公務を行うこととなった。しかも社交以外の公務もたっぷり用意されていて、ジークフリートは感激に血湧き肉躍らせた。

皇族は基本子育てには携わらないので、子どもたちは乳母や世話係が面倒を見ることとなる。

ジークフリートはその世話係に、エルマーを抜擢した。

「ジークさまの御子ですからね！　僕が責任持ってお育ていたしますよ!!　皇太子さまのような身勝手な大人には育てませんから、ご安心ください！」

「俺は身勝手ではないぞ！」

「いいえ、エルマーの言うとおり。あなたは充分に身勝手でいらっしゃることを、もっと自覚なされよ」

「ぐぬぬぬぬ」

その後のジークフリートはと言うと、公務の合間を縫って日に数回子どもたちの様子を見に行くのが日課となった。一日ごとに大きくなっていく我が子たちに、頬が緩む。

本当はもっと触れ合いたいが、あまりの過密スケジュールに、子どもたちと共に過ごす時間がなかなか取れない。ミラナが以前言ったとおり、皇太子妃の公務はまさに激務。目の回る忙しさなのだが、しかしジークフリートの心は充実していた。

念願だった公務に携わり、子どもたちの成長を見守っていく。

そんな毎日が、堪らなく愛おしい。

――これが幸せというものだろうか。

帝国に来て初めてそう実感したのである。

＊＊＊＊＊＊＊＊＊

一日の公務が終わったジークフリートは、疲れた体をジャスミンの香りが漂う広い浴槽で癒やしていた。

「ふぅ……」

大きく息を吐きながらリラックスしていると、にわかに脱衣所が騒がしくなった。

――今日も来たか。

ほどなくして浴室のドアを開けたのは。

「一緒に入ろうと言ったのに、先に入るなんて酷いな」

むすっくれた顔をしたセルゲイだった。

「このあと、朝まで一緒なのですから、風呂くらい一人で入らせてください」

「いやだ。会話を増やそうと言って決め事を作ったのは、ジークの方だろう」

唇をツンと尖らせて拗《す》ねるセルゲイ。駄々っ子か、とジークフリートは内心呆れる。

あれからセルゲイとジークフリートは、幾つかの決め事をした。

ひとつ、隠し事は絶対にしない。

ひとつ、もっと会話を増やす。

ひとつ、僅かでもいいから二人だけの時間を作る――などなど。

全てこれまでの二人に足りなかったものばかりだ。

これを最初に決めたおかげか、今のところ新婚生活・改は順調だ。

かけ湯をしたセルゲイは、いそいそと浴槽に身を沈めて、すぐにジークフリートを抱き寄せた。

「ん――っ。ジークの匂いだ」

「変態めいたことを言わないでください」

「今日は朝からずっとジークの匂いに飢えていたんだ。少しくらい堪能させてくれてもいいだろう？」

「少しならいいですが、この前みたいに浴室で盛《さか》って、逆上《のぼ》せるのはごめんです」

「あのときはジークだってその気になって、淫らに俺を求めてきたじゃないか」

不埒なことを言う馬鹿虎の頭に、ジークフリートは思い切り湯を浴びせかけた。

「ゲホゲホ！　酷いじゃないか！」

「自業自得です」

「まぁいい。今はジークの香りだけを堪能して、その後は閨の中で……な？」

「……明日の公務に差し障りのないよう、お願いします」

セルゲイは満面の笑みで、それを了承した。

「それにしてもこの入浴剤はなかなかの品だな。ジークの匂いが上手い具合に引き立っている」

「エルマーですよ。私の匂いがハーバルノートと知って、それに似合う入浴剤を作り上げたそうです。いい子でしょう、エルマーは。私たちの仲が深まるよう、尽力してくれているのですよ」

「ぐぬぬぬぬ……」

ジークフリートの勝ち誇ったような言葉を、簡単に認めることはできないセルゲイ。対するエルマーも最近では、セルゲイが悔しがることをわかっていて、わざと挑発している節がある。この入浴剤も、その一つだろう。

まさに水と油の関係である。

「俺だって、エルマーが選ぶよりも、ジークに似合うものを贈るからな！」

「まだ張り合う気ですか」

「ジークだって悪いんだぞ。いつも俺ではなくエルマーばかりを頼りにして。俺には遠慮ばかりじゃないか」

「そんなことは」

「ないとは言い切れないだろう？　口調だって、嫁いで来た頃から変わらないし」

「口調？」

「本当に怒っているとき以外はずっと、敬語で話すじゃないか」

あぁそう言えば、と思い至る。

「ずっと敬語のままだと、その、距離を感じてしまうんだ。以前、お前の本心を語ったときのように、ざっくばらんな口調で接してほしい」

セルゲイは縋るような目でジークフリートを見つめる。

心底敬語を外してほしいのだろう。

「それから呼び方だって。そろそろ〝殿下〟と言うのは、やめにしないか？　セルゲイと、呼んでほしい」

「……わかりました」

「本当か！」

「では、私たちの気持ちが本当に通じ合えたときこそ、普段の口調でお話しいたしましょう。もちろんお名前呼びも」

「えっ⁉　もう充分、通じ合っているではないか！」

「たしかに以前よりは距離が近くなったとは思います。しかし私の味わった孤独を、そう簡単に癒やすことができると思ったら、大間違いですよ」

「それは、いつ頃？」

「さぁ。一年後かもしれないし、五年後かもしれない。もしかしたら、一生そんな日は来ないかもしれませんね」

「そんなっ!!」

「早く呼ばれたいとお思いなら、努力なさいませ」

「……っ！　わかった!!　お前の心の垣根がすぐに消え去るよう、俺は努力するからな！　見ていてくれっ!!」

セルゲイの耳がピクピクと忙《せわ》しなく動き、尻尾はピンと立ち上がってゆらゆらと揺れている。

――本当に、単純な方だ。

しかし、そこがまたなんとも愛おしい。

以前の反省を促すためにも、この状態は続けるつもりだが「セルゲイ」と呼ぶ日は、必ずやってくるだろう。そしてそれは、そう遠くない未来のことだと、ジークフリートは確信していた。

「私も殿下のお心に沿うよう、いっそうの努力を重ねる所存です。そのためにまずは……互いに歩み寄るところから始めましょうか」

そう言ってジークフリートは、セルゲイと唇を触れ合わせた。

「……これが、歩み寄りか？」

「ええ。お嫌ですか？」

「いいや、充分だ。だが、まだ足りない」

熱っぽい目がジークフリートを射貫く。

仄かなジャスミンの香気に包まれながら、二人は熱いくちづけを交わしたのだった。

あとがき

清白妙《すずしろたえ》です。本書をお読みいただき、ありがとうございます。

私は普段Ｗｅｂ小説投稿サイトのムーンライトノベルズで活動しており、そこで知り合った作家仲間であり相棒の砂月美乃《さづきみの》さんと〝みのたえ〟という共催企画ユニットを組んで、様々なお遊び企画を催しています。本作は二〇一九年に開催した『嫌いアンソロ』参加作品で、「主人公が嫌いになる、もしくは嫌われる話」という基本設定の下、書き進めたものです。嫌いというネガティブワードをどこまでコミカルに、いかにハピエンに持っていくか、苦心しながらプロットを練った日のことを、今でも鮮明に覚えています。

そんな思い出深い作品がまさかの書籍化……最初にお話をいただいたときは、ただただ驚くばかりでした。というかこれを書いている今も信じられない気持ちでいっぱいです。

書籍化にあたりご尽力くださった担当さま、イラストを担当してくださった笠井《かさい》あゆみ先生、相棒の砂月さんと同じく執筆仲間のＰｅａｃｅ《ピース》さん、ムーンライトノベルズで本作を応援してくださった読者の皆さま、私の創作活動をいつも生暖かく見守ってくれる夫＆息子、そしてこの本をお手にとってくださったあなたに、心からの感謝を。

清白妙

【初出】

獣人殿下にお嫁入り　愛され王子の憂鬱な新婚生活
（小説投稿サイト「ムーンライトノベルズ」にて発表の「3.5秒のアムール」の内容を改題の上加筆修正）

獣人殿下にお嫁入り　愛され王子の憂鬱な新婚生活

2021年7月31日 第1刷発行

著　者　清白《すずしろ》　妙《たえ》

イラスト　笠井《かさい》あゆみ

発行人　石原正康

発行元　株式会社 幻冬舎コミックス
〒151-0051　東京都渋谷区千駄ヶ谷4-9-7
電話03（5411）6431（編集）

発売元　株式会社 幻冬舎
〒151-0051　東京都渋谷区千駄ヶ谷4-9-7
電話03（5411）6222（営業）
振替　00120-8-767643

デザイン　小菅ひとみ（CoCo.Design）

印刷・製本所　株式会社光邦

検印廃止

©SUZUSHIRO TAE, GENTOSHA COMICS 2021 ／ISBN978-4-344-84888-7 C0093 ／Printed in Japan
幻冬舎コミックスホームページ　https://www.gentosha-comics.net